L. JÉROME

PROFESSEUR AGRÉGÉ D'HISTOIRE AU GRAND SÉMINAIRE DE NANCY

LES ÉLECTIONS

ET

LES CAHIERS DU CLERGÉ LORRAIN

AUX ÉTATS GÉNÉRAUX DE 1789

(Bailliages de Nancy, Lunéville, Blâmont, Rosières, Vézelise et Nomeny)

BERGER-LEVRAULT ET Cie, ÉDITEURS

Éditeurs des *Annales de l'Est*

PARIS | NANCY
5, RUE DES BEAUX-ARTS | 18, RUE DES GLACIS

1899

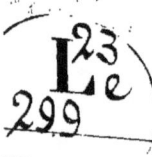

LES ÉLECTIONS

ET

LES CAHIERS DU CLERGÉ LORRAIN

AUX ÉTATS GÉNÉRAUX DE 1789

DU MÊME AUTEUR

Collectes à travers l'Europe pour les prêtres français déportés en Suisse pendant la Révolution, 1794-1797. Relation inédite publiée pour la Société d'histoire contemporaine. Paris, Alph. Picard, 1897. In-8° de XLVI-434 pages.

La Question métropolitaine dans l'Église franque au temps de Charlemagne. Étude d'histoire et de droit ecclésiastique. Paris, Lamulle et Poisson, 1897. In-8° de 15 pages.

L'Église Notre-Dame de Bon-Secours à Nancy. Notice historique et descriptive. Nancy, Vagner, 1898. In-8° de x-310 pages.

Une Relique de saint Joseph à la cathédrale de Toul. Nancy, Vagner, 1895. In-8° de 35 pages.

Testament de Charles-Louis Hugo, évêque de Ptolémaïde et dernier abbé régulier d'Étival. Nancy, Crépin-Leblond, 1896. In-8° de 19 pages.

M. l'Abbé Paul Xilliez, professeur de philosophie à l'Institution B. Pierre Fourier de Lunéville (1868-1896). Nancy, Vagner, 1896. In-8° de 19 pages.

Un Épisode de l'histoire d'Étival; l'union de la mense abbatiale à l'évêché de Toul, 1739-1747. Nancy, Berger-Levrault et Cⁱᵉ, 1897. In-8° de 43 pages.

Sous presse :

L'Abbaye de Moyenmoutier. Étude historique. Un fort volume grand in-8°.

L. JÉROME

PROFESSEUR AGRÉGÉ D'HISTOIRE AU GRAND SÉMINAIRE DE NANCY

LES ÉLECTIONS

ET

LES CAHIERS DU CLERGÉ LORRAIN

AUX ÉTATS GÉNÉRAUX DE 1789

(Bailliages de Nancy, Lunéville, Blâmont, Rosières, Vézelise et Nomeny)

BERGER-LEVRAULT ET Cie, ÉDITEURS

Éditeurs des *Annales de l'Est*

PARIS
5, RUE DES BEAUX-ARTS

NANCY
18, RUE DES GLACIS

1899

EXTRAIT DES « ANNALES DE L'EST »

LES ÉLECTIONS

ET

LES CAHIERS DU CLERGÉ LORRAIN

AUX ÉTATS GÉNÉRAUX DE 1789

(Bailliages de Nancy, Lunéville, Blâmont, Rosières,

Vézelise et Nomeny.)

———

INTRODUCTION

En réunissant en tête de l'immense recueil des *Archives parlementaires*[1] tous les cahiers de 1789, imprimés ou manuscrits, dont ils ont pu avoir connaissance, MM. Mavidal et Laurent ont rendu à l'histoire des commencements de la Révolution un service qu'il serait injuste d'oublier. Mais il faut bien reconnaître que cette publication est loin d'être parfaite. Outre qu'elle trahit trop souvent des négligences regrettables et un manque presque absolu de critique, elle a le défaut, plus grave encore, d'être mal proportionnée et fort incomplète[2]. Pour ce qui regarde l'ancienne province

---

1. *Archives parlementaires de 1787 à 1860 : Recueil complet des débats législatifs et politiques des Chambres françaises*, par MM. J. Mavidal et E. Laurent. La fin du tome I et les cinq volumes suivants de la première série (1789-1799) renferment la collection des cahiers de 1789, distribués par sénéchaussées et bailliages. Le septième volume est consacré aux tables générales, d'ailleurs souvent fautives, de ces cahiers.

2. Une nouvelle édition de tous les cahiers qui furent portés aux États généraux de

de Lorraine et Barrois, par exemple, on n'y compte au total que trente-quatre cahiers[1], chiffre bien minime et tout à fait insignifiant si on le compare à l'ensemble des cahiers, tant primaires que secondaires, qui ont été rédigés, par les différents ordres de la province, aux approches des grandes élections de 1789. L'ordre du clergé, en particulier, n'y est repré-

1789 est en préparation. On annonce que la publication en sera très vraisemblablement confiée à M. Brette. Voir dans la revue *la Révolution française,* août 1895, pages 150 et suivantes, l'article de M. Aulard intitulé : *Quels sont les cahiers de 1789 qui nous manquent?*

1. Ces trente-quatre cahiers se répartissent ainsi :

1° Au point de vue des quatre circonscriptions ou arrondissements entre lesquels la province de Lorraine et Barrois fut divisée pour les *opérations* électorales : A, circonscription de Nancy, 5 ; — B, circonscription de Mirecourt, 5 ; — C, circonscription de Sarreguemines, 11 ; — D, circonscription de Bar-le-Duc, 13.

2° D'autre part, au point de vue des ordres dont ils expriment les doléances et les vœux, la répartition des trente-quatre cahiers donne lieu à cet autre groupement :

A. — 9 cahiers du clergé dont 0 pour Nancy ; 1 pour Mirecourt (bailliage de Mirecourt) ; 6 pour Sarreguemines (bailliages de Sarreguemines, Bitche, Boulay, Bouzonville, Château-Salins, Dieuze) ; 2 pour Bar-le-Duc (bailliages de Pont-à-Mousson et de La Marche ou du Bassigny-Barrois mouvant).

B. — 10 cahiers de la noblesse, dont 3 pour Nancy (bailliages de Nancy, Lunéville et Nomeny) ; 1 pour Mirecourt (bailliage de Mirecourt) ; 2 pour Sarreguemines (bailliages de Sarreguemines et Bouzonville) ; 4 pour Bar-le-Duc (bailliages de Briey, Étain, Pont-à-Mousson, Saint-Mihiel).

Tous ces cahiers du clergé et de la noblesse sont des cahiers secondaires ou cahiers de bailliages.

C. — 9 cahiers du Tiers, dont 2 cahiers primaires, à savoir celui de la ville de Remiremont (bailliage de Mirecourt) et celui des habitants du village de Ménil-la-Horgne (bailliage de Commercy, arrondissement électoral de Bar-le-Duc), et 7 cahiers secondaires, dont 1 pour Nancy (bailliage de Nancy) ; 1 pour Mirecourt (bailliage de Mirecourt) ; 1 pour Sarreguemines (bailliage de Bouzonville) et 4 pour Bar-le-Duc (bailliages de Bar-le-Duc, Bourmont ou Bassigny-Barrois non mouvant, Briey, Pont-à-Mousson).

D. — 4 cahiers communs aux trois ordres, dont 1 pour Nancy (bailliage de Rosières) ; 0 pour Mirecourt ; 1 pour Sarreguemines (bailliage de Fénétrange) ; 2 pour Bar-le-Duc (bailliages de Villers-la-Montagne et du Bassigny-Barrois). A noter toutefois que ce dernier cahier du Bassigny-Barrois n'est pas un cahier proprement dit, mais seulement une réclamation sur un point spécial, à savoir le droit pour le Bassigny d'avoir à Versailles sa représentation propre, distincte de celles de la Lorraine et du Barrois. (Cf. Brette, *Huot de Goncourt, représentant du Bassigny-Barrois à la Constituante,* dans la *Révolution française* du 14 novembre 1896.)

E. — 1 cahier du clergé et de la noblesse réunis : bailliage de Lixheim (arrondissement électoral de Sarreguemines).

F. — Enfin 1 cahier du clergé et du Tiers réunis : bailliage de Bruyères (arrondissement électoral de Mirecourt).

Ajoutons que le nombre total des seuls cahiers secondaires de la province dut s'élever à près de cent. Quant aux cahiers primaires, c'est par plusieurs centaines qu'ils se chiffreraient.

senté que par neuf cahiers. Encore est-il juste de remarquer que, de ces neuf cahiers, aucun n'émane de la circonscription principale de la Lorraine, de celle qui avait son centre électoral et devait se réduire à Nancy.

C'est à combler en partie cette lacune qu'est destiné avant tout le présent travail, dont le but premier est la mise au jour de cinq cahiers du clergé lorrain conservés en originaux à la bibliothèque du grand séminaire de Nancy. Ces cahiers se rattachent étroitement les uns aux autres. Ils appartiennent tous à la même circonscription électorale, et précisément à la première en importance de la province, à celle dont Nancy fut le centre[1]. D'autre part, ils furent portés tous les cinq à Versailles par les mêmes députés, Mgr de la Fare, évêque de Nancy, et le célèbre abbé Grégoire, curé d'Emberménil. Tous sont restés inédits jusqu'à présent. Seul le cahier du clergé du bailliage de Nancy a été analysé, exactement mais brièvement, par M. l'abbé Thiriet, dans sa notice sur l'abbé Gabriel Mollevaut[2]. Quant aux autres, personne, jusqu'à ce jour, à notre connaissance, n'en a fait usage[3]. Nous ne croyons même pas que leur existence ait jamais été signalée.

A cette publication de textes, nous avons joint une étude sur les élections du clergé lorrain en 1789. Une heureuse fortune ayant mis à notre disposition quelques documents qui éclairent d'une lumière curieuse l'histoire ecclésiastique des dernières années de l'ancien régime en Lorraine, nous avons pensé qu'il ne serait pas sans intérêt de faire revivre les sentiments qui animaient alors, au cœur même de la province, les diverses classes de l'ordre du clergé, comme aussi de montrer

---

1. Cahiers du clergé des bailliages de Nancy, Lunéville, Blâmont, Vézelize et Nomeny. A Rosières, comme nous le verrons plus loin, chapitre II, § IV, il n'y eut pas de cahiers séparés, mais un seul cahier commun aux trois ordres.

2. *L'Abbé Gabriel Mollevaut.* Vagner, 1886, par l'abbé H. J. Thiriet, professeur au grand séminaire de Nancy, p. 43-46.

3. Mgr Mathieu, dans son intéressant ouvrage sur l'*Ancien Régime dans la province de Lorraine et Barrois,* Paris, 1878, chapitre XIII (*Les Cahiers*), ne semble pas les avoir connus. En tout cas, il n'en dit rien ; à peine fait-il allusion une fois, page 234, à celui de Nancy, le plus important de tous.

quelles influences présidèrent, dans ses rangs, aux opérations électorales et à la rédaction des cahiers[1].

1. Les éléments de l'étude qui va suivre sont empruntés à divers documents, pour la plupart inédits, que l'on peut classer de la façon suivante :

1° Des pièces à caractère officiel, — procès-verbaux des assemblées bailliagères et de l'assemblée de réduction, correspondance entre les baillis ou leurs lieutenants généraux, et le garde des sceaux ou le directeur des finances, mémoires, rapports, suppliques, etc., — que nous avons consultées, soit dans les minutes originales, soit dans des copies collationnées, minutes et copies actuellement conservées dans différents dépôts, notamment aux Archives nationales, séries Bᵃ 56, l. 136 et 137 ; B III, tome 93 (transcriptions de la collection Camus) et C 21, l 110 ; à la bibliothèque publique de Nancy, n° 851 du catalogue Favier, et à la bibliothèque du grand séminaire de Nancy, n° 116 du catalogue Vacant. J'ajoute que les copies conservées dans ces divers dépôts, surtout celles des Archives nationales, sont souvent défectueuses en ce qui concerne les noms propres de personnes ou de localités que le copiste altère parfois de la façon la plus fantaisiste. Mais ces erreurs et ces inexactitudes sont presque toujours faciles à corriger.

2° Un certain nombre d'autres documents non officiels, au premier rang desquels nous placerons une relation qui a pour titre : *Conduite des curés du bailliage de Nancy depuis le 8 juillet 1787 jusqu'à la députation aux États généraux,* manuscrit de 48 pages in-quarto d'une écriture très fine. Cette relation est l'œuvre d'un personnage qui a joué, on le verra au cours de cette étude, un rôle parfois prépondérant dans les événements dont nous retracerons l'histoire, Charles-Louis Guilbert, né en 1729, mort doyen du chapitre de la cathédrale de Nancy en 1813, auquel nous nous proposons de consacrer ailleurs une étude particulière. Guilbert, alors curé de la paroisse Saint-Sébastien de Nancy, a composé son récit, selon toute apparence, immédiatement après les élections. Son but, en l'écrivant, était de se justifier aux yeux des curés de la province, à qui il l'adresse, des attaques dont il avait été l'objet de la part de certains membres du clergé au cours de la lutte électorale. Mais si, à raison précisément de ces préoccupations d'avocat et de ce caractère de plaidoyer que revêt son œuvre, il faut se défier de certaines de ses appréciations, évidemment entachées quelquefois d'exagération, sur bien des points la relation du curé de Saint-Sébastien nous fournit des renseignements précieux qui complètent heureusement les procès-verbaux officiels et rectifient, à l'occasion, la sincérité toujours relative de ces sortes de documents. Son récit est à peu près, pour les assemblées du clergé lorrain, ce qu'est, pour celles du clergé de Paris *intra muros,* la relation si curieuse de Pierre Brugière dont la revue *la Révolution française* donnait récemment une réimpression (janvier 1894, p. 57 à 88).

A cet écrit de Guilbert, il faut joindre un certain nombre de lettres qui lui furent adressées des divers points de la province et relatives à la convocation des États généraux et aux élections, ainsi qu'un *projet de cahier* pour le clergé du bailliage de Nancy qu'il avait composé lui-même quelques jours avant la rédaction définitive du cahier officiel qui fut porté à Versailles et dont la comparaison avec celui-ci ne manque pas d'intérêt. Ce *projet de cahier* comprend 12 pages d'une écriture très fine.

Ces divers documents ont été gracieusement donnés en 1893 à la bibliothèque du grand séminaire de Nancy, n° 218 du catalogue Vacant, par M. Alexandre Charlot, à qui nous sommes heureux d'exprimer ici notre reconnaissance. Cet honorable magistrat les tenait de son oncle, M. Joseph-Auguste Charlot, mort chanoine honoraire le 5 mai 1874, à Nancy, où il s'était retiré, sur la paroisse de la cathédrale. Lui-même les tenait du chanoine Joseph Charlot, son parent, mort en 1824 chanoine titulaire et curé de la cathédrale de Nancy. Ce dernier avait fait partie, avant la Révolution, de la communauté des prêtres de Saint-Sébastien et avait succédé à Guilbert comme curé de cette paroisse. Il était en rapports d'excellente amitié avec lui ; c'est ce qui

Nous n'avons pas à redire ici par le détail comment, aux termes du règlement général promulgué par l'ordonnance royale du 24 janvier[1] et complété par le règlement spécial du 7 février suivant[2], devaient se faire les élections dans la province de Lorraine et Barrois. La fixation des circonscriptions ayant droit à la députation avait présenté dans cette province des difficultés d'ordre particulier. En principe, d'après le règlement du 24 janvier, c'était le bailliage — ou la sénéchaussée pour les provinces méridionales — qui devait être la circonscription électorale, et chaque bailliage devait envoyer une députation à Versailles, la députation étant composée de quatre membres appartenant le premier au clergé, le deuxième à la noblesse et les deux autres au Tiers. Mais la Lorraine, depuis l'édit de 1751, ne comptait pas moins de trente-quatre bailliages, ce qui eût fait, à raison d'une députation pour chacun, un total de cent trente-six députés à élire, chiffre par trop supérieur évidemment à la proportion adoptée pour le reste du royaume. D'autre part, les bailliages lorrains étaient fort inégaux en population : celui de Nomeny, par exemple, n'avait que 5,348 habitants, tandis que celui de Bar en comptait 88,200 et celui de Nancy 80,360. Pour remédier à ces inconvénients, on imagina le système suivant : on laissa voter chaque bailliage séparément et à titre égal, en accordant une députation aux plus petits, deux aux moyens, trois aux plus

explique, croyons-nous, comment tous ces documents se trouvèrent plus tard entre ses mains.

3° Divers ouvrages manuscrits de l'abbé Chatrian, curé de Saint-Clément, également conservés à la bibliothèque du grand séminaire de Nancy, nous ont fourni aussi quelques détails, surtout anecdotiques. Sur ce curé écrivain et la valeur de ses informations, voir la notice de l'abbé H. J. Thiriet : *L'Abbé L. Chatrian, 1732-1814, sa vie et ses écrits.* Nancy, Vagner, 1890. Enfin, nous avons aussi tiré parti, à l'occasion, de quelques notes du chanoine Charlot le jeune, notes qui avaient été extraites elles-mêmes, pour la plupart, d'ouvrages de Chatrian ou de notes de Guilbert que nous n'avons plus.

1. Voir ce règlement général du 24 janvier, soit dans les *Archives parlementaires,* première série, tome I, p. 544, soit plutôt dans le *Recueil de documents relatifs à la convocation des États généraux de 1789,* par Armand Brette, tome I, pages 66 et suivantes. Paris, Imprimerie nationale, 1894.

2. Reproduit *in extenso* au tome I des *Archives parlementaires,* p. 652, et analysé par M. Brette, *op. cit.,* p. 231.

étendus, ce qui devait donner en tout cinquante-deux députations ou deux cent huit députés. En même temps, les quatre villes de Nancy, Mirecourt, Sarreguemines, Bar, situées chacune au centre d'une des anciennes divisions de la province, *Lorraine propre, Vôge, Lorraine allemande, Barrois,* furent désignées comme *chefs-lieux d'arrondissement et de réduction* pour les bailliages voisins, et il fut décidé que les diverses députations élues au premier degré dans les bailliages de chaque circonscription se rendraient au chef-lieu indiqué, pour s'y réduire, par le scrutin, à un nombre définitif de députations qui avait été fixé lui-même, dans un tableau annexé au règlement du 7 février, à deux pour la Lorraine propre, deux pour la Vôge, deux pour la Lorraine allemande et trois pour le Barrois[1].

Sans doute ces dispositions n'étaient pas sans présenter quelque analogie avec celles que les premiers articles du règlement général du 24 janvier avaient établies, pour l'ensemble du royaume, au sujet des bailliages principaux et des bailliages secondaires[2]. Toutefois, ce serait une grave erreur que d'assimiler de tous points, comme on le fait quelquefois, les bailliages secondaires et les bailliages dont les députations devaient se réduire. En réalité, entre les bailliages au chef-lieu desquels se fait la réduction et les bailliages qui viennent s'y réduire, il n'y a aucune différence capitale. Ils sont tous, au même titre, dans le sens de l'article 3 du règlement général, bailliages principaux. Entre les uns et les autres, il n'y a pas subordination, comme entre bailliages principaux et bailliages secondaires, mais seulement réunion, juxtaposition ou, comme on disait encore parfois, annexion[3]. Aussi ne faudrait-il pas confondre, dans la question électorale qui nous occupe, la situation du

1. Mathieu, *l'Ancien Régime dans la province de Lorraine et Barrois,* p. 406.

2. Voir les articles 2 et suivants du règlement du 21 janvier, Brette, *op. cit.,* p. 69.

3. On donnait quelquefois au bailliage au chef-lieu duquel devait se faire la réduction le nom de *grand bailliage.*

bailliage secondaire à l'égard du bailliage principal et la situation du bailliage simplement annexé vis-à-vis du bailliage fixé comme centre de réduction. « Les bailliages secondaires, comme le faisait très justement remarquer naguère M. Brette[1], ne comportaient pas d'assemblées des deux premiers ordres, et leurs cahiers devaient subir, au bailliage principal, une dernière transformation; dans les bailliages, au contraire, qui étaient soumis à la réduction du nombre des députations, tels que ceux de Lorraine, des Trois-Évêchés, de la Provence (en partie), etc., les cahiers étaient considérés comme émanant de bailliages principaux et devaient à ce titre être portés directement aux États généraux. » De plus, chacun de ces bailliages avait, à titre de bailliage principal, aussi bien que le bailliage où se faisait la réduction, son assemblée générale et ses assemblées particulières des trois ordres respectifs[2].

Bref, d'après les règlements, ainsi complétés l'un par l'autre, du 24 janvier et du 7 février, les opérations électorales, en Lorraine et particulièrement dans la circonscription de la *Lorraine propre* qui avait son centre à Nancy, devaient se faire sur les bases suivantes :

1° La province de Lorraine et Barrois étant divisée en quatre grandes circonscriptions électorales, la circonscription de Nancy embrassait dans son ressort les six bailliages de Nancy, Lunéville, Blâmont, Rosières, Vézelise et Nomeny.

2° Chacun de ces six bailliages était en réalité considéré comme bailliage principal, au sens des premiers articles du règlement du 24 janvier. Il devait avoir, en conséquence, au chef-lieu, ses assemblées particulières, non pas seulement pour l'ordre du Tiers, comme les bailliages secondaires, mais encore pour les ordres du clergé et de la noblesse.

3° Dans ces assemblées de bailliages, les trois ordres étaient appelés à discuter et à rédiger, soit séparément, soit en commun,

1. *Révolution française*, 14 janvier 1894, p. 30.

2. Voir à la fin de ce travail la *Note I*. Nous renverrons de même, au cours de cette étude, quelques autres notes trop longues pour être jointes au texte.

leurs cahiers de vœux et de doléances; et ces cahiers, une fois rédigés, devaient être directement portés aux États généraux, sans avoir à subir au chef-lieu, dans les assemblées de réduction, aucun remaniement ni aucune revision.

4° Les élections des députés étaient à plusieurs degrés. Chacun des six bailliages formant la circonscription électorale devait d'abord y procéder séparément, en se conformant à ce qui était prescrit par les ordonnances royales pour les bailliages principaux, et comme si les députés ainsi élus devaient être envoyés tous et directement aux États généraux. Chaque bailliage, du reste, devait élire un nombre de députations fixé par le règlement royal du 7 février proportionnellement à son importance et à sa population, à savoir : Nancy, trois; Lunéville, deux ; Blâmont, une; Rosières, une; Vézelize, deux; Nomeny, une; ce qui faisait, pour toute la circonscription, un total de dix députations, soit dix députés pour le clergé, dix pour la noblesse et vingt pour le Tiers.

5° Les députés ainsi élus, porteurs des cahiers de leurs ordres respectifs, devaient ensuite se réunir en assemblée générale à Nancy, chef-lieu de la circonscription électorale, pour procéder à l'opération de la réduction.

6° Toutefois — et ce point est important à noter — le bailliage de Nancy, au chef-lieu duquel avait lieu la réduction, n'acquérait de ce chef aucune supériorité sur les bailliages annexés dont les députations devaient venir s'y réduire. Le bailli d'épée de ce siège, ou son lieutenant général à son défaut, avait uniquement le droit de convoquer, à une date fixée par lui, cette assemblée de réduction ou d'arrondissement, et de la présider.

7° Quant au chiffre définitif de députations à élire dans cette assemblée de réduction, il avait été fixé par un tableau annexé au règlement du 7 février et proportionnellement encore à l'importance de la circonscription électorale et à sa population : les six bailliages réunis de l'arrondissement de Nancy devaient réduire leurs députations particulières à deux, ce qui faisait un chiffre total de huit députés, dont deux pour le clergé, deux pour la noblesse et quatre pour le Tiers.

Le ministère pensait avoir ainsi concilié toutes les exigences et ménagé toutes les susceptibilités. Il laissait aux trente-quatre bailliages lorrains l'usage des droits qui semblaient attachés à leurs caractères. D'autre part, il prévenait les récla-mations que n'auraient pas manqué d'élever les autres pro-vinces, si on avait octroyé à la Lorraine une représentation en disproportion si grande avec le nombre de députés envoyés par les autres parties du royaume. Enfin, par la division de la province en quatre circonscriptions électorales et la créa-tion de quatre centres de réduction, le gouvernement se flat-tait d'avoir épargné aux députés qui seraient élus dans les bailliages les incommodités et les frais d'un trop grand dépla-cement [1].

C'est d'après ces règles qu'allaient se faire, en Lorraine, pour le clergé comme pour les deux autres ordres, les élections aux États généraux. Que ces dispositions des règlements com-binés du 24 janvier et du 7 février donnassent ou non satis-faction à tout le monde, il fallut bien les accepter et s'y sou-mettre. Quelques réclamations furent essayées, il est vrai, mais elles restèrent sans effet. Au reste, la période électorale était ouverte et le moment solennel approchait. C'eût été folie et maladresse que de perdre en vaines récriminations un temps précieux. Le mieux était, pour l'heure présente, de subir les règlements et d'en tirer le meilleur parti possible. Pour l'ave-nir, on aviserait.

---

1. Règlement du 7 février 1789, analysé dans Brette, *op. cit.*, p. 231, reproduit *in extenso* par les *Archives parlementaires*, t. I, p. 652. Voir aussi plus bas, *Note II.*

CHAPITRE Ier

LE CLERGÉ LORRAIN A LA VEILLE DES ÉLECTIONS DE 1789

Si la période électorale qui précéda les grandes élections de 1789 ne fut pas de longue durée, elle fut du moins bien remplie. C'est à tort que l'on a dit et écrit quelquefois que les opérations électorales s'étaient faites, en Lorraine, dans le plus grand calme, la plus parfaite harmonie et avec une complète unanimité. Ce calme, cette harmonie, cette una- nimité, plus d'une fois, n'existèrent que dans les procès-ver- baux des séances et dans les rapports officiels adressés au garde des sceaux par les baillis ou leurs lieutenants généraux. En réalité, il y eut souvent lutte, lutte entre les différents ordres, lutte aussi parfois entre les diverses classes du même ordre, — et ceci est vrai surtout du clergé lorrain.

L'homogénéité, en effet, était loin de régner dans les rangs du clergé. Cet ordre comprenait différentes classes de sentiments et d'intérêts fort divers, d'aspirations souvent opposées. Les membres du haut clergé n'étaient pas toujours sympathiques à ceux de leurs confrères qu'on était convenu d'appeler le bas clergé, et, de son côté, le clergé régulier ne fraternisait pas comme il eût été désirable avec le clergé séculier. Cette double opposition était de vieille date déjà, mais les récents événe- ments dont la France et la province de Lorraine, en particulier, avaient été le théâtre depuis quelques années, avaient eu pour effet de l'affirmer davantage et lui avaient permis, en quelque sorte, de s'organiser et de prendre conscience d'elle-même. En Lorraine, notamment, depuis le mois de juin 1787, époque à laquelle un édit royal[1] avait décidé la création d'assemblées provinciales, les membres du clergé inférieur et parmi eux les

1. Donné à Versailles au mois de juin 1787 et enregistré au Parlement de Nancy le 19 juillet suivant.

curés séculiers surtout qui se plaignaient de n'avoir pas obtenu, dans la composition de cette assemblée, la représentation
proportionnelle à laquelle ils avaient droit « en raison de leur
nombre et de la masse de revenus qu'ils présentaient à l'impôt », s'étaient montrés particulièrement mécontents et ils ne
laissaient pas échapper l'occasion, lorsqu'elle s'offrait, de ma-
nifester leurs sentiments et de rappeler leurs griefs[1]. C'est en
vain que l'évêque de Nancy, M. de Fontanges, leur avait promis de réparer l'oubli dont ils se disaient les victimes, et de
faire admettre les curés, à l'avenir, dans les assemblées de
municipalités et de districts[2], d'où ils pourraient s'élever jusqu'à l'assemblée provinciale. Les curés, aigris, suspectaient la

---

1. L'assemblée, en effet, aux termes de l'article 8 du *règlement* du 8 juillet 1787
*sur la formation et la composition des assemblées qui auront lieu dans les duchés de
Lorraine et de Bar en vertu de l'édit portant création des assemblées provinciales*,
devait se composer de quarante-huit membres, dont vingt-quatre désignés directement
par le Roi et les autres nommés par les vingt-quatre premiers. De ces quarante-huit
membres, douze devaient être pris dans l'ordre du clergé, douze dans l'ordre de la
noblesse, et vingt-quatre dans le Tiers-État. Or, des douze ecclésiastiques nommés, un
seul appartenait à la classe des curés. Encore faut-il observer qu'il était en même temps
doyen de chapitre : c'était M. Huart, curé et doyen du chapitre de Longuyon. Cet
oubli peina sensiblement les curés. « M. l'évêque de Nancy, ajoute avec amertume
Guilbert à qui nous empruntons ces détails, était trop occupé pour songer à ses
curés. » — Il était alors question de l'élévation de M. de Fontanges à l'archevêché de
Bourges. — Le prélat put bientôt s'apercevoir du mécontentement qu'il avait excité
parmi le bas clergé. Le curé de Saint-Sébastien alla jusqu'à lui en adresser lui-même
des reproches assez vifs, nous dit-il, dans une de ses audiences, en présence de
témoins nombreux, et jusqu'à lui dire qu'il n'oublierait pas, à l'occasion, l'injure faite
à son ordre. M. de Fontanges, embarrassé, aurait alors promis de réparer sa faute, mais
cette promesse de réparation tardive ne pouvait dissiper le malentendu. (Cf. Guilbert, *Conduite des curés*, p. 2.) Aussi le prélat fut-il peu regretté quand on apprit,
à quelque temps de là, sa nomination à l'archevêché de Bourges : « Quant à M. de
Fontanges, écrit Chatrian dans son journal, comme il s'est peu soucié de plaire à ses
curés, ses curés peuvent lui souhaiter bon voyage et lui dire en vers latins :

Nobilis antistes, non curat clérus ubi stes,
Dum non in nobis, stes ubicumque velis. »

(Chatrian, *Calendrier historique et ecclésiastique du diocèse de Nancy* pour 1787,
p. 289.)

2. Aux termes du règlement du 8 juillet 1787, l'administration des duchés de Lorraine et de Bar était confiée à trois ordres d'assemblées différentes : assemblées
municipales, assemblées de districts et assemblée provinciale. Ces assemblées étaient
« élémentaires les unes des autres », c'est-à-dire que les membres de l'assemblée
provinciale devaient être choisis parmi ceux des assemblées de districts et ceux-ci
parmi ceux des assemblées municipales.

sincérité de cette promesse forcée[1], et prétendaient que le haut clergé, qui composait la majorité ecclésiastique de l'assemblée, était disposé à n'y admettre aucun curé ou du moins à n'en ouvrir les portes qu'à ceux qui lui seraient dévoués.

L'injure avait été profonde et avait blessé les curés au vif. Aussi lorsque quelque temps après, dans les derniers mois de l'année 1788, il fut question de remplacer par des États provinciaux élus une assemblée provinciale que son organisation même condamnait presque fatalement à l'impuissance[2], le clergé inférieur, qui n'avait pas oublié ses anciens griefs, s'était préparé à y jouer un rôle. Les curés de Nancy s'étaient entendus pour faire valoir les droits de leur ordre et présenter leurs réclamations au comité d'organisation qui allait se constituer. Des réunions avaient eu lieu chez le curé de Saint-Sébastien, Charles-Louis Guilbert, qui devint dès lors, de plus en plus, l'âme des revendications curiales. L'occasion d'agir ne tarda pas à se présenter : on apprit bientôt, en effet, que le 22 dé-

1. « Le soi-disant haut clergé, écrit encore Guilbert — il a en vue surtout, semble-t-il, M. de Chaumont de la Galaizière, évêque de Saint-Dié et président de l'assemblée provinciale depuis le départ de M. de Fontanges, — étalait son faste, tenait table ouverte et faisait oublier les curés qu'il voulait, disait-il, reléguer dans les assemblées de districts ou de municipalités d'où ils pourraient s'élever jusqu'à l'assemblée provinciale ; mais déjà peut-être il travaillait à les en écarter ou au moins à n'y admettre que ceux qui lui seraient vendus. » (*Conduite des curés*, p. 3.)

2. Le curé de Saint-Sébastien porte un jugement très sévère sur cette assemblée provinciale. Il en appelle les membres « les soi-disant représentants de la province ». Quant à ses travaux, voici en quels termes il en parle, à propos du *Procès-verbal des séances de l'assemblée provinciale des duchés de Lorraine et de Bar* imprimé en 1788 à Nancy, chez Hœner : « Cet ouvrage est très intéressant pour les citoyens ; on y lit beaucoup de mots, peu de choses, de fades et très fades cajoleries pour les gens en place, des propositions antipatriotiques ; on aperçoit un homme de mérite, qui avait mérité dans un temps d'être honoré du titre de citoyen, s'en dépouiller et ne pas rougir d'appeler un intendant l'*homme du Roi*, l'*homme de la Loi*, l'*homme du peuple*, l'*omnis homo*, — Guilbert fait ici allusion à un discours prononcé le 20 novembre 1787 par un des syndics généraux de l'assemblée, M. Coster, que l'on désignait alors généralement par le surnom de *citoyen lorrain* (Cf. *Procès-verbal des séances de l'assemblée provinciale des duchés de Lorraine et de Bar, ouverte à Nancy au mois de novembre 1787*, Nancy, 1788, p. 42) ; — on y trouve, non sans en gémir, un mémoire en faveur du tarif inséré tout entier, malgré les insurrections du plus grand nombre et du comité dont l'auteur du mémoire — c'était l'abbé de Dombasle, chanoine de la primatiale — avait été nommé rapporteur, etc. » (*Conduite des curés*, p. 3.) L'appréciation du curé de Saint-Sébastien est certainement excessive. Il n'en reste pas moins vrai, cependant, que l'assemblée provinciale était loin d'avoir donné satisfaction à tout le monde et réalisé les espérances que l'on avait fondées sur elle.

cembre 1788 devait se tenir, à l'hôtel de ville, une réunion de
la noblesse et du clergé, où ces deux ordres s'occuperaient, à
l'exemple et sur les sollicitations du Tiers[1], de la demande à
faire au Roi des États provinciaux et d'un projet d'organisation de ces États. Les curés s'y étaient préparés avec une rare
activité. Guilbert était alors malade. Prévoyant qu'il ne pourrait se rendre à l'assemblée, il avait rédigé, en son nom et au
nom de ses confrères, un mémoire qui devait y être lu. Pour
des raisons que nous ignorons, cette lecture n'ayant pas eu lieu
et M. Mollevaut[2], alors curé de la paroisse Saint-Vincent-
Saint-Fiacre, qui en avait été chargé, ne s'étant pas acquitté
de sa mission, des lettres avaient été échangées les jours suivants entre le groupe des curés et le président de l'assemblée,
M. de Custine d'Aufflance. En termes pleins de fermeté, Guilbert et Mollevaut avaient renouvelé l'expression de leurs vœux.
Les curés, écrivait Mollevaut à M. de Custine le 23 décembre,
« espèrent que ce qu'on appelle le *haut clergé* ne réussira pas à
les exclure des États. L'amour du bien public qui les anime, les
services qu'ils rendent à la patrie, la connaissance qu'ils ont des
besoins et des ressources de la province sont les titres qui les
appellent aux États. Il n'en est peut-être aucun qui désire personnellement d'y être admis ; peut-être que tous craignent cet
honneur. Mais sans doute aussi qu'il n'en est point qui ne
soient disposés à réclamer en faveur de leur ordre un droit qui
est celui de tout citoyen de quelque considération », et, de son
côté, le curé de Saint-Sébastien trouvant, nous dit-il, cette
lettre de Mollevaut « faible, d'un style médiocre et peu digne

1. Le Tiers, en effet, avait pris les devants. Dès le 27 novembre, il s'était réuni à
l'hôtel de ville pour faire cette demande d'États provinciaux et avait décidé d'envoyer
deux députés à Versailles pour en assurer le succès. Les deux députés nommés,
Étienne Mollevaut et Prugnon, étaient partis immédiatement.

2. Voir sur ce personnage qui a joué, lui aussi, un rôle important en 1789 et pendant toute la période révolutionnaire, la notice publiée par l'abbé H. J. Thiriet :
*L'Abbé Gabriel Mollevaut, docteur en théologie, premier curé de la paroisse Saint-
Vincent-Saint-Fiacre à Nancy.* Nancy, 1846, in-8° de 128 pages. Il était frère d'Étienne
Mollevaut, avocat distingué du Parlement de Nancy et plus tard membre successivement
de la Convention, du Conseil des Anciens, du Conseil des Cinq-Cents et du Corps
législatif.

d'un corps aussi recommandable que celui des curés », crut devoir en écrire lui-même, en termes plus énergiques encore, à M. de Custine, affirmant que les curés ne pouvaient « être exclus, sous quelque prétexte que ce puisse être, des assemblées du clergé... ils en sont inséparables [1] ».

Mais ce fut surtout quelques semaines plus tard, lors des séances de l'assemblée générale des trois ordres qui se tint à l'hôtel de ville, dans la capitale de la Lorraine, sinon avec l'autorisation formelle, du moins avec l'assentiment tacite du gouvernement, du 20 au 25 janvier 1789, que le parti des curés montra l'énergie dont il était capable et les progrès que sa cause avait faits. Son importance et son influence grandissaient chaque jour, grâce aux démarches de plus en plus actives des curés de Nancy, qui se sentaient et se savaient soutenus, du reste, par la plupart de leurs confrères de la province, dont ils recevaient les adhésions les plus enthousiastes et les procurations les plus explicites [2]. Les ordres privilégiés,

---

1. Guilbert, *Conduite des curés*, p. 10.

2. Devant agir et parler, en effet, au nom de tous leurs confrères, les curés de Nancy, pour donner plus d'autorité à leurs revendications, avaient cru utile, à l'instigation de Guilbert, de prévenir les curés de la province, « autant que la brièveté du temps et l'impraticabilité des chemins — on était au cœur de l'hiver — le permettraient », et de solliciter leurs adhésions. Dans les premiers jours de janvier, la circulaire suivante, rédigée par le curé de Saint-Sébastien, avait été envoyée à tous les curés des villes bailliagères :

> Monsieur,
>
> Vous êtes sans doute instruit que le 20 du courant il doit y avoir ici une assemblée générale pour la formation et l'organisation de nos États provinciaux. Le projet des curés de Nancy et des environs est d'y demander que les curés et autres ecclésiastiques séculiers aient au moins autant de représentants dans les États que ce qu'on appelle le haut clergé qui comprend, outre les évêques, les abbés, prieurs, chapitres, etc. Rien de plus juste.
>
> Nous ferons cette demande au nom de tous et c'est peut-être le seul moment favorable de faire rendre à notre ordre la considération qui lui est si légitimement due ; je me suis chargé de vous en prévenir, ne doutant pas de votre vœu pour un objet aussi intéressant pour nous tous. Faites-nous donc une lettre signée de plusieurs confrères portant acquiescement ; il n'y a pas de temps à perdre ; vous le sentez parfaitement.
>
> J'ai l'honneur d'être avec respect, etc.

« Malgré l'abondance des neiges qui avaient intercepté une partie de nos communications dans la province, ajoute Guilbert dans sa relation, pour le 20 janvier nous

et dans l'ordre du clergé, la classe du haut clergé tout spécialement, s'apercevaient qu'il faudrait compter désormais avec
eux et qu'il serait imprudent — d'ailleurs c'eût été maintenant impossible — de vouloir les exclure presque totalement des
assemblées, comme on avait cru pouvoir le faire deux années
auparavant, lors de la formation des assemblées provinciales.

C'est ce qu'avait exposé Guilbert dans un discours magistral
prononcé au nom de ses confrères, dès la première séance, le
20 janvier, et la proposition du curé de Saint-Sébastien avait
été accueillie par l'acclamation générale : *Cela est juste*[1]!

L'accord, cependant, était loin d'être unanime. Si l'attitude
énergique de la classe des curés avait, en quelque sorte, forcé
la main à leurs adversaires, elle n'avait pas désarmé toute
opposition. Si juste qu'elle pût paraître, leur demande d'avoir
aux futurs États provinciaux des représentants choisis dans
leur sein et parmi les autres ecclésiastiques du deuxième ordre,
en proportion de leur nombre et de leurs revenus imposables,
n'avait pas été sans exciter des protestations[2]. De plus, un
point très important du discours de Guilbert avait vivement

avions déjà plus de 400 signatures et beaucoup de lettres particulières dans lesquelles
MM. les curés répondaient de l'acquiescement de leurs confrères et témoignaient leurs
regrets de n'avoir pu absolument faire circuler notre missive, à cause des mauvais
chemins. » (*Conduite des curés*, p 14.) Ces lettres et procurations avaient été réunies
par le curé de Saint-Sébastien dans un recueil spécial auquel il renvoie et qui serait
fort curieux à consulter ; malheureusement ce recueil n'est pas arrivé jusqu'à nous.

1. Ce discours de Guilbert, qui a été quelquefois attribué à l'abbé Grégoire, mais à
tort, comme nous aurons l'occasion de le démontrer plus loin (voir chapitre II, § II),
paraît avoir fait sensation. Quelques jours avant de le prononcer, le curé de Saint-
Sébastien l'avait soumis aux députés du Tiers qui l'avaient approuvé, nous dit-il,
sauf un mot qu'ils le prièrent de retrancher. Les curés de Nancy avaient également
donné leur assentiment, en demandant cependant à Guilbert quelques légères modifications auxquelles celui-ci consentit, bien qu'elles allassent contre son opinion personnelle. Le discours de Guilbert fut ensuite imprimé sans nom d'auteur chez Leseure
à Nancy, 14 pages petit in-8°, et distribué avec profusion.

2. Nous en retrouvons l'écho dans cette note insérée par Chatrian dans son journal,
à la date du 20 janvier 1789 : « Assemblée tumultueuse des trois États à Nancy ;
M. Guilbert y a péroré longuement, obscurément..., on l'a laissé seul en l'assemblée,
il a voulu recommencer sur le même ton le lendemain, on ne l'a pas mieux compris. » (Chatrian, *Calendrier historique et ecclésiastique du diocèse de Nancy pour
1789*, p. 25.) Le curé de Saint-Clément n'assistait pas à l'assemblée, il est probable
qu'il traduit ici, en les exagérant peut-être encore, les impressions de quelque audi-
teur mal disposé et prévenu contre Guilbert.

mécontenté le haut clergé. C'était le vœu formulé par le curé de Saint-Sébastien en faveur du Tiers, dont les curés, renonçant pour leur part à toute exemption, avaient déclaré consentir à partager toutes les charges et contributions pécuniaires. « Ce vœu, si naturel cependant, dit avec raison Guilbert, avait soulevé contre l'orateur — c'est de lui-même qu'il parle — plusieurs membres de l'assemblée, surtout des nouveaux ennoblis, et de ces ecclésiastiques qui tiennent plus à la glèbe qu'à l'honneur et à la charité. » Ces voix discordantes, il est vrai, devaient être vite étouffées. Bientôt le vœu des curés deviendra le vœu de l'ordre tout entier du clergé, sans distinction de classes. Mais au moment où parlait Guilbert, les esprits n'y étaient pas encore préparés et sa proposition avait paru à beaucoup hardie et prématurée. Au reste, les curés tenaient ferme, et le comité directeur de Nancy, s'il est permis de donner ce nom à Guilbert et à son entourage, n'avait pas tardé à recevoir de la province, sur ce point encore, bon nombre d'adhésions [1].

Telle était la situation respective des différentes classes du clergé lorrain, du haut clergé et du bas clergé tout au moins, quand arriva, dans le courant de janvier, la grande nouvelle que le roi était enfin décidé à convoquer les États généraux pour le commencement de mai. On assurait même que déjà les lettres de convocation et le règlement s'imprimaient en secret. Dès lors, devant la question capitale qui se posait, toute autre préoccupation s'effaça. On eût pu croire qu'à cette occasion la bonne entente et l'union parfaite allaient être rétablies entre les diverses fractions, jusqu'alors divisées, de l'ordre

---

1. Les curés de Nancy, en effet, avaient cru bon d'envoyer à tous leurs confrères de la province, par l'intermédiaire des curés des villes bailliagères, en même temps que le texte du discours de Guilbert, une circulaire imprimée, datée du 25 janvier 1789, 3 pages in-8° s. l. n. d., et signée : « Les curés de Nancy et autres », où on leur demandait une adhésion spéciale et formelle « à ce vœu honorable ». Bientôt les réponses arrivèrent en nombre considérable et toutes adhésives. Guilbert nous apprend qu'il les avait conservées aussi avec soin : « Elles réunissaient, nous dit-il, plus de 700 signatures, non comprises celles écrites antérieurement au président de l'assemblée, ni les particulières qu'on ne m'a point remises. » (Conduite des curés, p. 15.)

du clergé. Il n'en fut rien. L'opposition ne fit que changer de terrain et d'objet ; elle y gagna même de pouvoir, sur un théâtre plus grand, s'affirmer avec plus d'éclat. Dans ce nouveau conflit, du reste, à des raisons d'intérêt général vinrent s'ajouter plus d'une fois des considérations d'amour-propre et de pur égoïsme qui ne contribuèrent pas peu à accroître les divisions. C'est Guilbert lui-même qui le constate, non sans amertume : « On ne s'occupa plus que faiblement des États provinciaux. Les têtes s'exaltèrent dans notre ordre comme dans les autres ; chacun se crut digne et plus digne qu'aucun autre d'être député aux futurs États généraux ; l'amour-propre donna l'éveil aux cabales, on se fit un plan de conduite pour le satisfaire », et il ajoute, avec quelque exagération assurément : « Le vrai bien fut perdu de vue [1]. »

La grosse question qui se posait dès lors pour le bas clergé, pour les curés en particulier, était d'assurer leur représentation dans les grandes et solennelles assises qui allaient s'ouvrir, comme ils l'avaient voulu assurer, avec tant de persévérance, dans les assemblées de la province. Le succès, d'ailleurs, ne leur paraissait pas douteux. Le règlement de convocation que Necker achevait d'élaborer se prononçait nettement en leur faveur ; il leur donnait une place considérable dans les assemblées et leur promettait un rôle prépondérant dans les opérations électorales. D'un autre côté, l'opinion publique se montrait de plus en plus sympathique à leur cause : « Le clergé doit surtout, lisait-on dans un des nombreux plans ou projets imprimés qui circulaient alors, faire tomber son choix sur des curés, lesquels, par leur position et par leurs fonctions, sont plus à portée de connaître les besoins du peuple, dont il faudra peut-être, pour ce moment, obtenir des sacrifices, en même temps qu'il est nécessaire de lui préparer pour l'avenir des jours plus calmes et plus heureux. Les évêques et grands bénéficiers, par leur manière de vivre et de voir, sont moins propres

1. Guilbert, *Conduite des curés*, p. 21.

aux opérations actuelles. Ils tiennent trop d'ailleurs au gouvernement par leur naissance, par leur état et par leurs espérances...[1]. »

Le curé de Saint-Sébastien redouble alors d'activité et prend en mains avec plus d'ardeur que jamais les intérêts de son ordre. Placé au centre de la province, membre du comité permanent de correspondance créé jadis à la suite de la réunion des trois ordres, le 20 janvier, et qui restait seul en exercice, il se trouvait mieux à même que personne pour recevoir les nouvelles sûres et les transmettre promptement à ses confrères avec les conseils qu'elles comportaient. Dès avant la publication du règlement du 7 février, alors qu'on n'en avait encore en Lorraine qu'une connaissance vague, il leur écrivait, le 23 février, une lettre ainsi conçue :

Monsieur et cher Confrère,

Dans notre intérêt commun, je crois devoir vous prévenir qu'on tient ici pour certain qu'il y aura dans notre province quatre assemblées pour députer aux États généraux, une à Bar, qui enverra 12 députés, Mirecourt, 8, Sarreguemines, 8, et Nancy, 8.

D'après le système ministériel, nous voilà aussi partagés en quatre dans chacune de ces assemblées ; nous serons convoqués individuellement pour nous y trouver ou donner notre procuration à quelqu'un pour nous y représenter.

Observez qu'un de nous ne pourra être chargé que d'une seule procuration qui puisse avoir effet[2]. Toutes celles en sus seront inutiles et ne compteront pas ; vous concevez, Monsieur, que si nous nous entendons, nous serons prépondérants par le nombre ; d'autant qu'il n'y aura qu'un chanoine par dix, et au-dessous ; deux pour vingt et au-dessus, un seul religieux pour chaque maison.

Il n'est qu'un moyen pour avoir dans notre ordre un nombre supérieur à tout

1. *Essai sur les assemblées de communautés, de bailliages et d'arrondissemens de la Lorraine, destinées à procéder tant aux élections qu'à la rédaction des cahiers pour les États généraux, présenté à ces assemblées par un citoyen.* Paris, 1789, p. 14. Cette brochure de 16 pages in-8° se présente sans nom d'auteur, mais une note manuscrite de Guilbert, retrouvée sur un exemplaire lui ayant appartenu, nous apprend qu'elle était l'œuvre de M. Antoine, lieutenant général du bailliage de Boulay, qui devait être député du Tiers aux États généraux pour la circonscription électorale de Sarreguemines.

2. Il n'en fut pas tout à fait ainsi dans la réalité. Voir l'article 21 du règlement du 24 janvier 1789 : « Lesdits députés et procureurs fondés ne pourront avoir, lors de la dite rédaction (des cahiers) et dans toute autre délibération, que leur suffrage personnel ; mais pour l'élection des députés aux États généraux, les fondés de procuration des ecclésiastiques possédant bénéfices et des nobles possédant fiefs, pourront, indépendamment de leur suffrage personnel, avoir deux voix et ne pourront en avoir davantage, quel que soit le nombre de leurs commettants. » Cf. Brette, *op. cit.*, p. 75.

autre, c'est de convenir, dans chaque canton, de porter les voix sur le même individu, jugé le plus courageux et le plus capable.

Faites passer mes observations à tous nos confrères, en les invitant de les propager entre nous le plus et le plus tôt possible...

Voilà ce que pense un défenseur de notre ordre, de cœur et d'affection, qui est avec une respectueuse estime,

Monsieur et cher Confrère,

Votre très humble et très obéissant serviteur,

GUILBERT, *curé de Saint-Sébastien*[1].

En même temps que quarante copies de cette lettre étaient envoyées, par ses soins, aux curés des villes bailliagères et à quelques autres, Guilbert réunissait ses confrères de la ville pour leur faire les mêmes communications, et ils applaudissaient à son zèle, ajoute-t-il[2].

Enfin, pendant que ces instructions faisaient ainsi le tour de la province, au commencement de mars, arriva à Nancy le texte officiel, tant désiré, des lettres de convocation pour les bailliages lorrains. Aussitôt le curé de Saint-Sébastien s'en procure un exemplaire, l'étudie avec attention et rédige des instructions complémentaires qu'il répand immédiatement parmi les

1. Cette lettre de Guilbert fut imprimée avec une lettre d'envoi de M. Alba, curé de Houdreville et d'Omelmont, à M. Chaupoulot, « très mérité curé de Thelod », avec ce titre en tête : *Lettre trouvée pour, conformément aux vues de l'auteur, servir à la propagation de son ouvrage.* Une feuille in-4°, s. l. n. d.

2. Pas tous cependant, car il nous apprend quelques lignes plus loin (*op. cit.,* p. 23), que l'activité déployée par lui en cette circonstance déplut à quelques-uns des curés de Nancy et du bailliage qui le soupçonnaient de vouloir se faire nommer député aux États généraux. « Ils n'en dirent rien, mais se plaignirent de n'être point consultés, comme s'il eût été instant de le faire. Plusieurs pensèrent que je ne serais pas aussi actif si je ne désirais aller aux États généraux ; idée qu'ils n'auraient jamais eue s'ils avaient réfléchi sur ma marche : je n'avais encore eu aucune liaison avec les curés de mon bailliage dont j'en connaissais un très petit nombre et je ne leur avais pas fait dire un seul mot de mes projets en faveur de notre ordre : ce n'était certainement pas le moyen de capter leurs suffrages. En écrivant aux autres, il eût été fou à moi d'imaginer de me faire nommer dans un autre bailliage. Je voulais venger l'ordre des curés, et ma trop faible santé ne me permettait pas de penser à sortir de chez moi pour ce. Un seul motif eût pu me déterminer, c'eût été l'unanimité de mes confrères *ad hoc* et c'était là chose impossible, puisque j'étais sûr de ne pas l'avoir des seuls curés de Nancy qui ont toujours été en liaison avec ceux du dehors. Quoi qu'il en soit, j'allais à mon but sans m'inquiéter de ce que l'on pensait et dont j'étais déjà instruit, au moins par d'assez justes conjectures. » De son côté, Chatrian, dans son journal (*Calendrier historique et ecclésiastique de Nancy pour 1789,* p. 59), nous dit en parlant de cette circulaire de Guilbert du 23 février, que « cette lettre lui a fait grand tort ; il a passé pour inspirer à ses confrères un esprit de cabale contraire à la lettre de Sa Majesté et au règlement touchant les assemblées ».

curés des campagnes, en même temps que des modèles de procuration qu'il a fait rédiger en hâte et dont il court prendre à l'imprimerie « quarante exemplaires encore tout mouillés », et, à quelques jours de là, pour exciter l'ardeur des curés et mettre leur zèle en garde contre une indolence qu'il redoutait et qui aurait pu nuire à la cause commune, Guilbert, de concert avec les autres curés de la ville, rédigeait et faisait imprimer un nouvel avis qui fut envoyé surtout dans les villages du bailliage de Nancy. Il était conçu en ces termes :

Messieurs les curés sont prévenus que l'on cabale dans la province, et surtout à Nancy, pour les exclure des États généraux et provinciaux. On le fait hautement; et déjà des procurations données par des monastères de filles à des personnes de l'ordre de MM. les curés ont été retirées par insinuation, et même par abus d'autorité, pour être remises à des ecclésiastiques décidés à voter contre [1].

On les prévient aussi qu'il y a des moines qui ont cherché à surprendre quelques curés en leur faisant entendre que, s'ils ne s'unissent pas à eux, ils n'auront point de députés; mais que si les curés veulent voter pour eux, ils voteront eux-mêmes pour les curés. Il faut bien se garder de s'y fier. MM. les curés ne doivent, sur cet objet, s'en rapporter qu'à leur honneur et leur conscience pour choisir entre eux.

Si quelques-uns de MM. les curés avaient été induits en erreur jusqu'à donner leurs procurations à des religieux ou même à des gens de chapitre, ils ne peuvent, sans se manquer à eux-mêmes et à leurs confrères, ne pas les révoquer, pour les donner à celui d'entre eux qu'ils en jugeront le plus digne, exclusivement à tous autres.

Il semble que MM. les curés pourraient faire le plus tôt possible de petits comités, voir celui d'entre eux ou d'un autre canton qui mériterait le plus leur confiance; et ces MM. arrivés dans la ville où ils doivent se rendre se concerteraient tous entre eux, afin de ne pas perdre une seule voix [2]...

Ce n'est pas tout. Jugeant que cette circulaire, déjà bien formelle cependant, n'était pas suffisamment explicite, le curé

1. Allusion à des faits dont nous aurons à reparler plus loin.

2. Pièce imprimée d'une page in-4° s. l. n. d. En réponse à cet avis envoyé par Guilbert, le parti adverse — religieux et membres des chapitres apparemment — lança et fit circuler un petit imprimé de quelques lignes conçu en ces termes : « Messieurs les curés de la campagne, instruits par une circulaire des démarches inconsidérées qui se font dans la capitale (Nancy), au sujet des députations à faire dans leur ordre, se contentent de gémir dans leurs retraites; ils prient le public de croire qu'ils ne sont nullement disposés à former à ce sujet les petits comités qu'on leur indique ; mais, laissant chacun agir selon son âme et conscience, comme il le doit dans cette cause importante, ils espèrent répondre tous efficacement, pour l'intérêt général, à cette confiance dont ils sont honorés, avec la simplicité qui les caractérise, et la modération dont ils doivent donner l'exemple en tout. »

de Saint-Fiacre [1] en rédige une autre de sa propre initiative, destinée spécialement, elle aussi, aux curés du bailliage de Nancy.

MM. les curés du bailliage de Nancy, y disait-il, ont sans doute reçu un petit avis imprimé qui paraît uniquement destiné pour eux, mais qui est aussi parvenu à quelques personnes qui ne sont pas du clergé.

C'est avec bien de la raison qu'on avertit MM. les curés de la nécessité de se concerter, s'ils veulent avoir des députés de leur ordre aux États généraux. Ils y ont un puissant intérêt; et l'on est persuadé que la religion et l'État ne peuvent qu'y gagner.

Il est certain que, sans un parfait concert de la part de MM. les curés, ils seront exclus, tant le parti qui leur est contraire a bien pris ses mesures.

Il y a dans l'ordre des *bons et utiles pasteurs* [2] du second ordre, beaucoup de gens de mérite et capables de bien faire, tant aux États généraux qu'aux États particuliers de la province; mais ils ne se connaissent pas tous; leurs occupations ne leur permettent guère d'étendre leur société au delà d'un petit cercle de voisins. D'ailleurs les curés n'ont ordinairement que très peu de rapports avec leurs confrères des autres diocèses et le bailliage de Nancy s'étend sur trois. Il leur est cependant indispensable, et le bien public l'exige, de s'entendre tous dans l'occasion présente. Voici, ce semble, ce qu'ils pourraient faire:

1° Que dans les petits comités que ces messieurs tiendront incessamment, ils conviennent de celui ou de ceux qu'ils connaissent les plus capables de l'importante commission d'aller aux États généraux;

2° Qu'ils arrivent à Nancy, la veille du jour où doit se tenir l'assemblée générale;

3° Que MM. les curés de Nancy conviennent entre eux du lieu et de l'heure où tous leurs confrères pourront s'assembler avec eux le jour même de leur arrivée;

4° Que chacun de MM. les curés, en arrivant à Nancy, s'informe du lieu et de l'heure de cette assemblée, auprès d'un des confrères de Nancy;

5° Que dans cette assemblée, chacun des petits arrondissements propose les sujets sur lesquels ceux qui le composent ont jeté les yeux;

6° Que tous conviennent ensemble de ceux auxquels ils pensent devoir se fixer;

7° Qu'enfin ils prennent les précautions que leur sagesse trouvera les plus efficaces pour réussir. MM. les curés ne doivent pas douter que, pour peu qu'ils

---

1. Guilbert prétend que Mollevaut cherchait alors à se faire élire député. « Déjà depuis quelques jours, je ne voyais plus maître Mollevaut, ni M. le curé de Saint-Nicolas, lesquels avant venaient très fréquemment chez moi; et je n'en entendis plus parler que par quelques personnes qui m'assuraient que maître Mollevaut intriguait sans cesse, qu'il avait envie d'aller aux États généraux avec son frère, que celui-ci, par l'entremise des curés pour lesquels il avait été employé — il était avocat au Parlement de Nancy, — aurait les communautés pour lui et les curés pour son frère. Ce parti me parut très bien arrangé et je le voyais tranquillement, quoique malhonnête, en me réservant *in petto* de leur donner au moins quelques inquiétudes... » Quant à lui, il répète encore qu'il n'aurait pas accepté la députation : « J'étais décidé dès lors à ne pas accepter, quand bien même j'en aurais été sollicité, et je m'en étais même expliqué avec M. l'évêque, qui paraissait persuadé que je serais député, quoique je lui aie assuré le contraire plus d'une fois. » (*Conduite des curés*, p. 34.)

2. Ce sont les expressions mêmes dont s'était servi le roi, pour désigner les curés, dans le préambule du règlement du 24 janvier. Cf. Brette, *op. cit.*, p. 66.

dispersent leurs suffrages, il n'y aura pas un curé élu. Aucun sans doute ne désire de l'être ; mais tous doivent désirer que plusieurs le soient...

Pour finir, Mollevaut mettait ses confrères en garde contre une manœuvre que leurs adversaires communs machinaient, s'il faut l'en croire, pour les prendre au dépourvu, avant qu'ils aient eu le temps de s'organiser : « On apprend, disait-il, que l'assemblée générale, fixée au trente, pourrait bien être devancée de huit jours. Vous n'en seriez avertis que la veille ou l'avant-veille. Prenez vos mesures [1]. »

Pendant que l'ordre des curés, à l'instigation des curés de Nancy et principalement de Guilbert et de Mollevaut, se préparait avec cette activité à la lutte qui allait s'engager, ses adversaires, membres du haut clergé et du clergé régulier, dignitaires des chapitres et religieux de tous ordres, n'étaient pas restés oisifs. A peine avait-on eu connaissance à Nancy des dispositions de l'ordonnance du 24 janvier, que de tous côtés des protestations s'étaient élevées dans leurs rangs. Une grande innovation, voulue du reste par le Roi, était apportée par cette ordonnance dans le mécanisme des élections, au détriment des évêques et autres grands bénéficiers comme aussi des réguliers. Aux termes du règlement royal, tous les ecclésiastiques possédant un bénéfice séparé, évêques, abbés, curés, chapelains, avaient droit de suffrage direct, le droit par conséquent d'assister en personne ou de se faire représenter par un fondé de procuration à l'assemblée de bailliage. Pour tous les autres membres du clergé, au contraire, soit séculiers, soit réguliers, chapitres des cathédrales ou des collégiales, chapitres séculiers de filles, communautés régulières d'hommes et de femmes, ecclésiastiques ne possédant pas de bénéfice, tels que vicaires de chœur, et autres clercs auxiliaires des chapitres, simples vicaires et autres ecclésiastiques engagés dans les ordres sacrés, prêtres, diacres, sous-diacres, l'élection devait être à deux degrés. Ni les uns ni les autres n'avaient droit de suffrage direct. Les membres des chapitres devaient se concerter et désigner l'un ou plusieurs d'entre eux, dans la proportion d'un chanoine sur dix seulement, pour les représenter à

1. Pièce imprimée de deux pages in-4°, s. l. n. d.

l'assemblée du chef-lieu et concourir en leur nom à l'élection des députés ecclésiastiques du bailliage. Pour les membres du clergé inférieur non bénéficiers, la proportion était de moitié moindre, soit de un pour vingt. Quant aux communautés régulières des deux sexes et aux chapitres séculiers de filles, ils étaient plus sacrifiés encore ; ils ne pouvaient se faire représenter, quelle que fût leur importance, que par un seul député ou procureur fondé, pris, d'ailleurs, dans l'ordre ecclésiastique, séculier ou régulier.

Or l'innovation consistait précisément dans ce droit de suffrage direct et individuel accordé aux curés et aux petits bénéficiers, tandis qu'il n'était point reconnu aux chanoines, pas même aux dignitaires des chapitres ni aux réguliers. Par là, Louis XVI avait voulu, comme il le dit lui-même, « se rapprocher des besoins et des vœux de ses sujets, en appelant aux assemblées du clergé tous les bons et utiles pasteurs qui s'occupent de près et journellement de l'indigence et de l'assistance du peuple, et qui connaissent plus intimement ses maux et ses appréhensions [1] ».

Si les curés et les chapelains applaudirent à cette innovation, il n'en fut pas de même, comme bien l'on pense, de ceux des membres du haut clergé ou du clergé régulier qu'elle sacrifiait. Froissés dans leur amour-propre, blessés dans leur dignité, ils essayèrent de réclamer contre ce qu'ils appelaient une atteinte à leurs droits. C'est d'abord le grand doyen du chapitre cathédral primatial de Nancy, M. l'abbé de Mahuet de Lupcourt [2], qui profite du retard apporté à la réunion de l'assemblée générale du bailliage pour solliciter, auprès du

---

1. *Règlement général du 24 janvier 1789.* V. Brette, *op. cit.*, p. 66-67. Le règlement ajoute : « Le Roi a pris soin néanmoins que dans aucun moment les paroisses ne fussent privées de la présence de leurs curés ou d'un ecclésiastique capable de les remplacer et, dans ce but, Sa Majesté a permis aux curés qui n'ont point de vicaires de donner leur suffrage par procuration. »

2. Jacques-Marc-Antoine de Mahuet de Lupcourt, né à Nancy en 1730, chanoine de l'insigne église cathédrale primatiale de Nancy en 1754, ordonné prêtre à Toul à Pâques de 1755, grand doyen en 1769 et vicaire général du diocèse depuis 1777. Il mourut à Nancy, chanoine honoraire de la cathédrale, le 10 janvier 1806.

directeur général des finances, une exception en sa faveur. Il lui expose qu' « il a l'honneur d'être grand doyen de l'église cathédrale primatiale de Nancy et comme tel, en vertu de bulles sur brevet du roi, curé du chapitre et du cloître de l'église dont il est le premier dignitaire ». Il fait observer que cette place lui confère, comme aux évêques de Nancy, de Toul et de Saint-Dié, le titre de conseiller prélat-né au Parlement. De plus, comme grand doyen, il siège, dans toutes les assemblées ecclésiastiques, immédiatement après les évêques ou prélats de la première classe, et il a la préséance sur tous les abbés, même sur les généraux d'ordre : ce droit lui a été reconnu encore tout récemment à l'assemblée provinciale, où il a siégé après les évêques et avant les abbés, même avant le général des chanoines réguliers. Il fait remarquer enfin que le revenu de sa place, très marquante dans la province, est fort au-dessus de celui des curés ordinaires, et il conclut :

Voilà ma position. Permettez-moi maintenant, Monsieur, de vous demander si vous ne trouveriez pas juste que j'eusse le droit d'assister personnellement à l'assemblée du bailliage de Nancy, en ma qualité de prélat du second ordre et de curé du cloître de la cathédrale, comme en ont le droit le curé du plus petit hameau ou le titulaire d'une chapelle de vingt-cinq livres de rente. Une simple lettre de vous, Monsieur, suffira pour me rétablir dans des droits qui vous paraîtront peut-être justes, sans qu'il fût besoin d'un arrêt du Conseil, ou d'un ordre émané du Roi. J'ignore au reste les formes, mais vous les sçavez [1]. »

Il en fut pour ses doléances. Malgré les compliments flatteurs qu'il adressait, en finissant, à Necker, qu'il appelle l'ange tutélaire de la France, celui-ci lui répondit par une fin de non-recevoir polie mais catégorique. Des cas semblables, faisait observer le ministre, avaient déjà été jugés plusieurs fois par le Conseil. Toutes les attributions dont jouissait le grand doyen étaient inhérentes à sa dignité dans le chapitre primatial de Lorraine ; il n'avait pas, relativement à ces attributions, de revenus séparés, indépendants du chapitre ; il était en conséquence impossible que le roi lui accordât une représentation

1. Archives nationales, Bᵃ 56, l. 136, et B III 93, p. 154. Lettre du 15 mars 1789.

distincte dans les assemblées de l'ordre ecclésiastique[1]. On ne pouvait lui opposer un refus plus formel.

Cet échec humiliant d'un personnage aussi haut placé que le grand doyen n'était pas fait pour encourager ceux des dignitaires des chapitres qui lui étaient inférieurs dans la hiérarchie, à plus forte raison les simples chanoines. Ils se résignèrent donc et se contentèrent, pour le moment, de protestations platoniques. C'est ainsi que nous voyons le chapitre cathédral de Nancy se faire donner acte, à l'assemblée des trois ordres qui se tint à l'hôtel de ville, le 30 mars, d'une protestation de ce genre contre l'article 10 du règlement qu'il regardait comme contraire à ses privilèges. Cet exemple fut suivi par les autres chapitres de la province[2], et bientôt, à peine les élections finies, à ces protestations isolées et individuelles succédera une protestation collective. A la tête de cette protestation se retrouve encore le chapitre de Nancy, qui cherche, mais sans grand succès, à rallier à sa cause et à grouper autour de lui, dans une résistance commune, les corps capitulaires de la Lorraine et des Trois-Évêchés[3], afin de prévenir le retour de faits

1. Archives nationales, B III 93, p. 158.

2. A la fin de février, les chanoines de Saint-Dié écrivent à leurs confrères de Toul pour leur témoigner « la peine que leur a faite l'article 10 du règlement » et se concerter avec eux sur la conduite à tenir. De leur côté, le 7 mars, les chanoines de Toul décident d'écrire aux membres des chapitres de Metz et de Verdun « pour pressentir leur détermination » sur ce même article. La conclusion de tous ces pourparlers capitulaires fut que, le manque de temps rendant toute réclamation inutile, il faudrait se contenter de protester publiquement dans les assemblées électorales. (Cf. *Registres des délibérations capitulaires du chapitre de Toul*, Archives de l'évêché de Nancy.)

3. Nous trouvons encore une preuve de ce fait dans ce curieux extrait des actes capitulaires de la cathédrale de Toul, du 9 mai 1789 : « En conséquence de l'invitation faite au chapitre de cette église par celui de l'église cathédrale primatiale de Nancy, aux fins d'envoyer un député de la compagnie pour se réunir à celui de ladite église de Nancy et des autres de la province des Trois-Évêchés et de Lorraine, à l'effet de concerter en commun les mesures à prendre pour se pourvoir par-devant les tribunaux compétents contre les assemblées bailliagères du 16 mars dernier, en ce qui concerne l'assemblée du clergé dudit bailliage, dans lesquelles la classe des curés, infiniment supérieure en voix, contrairement à la constitution précédente desdites assemblées, a profité de cette supériorité pour former des délibérations qui grèvent et le premier ordre et les différentes classes du second ordre autres que celles des curés, pour à quoi pourvoir le chapitre noble de l'église cathédrale de Toul a député M. Rollin, chanoine de ladite église et archidiacre de Vosges, pour et au nom dudit

pareils à ceux qu'on déplorait et sauvegarder, pour l'avenir, les prérogatives et la dignité des chapitres.

De leur côté, les réguliers n'étaient guère plus satisfaits. N'osant pas — et d'ailleurs ils n'en auraient pas eu le temps — faire parvenir leurs plaintes jusqu'à Versailles, sûrs qu'ils étaient de l'accueil qui leur serait fait, ils se bornèrent, eux aussi, à faire enregistrer leurs réclamations dans les procès-verbaux des assemblées électorales ou dans les cahiers[1]. Tel le chapitre des dames de Bouxières qui, à la suite du chapitre de la primatiale, à la même réunion des trois ordres du 30 mars, se fait donner acte, à son tour, en la personne de son fondé de pouvoirs, de sa protestation contre l'article 10 du règlement, que ces dames regardaient comme blessant également leurs droits. Il convient d'observer, toutefois, que les ordres religieux et communautés régulières d'hommes semblent avoir apporté moins d'insistance comme aussi moins de passion dans leurs revendications. Est-ce parce que, comptant dans leurs rangs un bon nombre de curés — les chanoines réguliers et les bénédictins surtout, dans les bailliages de Nancy, de Lunéville et de Blâmont, — ils espéraient arriver à ressaisir

chapitre se trouver à l'assemblée proposée et y aviser, discuter, proposer, délibérer et conclure conjointement avec les députés des différents chapitres, bénéficiers ou communautés sur les mesures à prendre... » (*Notes manuscrites de M. Charlot*, conservées au séminaire de Nancy.)

1. Comme les chapitres, du reste, les religieux, aussitôt les élections terminées, avisèrent aux moyens de rentrer en possession, pour les élections à venir, de leurs anciennes prérogatives. Le 13 avril 1789, Dom Gallet, procureur général des bénédictins de Lorraine en résidence à l'abbaye de Saint-Léopold de Nancy, faisait parvenir secrètement à toutes les supérieures de communautés de Nancy et autres lieux, une circulaire imprimée, signée de sa main, où nous lisons, entre autres choses : « L'abus que les curés viennent de faire de la trop grande influence que le ministère leur a accordée dans les élections de députés aux États généraux... exige les plus fortes réclamations de la part de tous les corps ecclésiastiques séculiers et réguliers. Tous les chapitres réunis ayant témoigné le désir que tous les réguliers fassent cause commune avec eux, plusieurs maisons m'ont déjà envoyé à cet effet leurs procurations par acte capitulaire qui m'autorisent à faire toutes dues protestations et à concerter avec tous les corps intéressés les moyens les plus sûrs et les moins dispendieux de nous faire rendre la justice que nous sommes dans le cas de réclamer contre les usurpations ou invasions dont nous sommes menacés. J'espère que vous voudrez bien m'autoriser de même. »

ainsi une partie de leur influence, compensation qui était refusée et au grand doyen de la primatiale et à la plupart des
membres des divers corps capitulaires de la province ? Nous
inclinerions volontiers à le croire.

Quoi qu'il en soit, bien que n'ayant plus aucun espoir de
faire réformer des règlements contre lesquels ils avaient vai-
nement récriminé, ni les chanoines, ni les religieux, cependant,
ne renoncent à la lutte. Les uns et les autres s'efforcent de tirer,
du moins, le meilleur parti possible des armes légales laissées à
leur disposition, et ils se préparent à s'en servir avec assez d'habileté pour racheter les désavantages de leur situation et s'assurer une représentation honorable aux futurs États généraux.
Ne pouvant assister tous personnellement aux assemblées bailliagères, ils essaient d'accaparer, aussi nombreuses que possible, des procurations qui leur permettent d'y prendre part. A
Nancy, par exemple, c'est l'abbé de Lupcourt, — le grand
doyen éconduit par Necker, — qui sollicite et obtient la procuration des dames de la Visitation ainsi que des dames Annonciades célestes. L'abbé Turlot[1], vicaire général, reçoit de
même celle des dames de la Congrégation. Quant aux autres
communautés de femmes, les religieux manœuvrent avec tant
d'adresse qu'ils arrivent presque partout à faire choisir quelqu'un d'entre eux pour les représenter. C'est un dominicain,
le P. Lepailleur, qui reçoit la procuration des dames prêcheresses ; un cordelier, le P. Lambert, ex-provincial, représente
les sœurs grises ou religieuses de Sainte-Élisabeth ; les tiercelines, de leur côté, ont pour fondé de pouvoir un tiercelin, le
P. Bernardin Zens ; les dames du Saint-Sacrement, un bénédictin, l'abbé de Saint-Léopold, enfin les carmélites du second

---

1. François-Claude Turlot, né à Dijon en 1745, successivement aumônier de Madame
Victoire et précepteur de l'abbé de Bourbon, fils naturel de Louis XV. M. de la Fare
ayant été nommé à l'évêché de Nancy, le prit avec lui comme vicaire général de son
nouveau diocèse (1788). Il accompagna ce prélat, en 1789, à Paris où il se fixa lui-
même définitivement et où il mourut le 21 décembre 1824. Il avait consacré les dernières années de sa vie à composer divers ouvrages qui furent remarqués en leur
temps. Cf. *Notes manuscrites de M. Charlot*, bibliothèque du séminaire de Nancy.

couvent ou petites carmélites, le P. François-Marie, provincial des carmes [1]. Une seule communauté fait exception, c'est celle des carmélites du premier couvent, ou grandes carmélites, qui donnent leur procuration au curé de Saint-Sébastien lui-même, M. Guilbert. Encore faut-il ajouter que ce ne fut pas sans de vives contestations. Il arrivait, en effet, que les chanoines et les religieux, ne se contentant pas de solliciter les procurations des communautés régulières de femmes, cherchaient à les retirer même à ceux à qui elles avaient d'abord été données. Ils réussissaient quelquefois. C'est ainsi que Guilbert nous apprend qu'il s'était vu enlever la procuration d'une maison exempte dont il avait été primitivement chargé, et il ajoute qu'il était sûr qu'il y avait de ses confrères à qui des religieux avaient pareillement surpris les leurs [2]. Si le curé de Saint-Sébastien conserva celle des carmélites du grand couvent, ce ne fut pas assurément sans peine. Nous avons eu la bonne fortune de retrouver toute une correspondance échangée à cette occasion entre lui et ces religieuses [3], et bien que les incidents qu'elle nous révèle n'aient pas grande importance

1. De même ailleurs, par exemple à Saint-Nicolas-de-Port, où les dames bénédictines sont représentées par le bénédictin Dom Gridel, les dames de la Congrégation, par M. Turlot, vicaire général, et les Annonciades par le P. Cadet, cordelier et gardien de la maison de Nancy.

2. Il semble, d'après une lettre de la prieure des carmélites du grand couvent adressée à Guilbert, que le curé de Saint-Sébastien fait ici allusion aux sœurs grises ou religieuses hospitalières de Sainte-Élisabeth et au curé de Saint-Roch, à qui ces religieuses avaient donné, puis retiré leur procuration pour la remettre aux pères cordeliers. D'autre part, Guilbert nous apprend encore ailleurs que le grand doyen de la cathédrale, après avoir d'abord conseillé aux dames du Refuge de donner leur procuration à leur directeur, « honnête homme, mais curé dans l'âme », avait forcé ces bonnes filles à la lui retirer pour la donner à quelqu'un du bord opposé, et le curé de Saint-Sébastien ajoute : « Il n'a pas même eu l'honnêteté de payer les frais extraordinaires. » (Conduite des curés, p. 26.) En fait, à l'assemblée générale du bailliage de Nancy, les religieuses du Refuge ne comparurent pas et il fut prononcé défaut contre elles. Peut-être avaient-elles pris cette résolution de s'abstenir, pour éviter précisément tous les ennuis que leur causait la question des procurations. Une autre communauté de femmes s'abstint également de se faire représenter, celle des dames Orphelines. Il ne serait pas impossible que ce fût pour les mêmes raisons.

3. Voir dans un recueil manuscrit du séminaire de Nancy, trois lettres de la prieure à Guilbert, une réponse de celui-ci, et deux lettres d'une religieuse carmélite également adressées à Guilbert. J'ai cru devoir en rétablir l'orthographe parfois un peu fantaisiste.

dans l'histoire même des élections aux États généraux de 1789,
il ne sera pas sans intérêt de nous y arrêter un instant, car
ils éclairent d'un jour instructif cette campagne si habilement
menée alors par les religieux, surtout, à ce qu'il paraît, par les
bénédictins.

Les carmélites du grand couvent avaient tout d'abord
donné leur procuration à Guilbert qui avait toujours témoigné à leur maison une vive sympathie. Mais bientôt des difficultés s'étaient élevées. Des religieux, carmes sans doute, mais
surtout bénédictins, en particulier le procureur général des
bénédictins de Lorraine, Dom Gallet, persuadaient aux religieuses qu'elles avaient eu tort d'agir comme elles avaient fait,
et insistaient pour qu'elles revinssent sur leur détermination et
retirassent au curé de Saint-Sébastien les pouvoirs qu'elles lui
avaient confiés. Pour mieux les ébranler, on leur assurait que
Guilbert, se voyant accablé de beaucoup d'autres procurations
semblables, avait dû se décharger de la leur sur un des prêtres
de sa communauté, et qu'ainsi ce ne serait pas lui, en réalité,
qui les représenterait. C'est à tort, remarquait-on encore, que
l'on avait cru que les religieux ne pourraient être chargés de
pouvoirs de cette sorte. Il n'en était rien : c'était un fait maintenant certain qu'un religieux, même mendiant, pouvait être
choisi pour représenter les communautés régulières de femmes,
quelles qu'elles fussent, à plus forte raison quand ces communautés appartenaient à la même famille monastique que le religieux fondé de pouvoirs, « puisqu'il est sensé qu'un corps de
religion ne peut et ne doit se démembrer ». Et pour achever de
convaincre ces malheureuses carmélites, on allait jusqu'à affirmer que la propre sœur de M. Guilbert, supérieure de la communauté des dames de Sainte-Élisabeth [1], venait elle-même de

1. Les religieuses hospitalières de Sainte-Élisabeth, ou sœurs grises, avaient à Nancy
un établissement sur la paroisse Saint-Roch et la supérieure était alors, depuis 1786,
une sœur de Guilbert, la R. M. Françoise-Claire Guilbert. Cf. Chatrian, *Lorraine ecclésiastique*, p. 191. Dans la relation déjà citée, *Conduite des curés*, p. 28, le curé de
Saint-Sébastien semble dire qu'il avait été chargé d'abord, lui aussi, de cette procuration et qu'il avait dû la rendre.

retirer sa procuration au curé de Saint-Roch, sur la paroisse duquel le monastère s'élevait, pour la remettre aux révérends pères de son ordre. Bref, à la suite de cette campagne et après toutes ces démarches, les pauvres religieuses, tourmentées, inquiètes, menacées, ne savaient plus que faire. La communauté se trouvait divisée en deux partis ; l'un disposé à continuer malgré tout sa confiance à Guilbert, l'autre inclinant, par prudence et aussi peut-être par sympathie, à suivre l'avis des bénédictins. Les carmes eux-mêmes étaient loin d'être d'accord. Les uns craignaient de choquer le curé de Saint-Sébastien par un procédé impoli ; les autres, au contraire, voulaient que l'on passât outre et se ralliaient au sentiment de D. Gallet. Pour couvrir leur conduite, ceux-ci s'appuyaient sur ce que les règles du droit n'avaient pas été observées, disaient-ils, par la prieure, la décision qui confiait la procuration à Guilbert n'ayant pas été prise dans un chapitre régulier. Quant au provincial, il ne voulait se mêler de rien et n'osait rien décider. Dans ces conjonctures, grande était la perplexité de l'infortunée prieure, Mère Marie-Thérèse de Saint-Joseph, sur qui retombait toute la responsabilité. Au fond dévouée à Guilbert, mais circonvenue par les bénédictins[1], elle écrit à diverses reprises au curé de Saint-Sébastien pour lui exposer son embarras, lui demander conseil et finalement le prier, discrètement et avec toute la délicatesse possible, de lui renvoyer

---

1. Une religieuse du couvent, sœur Félicité, dans une lettre confidentielle secrètement adressée à Guilbert, lui écrit que « le procureur général des bénédictins a tourné la tête à la mère prieure, pour n'avoir pas donné sa procuration aux moines. Il lui a dit que nous allions être accablées par le clergé s'il n'y avait pas de religieux député pour Paris. Il est facile de surprendre la bonne foi et la simplicité de pauvres filles enfermées, qui ont peu d'expérience, lesquelles sont dirigées par un homme sans principe et sans esprit.... Je n'ai pas besoin de vous dire que les moines n'ont jamais causé que du désordre chez nous. Ce n'est pas que la communauté ait changé de sentiments à votre égard, au contraire, mais il n'a rien épargné pour y réussir et comme l'on craint qu'il n'ait gagné la mère prieure, j'ai cru devoir vous en prévenir. » Et dans une autre lettre : « Nous ne savions ce qui se passait. Les bénédictins ne quittent plus la mère prieure ; elle est enfermée depuis le matin avec eux au parloir. Nous sommes inquiètes de savoir ce qu'elle braise. Nos révérends pères et nos mères me forcent de vous prier de ne plus répondre en aucune manière à la mère prieure et de ne pas abandonner nos intérêts. »

sa procuration, au cas tout au moins où il ne pourrait s'en charger lui-même [1].

Avec un grand désintéressement, dans une lettre empreinte d'une dignité parfaite en même temps que d'une extrême loyauté, Guilbert rendit aux carmélites leur liberté [2]. A la fin cependant tout s'arrangea. Par quel concours de circonstances, nous l'ignorons, mais la prieure eut la joie de pouvoir annoncer au curé de Saint-Sébastien que tout était pacifié. Les bénédictins en furent pour leurs frais et Guilbert conserva la procuration des grandes carmélites.

Et qu'on ne se figure pas que le théâtre de cette campagne si activement conduite par les curés d'une part, par les reli-

---

1. « Je me trouve entre deux enclumes, écrit-elle à Guilbert, que faire? Je vous ai donné de nouveau parole hier, je ne la retire pas, mais je me remets à votre prudence. Personne ne craint plus que moi de vous choquer ; depuis longtemps vous m'avez rendu les services d'un ami, d'un père. Mon cœur est à la presse dans cette fâcheuse circonstance ; je crains de vous manquer et d'un autre côté mon ordre doit m'être cher et il me l'est. Une partie de la communauté réclame ses droits, je voudrais pouvoir tout pacifier, mais je ne le puis. J'ai proposé l'acte de chapitre et quatre opposantes l'ont fait échouer... » Et un peu plus loin, toujours dans la même lettre : « Excusez ma position qui est des plus tristes, mon cher père et ami, croyez-moi toujours votre plus qu'attachée ; je serais un monstre d'ingratitude si j'agissais autrement et j'en suis incapable. La crainte de perdre votre amitié qui m'est si chère me tient en suspens ; le zèle de mon ordre me presse d'un autre côté. Voyez, décidez le parti qu'il me faut prendre. Je reste abîmée dans le plus affreux chagrin ; de quelque côté que je me tourne je ne puis l'éviter. Ne vous laissez pas, de grâce, prévenir contre moi, plaignez mon sort... » et enfin, en post-scriptum, elle ajoutait le lendemain : « Ma lettre écrite depuis hier m'a laissée indécise jusqu'à ce moment ; mais enfin, la relisant, je n'y vois rien qui puisse vous faire peine ; c'est une âme peinée qui verse ses peines dans le cœur d'un ami et d'un père. Prenez-la, je me hasarde à vous l'envoyer, me reposant sur votre prudence et sur votre amour pour la paix. Je ne vous le cache pas, les esprits sont divisés ; toutes enfin s'en prennent à moi d'avoir été trop précipitée, je suis le souffre-douleur. Si vous daignez m'honorer d'un mot de réponse, ne l'envoyez point directement à notre tour. J'ai recommandé qu'on l'aille chercher et qu'elle me soit remise directement à moi-même. Ménagez-moi, je vous supplie, auprès de celles qui se proposent sans doute de vous indisposer contre moi. Elles sont quatre qui ont fait le plus d'éclat et qui me prêtent mille choses fausses comme de se persuader que j'ai eu en vue les bénédictins dans les démarches que je me suis obligée de faire. Oh ! je vous assure que rien n'est plus faux ! Que ceci se passe entre vous et moi, je vous en conjure. »

2. « Consultez, ma chère fille, vos révérends pères et votre maison au sujet de la procuration que vous m'avez fait remettre et faites ce qui vous sera le plus agréable. Vous me l'avez proposée, je l'ai acceptée pour vous obliger et je suis très disposé à vous la remettre par le même motif. Et si vous persistez à me la laisser, je ne la remettrai à personne autre et serai votre représentant. Mais sur ce, liberté plénière de vos parts. Dites-le à vos mères en les saluant de ma part. Réponse oui ou non... » (Lettre de Guilbert à la prieure des carmélites du grand couvent, 15 mars 1789.)

gieux et les membres du haut clergé de l'autre, fut limité à Nancy. La lutte fut générale. Plusieurs lettres adressées alors à Guilbert de divers points de la province nous en ont apporté d'intéressants échos.

C'est d'abord, aux portes mêmes de Nancy, le prieur de Froville, — M. Charles, un prieur commendataire et séculier — qui écrit le 12 mars au curé de Saint-Sébastien : « D'après ce que j'entends dire dans mon canton, il paraît sûr que le député ecclésiastique du bailliage de Rosières sera un curé, mais comme les chanoines réguliers sont en force, il pourrait être de leur robe. Je n'en suis pourtant pas persuadé, cela se découvrira lundy [1]. » Dans ces conditions, la lutte promet d'être vive, les partis se serreront de près et une voix peut avoir son importance : « M. l'abbé Charlot [2], continue le prieur, m'avait promis sa procuration. Il a été sûrement assigné à Rosières où l'on n'a oublié aucun chapelain ; ce serait encore une voix pour un curé séculier ; s'il voulait l'envoyer, ma sœur me la ferait passer [3]. »

Même opposition et même lutte passionnée entre les divers éléments du clergé — clergé régulier et clergé séculier, bas clergé et haut clergé, — dans la circonscription électorale de Sarreguemines. Pour l'élection définitive des deux députés ecclésiastiques de cette circonscription, à l'assemblée de réduction qui se tiendra à Sarreguemines même, le 30 mars, il faudra recommencer le scrutin jusqu'à trois fois, deux religieux, l'abbé régulier de Freistroff, M. de Thurique, et le prieur des bénédictins de Saint-Avold, ayant chaque fois la moitié des

---

1. L'assemblée bailliagère de Rosières devait s'ouvrir le lundi 16 mars. Voir plus bas chapitre II, § IV.

2. C'était apparemment l'abbé Joseph Charlot, alors prêtre de la communauté de Saint-Sébastien et titulaire d'une chapellenie dans le bailliage de Rosières, probablement à Dombasle.

3. En fait, comme nous le verrons plus loin, chapitre II, § IV, ce fut le clergé séculier qui l'emporta avec M. Lamoyse, curé de Dombasle.

Voir aussi ce que nous dirons plus bas, chapitre II, §§ II et III, de la lutte entre les religieux et le clergé séculier, à Lunéville et à Blâmont, au moment même des élections.

voix environ. Mais l'ordre des curés séculiers apporte tant de discipline et d'union dans la mêlée électorale que la victoire finit par lui rester et que les élus sont deux curés, M. Verdet, curé de Vintrange, et M. Colson, curé de Nitting. « Nous avions formé notre résolution si sincèrement en faveur des curés, écrit le curé de Sarreguemines au curé de Saint-Sébastien le 31 mars, que moi-même j'ay prié qu'on ne pensât pas à moi, de crainte que ma qualité de doyen de chapitre ne fît oublier celle de curé qui me flatte infiniment plus[1]. » Et ce témoignage du curé de Sarreguemines est confirmé par celui de Verdet, l'un des deux députés élus, qui écrit à Guilbert, le lendemain de l'élection, avant même de quitter Sarreguemines pour regagner sa paroisse : « Nous sommes deux curés députés de notre ordre, celui de Nitting et moi, nonobstant l'intrigue d'un moine (le prieur de Saint-Avold) qui comptait au moins partager cette commission. » Au reste, si Verdet se félicite du résultat obtenu, il en reporte le mérite à Guilbert : « Je ne doute pas que cette réussite pour notre état ne soit l'effet de vos bons soins et de vos sages avis aux curés de cette province, nous vous en faisons l'hommage[2]. »

De même encore à Mirecourt. L'évêque de Saint-Dié, M. de Chaumont de la Galaizière, qui avait été élu député au premier degré par son bailliage, fut exclu à l'unanimité lors des élections définitives à l'assemblée d'arrondissement et là encore deux curés furent choisis[3]. Tout le parti des curés et des chapelains s'était déclaré contre le prélat et se réjouit de sa défaite.

1. Lettre du curé de Sarreguemines à Guilbert, 31 mars 1789. Il semble que le curé de Saint-Sébastien, qui jouait alors un rôle prépondérant dans la question électorale et dont l'influence s'exerçait sur tous les points de la province, avait demandé à un certain nombre de curés de le tenir au courant de ce qui se passait dans leurs bailliages respectifs. Quelques-unes des réponses qu'il reçut sont arrivées jusqu'à nous.

2. Lettre de M. Verdet, curé de Vintrange, à Guilbert, datée de Sarreguemines, 31 mars 1789. — Louis Verdet, né à Nancy le 25 mars 1744, mort curé de Sarreguemines le 11 mai 1819, resta en relations épistolaires suivies avec Guilbert pendant tout le temps qu'il siégea aux États généraux et à l'Assemblée constituante. Cette correspondance des deux curés lorrains ne manque pas d'intérêt; nous la publierons prochainement.

3. MM. Galland, curé de Charmes-sur-Moselle, et Godefroi, curé de Nonville.

« Il ne fut pas même scrutateur, » écrit à Guilbert, avec une satisfaction qu'il ne cherche pas à dissimuler, M. Simon, curé de Châtel-sur-Moselle [1], et Chatrian nous conte malicieusement que l'évêque n'eut qu'une voix — celle de l'abbé Georgel, à qui il donna lui-même la sienne, — malgré toutes les aumônes qu'il avait faites auparavant pour se rendre populaire.

Cette opposition du clergé séculier inférieur contre le haut clergé et le clergé régulier n'était pas du reste propre à la Lorraine. Les curés des bailliages voisins des Trois-Évêchés, en particulier, étaient en harmonie parfaite d'idées et de sentiments avec leurs confrères des bailliages lorrains. Je n'en veux d'autre preuve qu'une lettre écrite par un curé du diocèse de Metz, M. Chavane, curé de Vallières, à Guilbert, dont l'influence s'était fait sentir jusque dans le pays messin et qui avait réussi à y organiser aussi un mouvement de résistance nettement accentué dans l'ordre du bas clergé. J'en citerai, avant de conclure ce chapitre sur l'état du clergé lorrain à la veille des élections de 1789, un assez long extrait. Cette lettre, en effet, traduit d'une façon saisissante les sentiments et l'attitude respective des diverses fractions du clergé, en même temps qu'elle nous donne une idée curieuse des compromis auxquels la prudence obligeait parfois les curés pour s'assurer la victoire. « Nous avons parfaitement répondu à vos vues, écrit le curé messin à Guilbert. Nonobstant la bonne volonté que notre évêque président avait d'être notre député, nous sommes venus à bout de ne point répondre à ses désirs. Nous avons choisi quatre électeurs qui sont plus patriotes que Son Excellence. Ce sont Messieurs les curés de Sainte-Croix, de la ville de Metz, de Chesny, de Jussy et Dom Collet, principal du collège. Vous serez peut-être surpris de voir un moine accolé à tant d'honnêtes gens. Nous n'avons pu prendre un autre parti. Si nous eussions exclu les religieux de notre élection, ils auraient dirigé leurs suffrages sur le personnage intéressant [2] que

1. Lettre de M. Simon, curé de Châtel, à Guilbert, 1er avril 1789.
2. Le cardinal de Montmorency-Laval, évêque de Metz, alors très impopulaire, pa-

nous avions envie d'exclure. *Ne deterius aliquid contingat*, il faut faire de nécessité vertu. Je ne pourrais vous détailler les difficultés étonnantes que nous avons éprouvées dans la rédaction de nos cahiers. A chaque pas il se trouvait des obstacles insurmontables de la part des gens de chapitre. Dieu soit loué! Nous sommes venus à bout de mettre à la charge des décimateurs la construction des églises et de nous ménager des places dans le chapitre noble de la cathédrale de Metz : ce n'a pas été le moindre de nos soins. Le curé de Sainte-Croix, de Metz, homme savant et profond, a prouvé évidemment que toute la classe sacerdotale était noble et qu'il n'y avait aucun roturier parmi nous. » Et pour finir, le correspondant de Guilbert le remerciait et saluait en lui le « zélé défenseur des droits anciens et respectables de la classe des curés de Lorraine et du pays messin ».

Tel était l'état d'esprit des diverses classes du clergé lorrain au moment de la convocation des États généraux. Tels étaient, dans ce corps respectable d'ailleurs et qui retrouvera bientôt sa cohésion en face du danger commun, les divers partis en présence. Il était utile, pour l'intelligence de ce qui va suivre, de reconstituer, brièvement du moins, ce tableau du monde ecclésiastique en Lorraine à la veille de la Révolution. Il nous permettra de mieux discerner les influences diverses qui allaient présider, au sein du clergé, à l'élection des députés et à la rédaction des cahiers.

---

rait-il, dans son diocèse : « Cette Éminence, écrit à son propos Chatrian, a eu l'affront de n'être ni élu ni électeur à Metz, ni député aux États généraux. Pourquoi a-t-il toujours été si haut vis-à-vis du clergé? » *Calendrier historique et ecclésiastique pour 1789,* p. 104. Ailleurs le curé de Saint-Clément lui reproche encore « un abord froid, dédaigneux et réservé » qui « a flétri les cœurs de ses chanoines et de ses curés qui craignaient de l'approcher et ne savaient comment lui parler ». *Notes manuscrites détachées.*

CHAPITRE II

LES ASSEMBLÉES BAILLIAGÈRES, LES ÉLECTIONS ET LA RÉDAC-
TION DES CAHIERS DE L'ORDRE DU CLERGÉ DANS LA CIR-
CONSCRIPTION ÉLECTORALE DE NANCY.

Avant de donner le texte de chacun des cahiers du clergé
que nous publions, nous indiquerons rapidement comment se
sont faites les élections dans le bailliage dont il résume les
vœux, à qui fut confiée sa rédaction, et nous relaterons les
incidents divers auxquels ont pu donner lieu parfois et ces
élections et cette rédaction.

Le bailliage de Nancy nous arrêtera davantage à raison de
son importance d'abord, à raison aussi des documents, soit
officiels, soit privés, que nous possédons en plus grand nombre
pour cette circonscription. Quant à l'ordre que nous suivrons
pour les autres bailliages, ce sera l'ordre même du tableau
annexé au règlement du 7 février : Lunéville, Blâmont, Rosières, Vézelise et Nomeny.

§ Ier

Bailliage de Nancy [1].

La réunion préliminaire des trois ordres du bailliage de
Nancy avait d'abord été fixée au 16 mars 1789 par une ordonnance du 25 février, portée, en l'absence du bailli, par
M. Mengin de Laneuveville, lieutenant-général. Mais à la
suite de difficultés d'ordre divers dont nous avons parlé plus

---

1. Le bailliage de Nancy, un des plus considérables de toute la province de Lorraine et Barrois, avait été élevé au rang de bailliage présidial par l'édit de juin 1772.
Au spirituel, il relevait presque entièrement, en 1789, du nouvel évêché qui venait
d'être érigé tout récemment, en 1778, à Nancy. Quelques communautés de ce bailliage, cependant, appartenaient encore à l'ancien diocèse de Toul, et quelques autres
dépendaient de l'évêché de Metz. Cf. Durival, *Description de la Lorraine et du Barrois*, 1779, tome II, p. 69-70.

haut, elle avait dû être renvoyée au 30[1] par une nouvelle ordonnance, émanée, celle-ci, du bailli lui-même, M. de Boufflers.

Les trois ordres s'assemblèrent à cette date, à huit heures du matin, dans la grande salle de l'hôtel de ville. Le marquis de Boufflers[2] présidait. Il ouvrit la séance par un discours qui, sous une forme étudiée où les images à effet, les métaphores pompeuses et les abstractions savantes sur la nature, le droit, la liberté tenaient peut-être une trop large place, exprima en des termes d'un patriotisme élevé, en même temps que les sentiments d'affection et de reconnaissance des trois ordres pour « le monarque généreux qui préfère des citoyens à des esclaves et dont la justice héroïque rend, à la face du monde, des droits, inaliénables il est vrai, mais depuis trop longtemps aliénés », tout l'espoir que les esprits généreux mettaient dans ces grandes et solennelles assises nationales qui allaient enfin se tenir à Versailles, et où « la voix de la Patrie, muette depuis tant de générations, allait se faire entendre au Roi qui l'interrogeait ».

« En réfléchissant à la nature d'un État politique, dit M. de Boufflers, on peut, avec raison, se le représenter comme un édifice dont la beauté, la force

1. A cette date, nous le verrons, les autres bailliages de Lunéville, Blâmont, Rosières, Vézelise et Nomeny avaient terminé toutes leurs opérations électorales, quelques-unes même depuis plusieurs jours déjà.

2. Stanislas-Jean, marquis de Boufflers, chevalier de l'ordre de Saint-Jean de Jérusalem, noble génois, maréchal des camps et armées du roi, abbé commendataire de Longeville et de Belchamp, bailli d'épée du bailliage royal de Nancy. De tous ces titres et dignités qui s'accumulaient sur sa tête, résultait pour lui une situation assez complexe. Il se trouvait, en effet, appartenir à la fois au clergé et à la noblesse, et il avait dû demander à Necker « si sa qualité de chevalier de Malte, non profès, mais possédant des bénéfices, l'excluait de la présidence de l'ordre de la noblesse que son office de bailli lui attribuait de droit ». Le ministre lui avait répondu, après avoir pris l'avis des commissaires du Conseil chargés d'examiner les affaires relatives à la convocation des États, « qu'il conserverait la présidence de l'ordre de la noblesse, mais qu'à cause de ses bénéfices, il ne pourrait avoir le droit de voter dans cet ordre. (Lettre du 11 mars 1789, Arch. nat., B III, 93, p. 137.) Boufflers n'en fut pas moins élu, d'abord, par l'assemblée de la noblesse du bailliage de Nancy, député au premier degré, puis député définitif par l'assemblée de réduction. Il s'était rendu très populaire, au moment des élections, en régalant chaque jour, du 30 mars au 6 avril, la noblesse à l'hôtel de ville et le Tiers à la Comédie, ce qui avait fait dire plaisamment, nous raconte Chatrian « qu'avec cinquante poulets, il avait gagné deux cents dindons ». Chatrian, *Calendrier hist. et eccl. du diocèse de Nancy pour 1789*, p. 94.

et la durée dépendent de la sage disposition, de la juste proportion et de la liaison intime de ses parties. Mais cet édifice est composé de matériaux vivans, sensibles, intelligens, qui souffrent de la surcharge ou du défaut d'appui, qui doivent connoître, qui peuvent indiquer les avantages ou les vices de leur construction; et l'architecte lui-même, s'il est sage, aura soin de les consulter sur l'ordre qui leur convient.

A ce trait, Messieurs, reconnoissons un Roi paternel qui entend nos plaintes, qui souffre de nos maux, qui en voit l'étendue, qui en prévoit les conséquences et qui nous appelle enfin pour en proposer le remède..... »

Puis vinrent de longues considérations philosophiques, à la mode du XVIIIᵉ siècle, sur la nature et la société, sur l'accord nécessaire entre les exigences de celle-ci et les droits de celle-là, sur la loi, et surtout sur la liberté, que l'orateur représenta poétiquement à son auditoire « sous l'emblème d'un arbre qui, toujours prêt à renaître d'un germe impérissable et céleste, porteroit tous les fruits, suffiroit à tous les besoins et dont les rameaux ombrageroient toute la terre si, partout, des mains sacrilèges ne s'exerçoient, de tout temps, à les mutiler. Il se partage en deux branches tellement enlacées, tellement sympathiques entre elles, qu'on ne peut toucher à l'une que l'autre s'en ressente: c'est la *Sûreté* et la *Propriété*. »

Avec un tact parfait et en des termes habilement choisis qui ne pouvaient blesser personne, M. de Boufflers rappela ensuite à l'assemblée, dans une esquisse à larges traits, les grandes questions dont elle allait s'occuper. Enfin, après avoir vivement engagé chacun des trois ordres à conférer à ses représentants des pouvoirs absolus et illimités, conformément d'ailleurs à un article formel du règlement du 24 janvier, faisant entrevoir « le désordre, l'anarchie et le chaos » qui pourraient résulter de la limitation des pouvoirs, il demanda à tous, dans un beau mouvement de patriotisme, de savoir faire généreusement, au besoin, le sacrifice des intérêts particuliers de la province aux intérêts supérieurs de la monarchie, de cet « empire françois » dont ils étaient appelés à partager désormais les destinées:

« Le temps est venu d'étendre à tout le royaume cet amour de la patrie que, pendant plusieurs siècles, une existence indépendante sous des souverains adorés avoit concentrée dans nos limites. Ces règnes sont finis, et qui plus que moi seroit en droit de le regretter! Mais un nouvel ordre de choses compense une partie de nos pertes par d'autres avantages. Nous sommes François enfin, et après nous être distingués en Europe parmi tous les peuples du même rang que nous, distinguons-nous en France parmi toutes les provinces qui la composent et montrons-lui tout ce qu'elle a gagné par une telle adoption. Commençons par reconnoître qu'il est une cause commune, que celle-là seule doit être défendue, et que le bien du plus grand nombre est l'intérêt de tous. Démontrons ensuite nos intérêts à la France et nous lui démontrerons les siens; connoissons les siens et nous connoîtrons les nôtres; enfin, sur tous les points, attendons tout de la lumière et préparons le triomphe de l'évidence.....

..... Mais pourquoi vous rappeler, Messieurs, s'écria l'orateur en terminant, dans une péroraison d'une réelle et vigoureuse éloquence, des motifs que je n'exposerai jamais aussi vivement que vous les sentez et que vous les avez toujours sentis? A qui dois-je parler en ce moment de désintéressement, d'honneur et de patriotisme?

Est-ce à cet ordre vénérable sur qui son nouveau chef répand encore un nouveau lustre, aux charitables émules de ce clergé, consolateur de nos ancêtres, qui pendant les anciens fléaux dont la Lorraine a si longtemps gémi, partageoit avec tous les infortunés, des asyles délabrés et des provisions insuffisantes, dans ces enceintes religieuses que le démon de la guerre avoit du moins respectées?

Est-ce à cette noblesse accoutumée au dévouement, à cette antique chevalerie toujours en armes pour la défense de son pays, toujours prête, à la voix de la gloire, à s'arracher aux objets de ses plus chères affections, et s'indignant de respirer l'air natal, quand ses chefs alloient cueillir des palmes sous un ciel étranger?

Est-ce à ce peuple généreux et patient, qui pendant les longs malheurs applaudissoit encore à l'héroïsme de ses Maîtres, interprétoit leurs motifs, épousoit leurs querelles, excusoit leurs erreurs, ne leur imputoit point ses maux et sembloit toujours prévoir pour ses enfants un destin plus heureux? Leur attente ne fut point trompée. Le ciel leur devait Léopold que Stanislas pouvoit seul remplacer. D'autres peines ont succédé à ces heureux temps, mais un plus heureux avenir va succéder à ces peines. Le sang de Stanislas et celui de Léopold n'ont pu nous donner, ne peuvent nous promettre que de bons Rois. Celui qui nous gouverne daigne se montrer citoyen comme nous, soyons-le comme lui. Enflammés par un aussi rare exemple, aimons le bien avec la franchise, avec le désintéressement qu'on doit apporter dans la cause commune. Partagés d'opinion, s'il le faut, mais réunis par le sentiment, ce n'est point le triomphe que nous devons chercher, mais la lumière....., et l'on ne tarde point à se rencontrer, quand on part du même point et qu'on marche au même but [1]. »

De vifs applaudissements accueillirent cette péroraison du discours de M. de Boufflers [2]. Se faisant l'interprète de tous, l'évêque de Nancy, M. de la Fare [3], lui adressa au nom de

1. Mgr Mathieu (*l'Ancien Régime en Lorraine*, p. 409) a reproduit les principaux passages de cette péroraison. Tout le discours de Boufflers, du reste, fut imprimé dès 1789, ainsi que la réponse de M. de la Fare. A Nancy, chez Hæner, imprimeur ordinaire du roi, 19 pages in-4°.

2. Guilbert nous donne en ces termes l'impression produite sur lui par les paroles du bailli : « Le chevalier de Boufflers... prononça un discours qui, nonobstant quelques paradoxes semés et entortillés, fut généralement applaudi. » *Conduite des curés*, p. 35.

3. Anne-Louis-Henri de la Fare, né à Luçon en 1752, membre de l'assemblée des

l'assemblée quelques paroles de remerciement et l'assura que les
trois ordres du bailliage de Nancy mettraient leur bonheur
« à justifier les vœux de la France, à coopérer à sa régénération et à donner, dans ces grandes circonstances, l'exemple
de l'union, de la concorde et du patriotisme ».

Le reste de la séance fut consacré aux préliminaires obligés
des opérations électorales. Après qu'on eut donné acte de leur
comparution aux membres présents des trois ordres [1], on prononça défaut contre les absents. De ce nombre étaient, parmi
le clergé, M. le chevalier des Barres, commandeur de Saint-
Jean-le-Vieil-Aître, M. de Goussonville, chapelain de la paroisse Saint-Epvre de Nancy, les Dames Orphelines, les Dames
du Refuge, MM. de Saint-Privé et Bernel, chapelains à Agincourt, Talloir, curé de Flavigny, Prévôt et Royer, chapelains
à Gondreville, les RR. PP. Capucins, en leur qualité de curés
de la commanderie de Saint-Jean-le-Vieil-Aître, Tisserant,
chapelain à Pont-Saint-Vincent, Bailly, chapelain à Seichamps, le commandeur de Libdeau, Vaultrin, titulaire de la
chapelle Saint-Côme et Saint-Damien à Villey-le-Sec, Garnier, chapelain à Custines, et Clément, curé de Villers-lès-
Moivrons.

Puis le chapitre de la Primatiale ayant fait observer que
l'article 10 du règlement du 24 janvier portait atteinte à ses
privilèges, il lui fut donné acte de sa protestation, ainsi qu'au
chapitre noble des Dames de Bouxières qui prétendait ses
droits également blessés par l'article 11 du même règlement [2].
On passa ensuite à la vérification des pouvoirs.

---

notables en 1787, avait été nommé évêque de Nancy l'année suivante et sacré le 13
janvier 1788. Il devait être successivement, après la Révolution, archevêque de Sens
en 1817, pair de France en 1822, cardinal en 1823. Il mourut à Paris le 10 décembre 1829.

1. Voir à la fin de ce travail, *Note III*, la liste des membres de l'ordre du clergé
présents à cette assemblée.

2. L'article 10 du règlement général du 24 janvier portait que dans chaque chapitre
séculier d'hommes, les chanoines ne pourraient nommer qu' « un député à raison
de dix chanoines présents et au-dessous; deux, au-dessus de dix jusqu'à vingt,
et ainsi de suite... », et l'article 11, que « tous les autres corps et communautés

Cette opération devait soulever un incident. Le curé de Saint-Sébastien, M. Guilbert, s'était promis et avait promis à ses confrères d'arrêter un certain nombre de procurations qui avaient été remises soit à des chanoines, soit à des religieux et qu'il regardait comme nulles. Il tint parole. Il prouva, nous dit-il, la nullité de ces procurations, nullité qui était prononcée par le règlement lui-même, « attendu qu'elles étaient données par des abbés, abbesses, prieurs qui avaient été assignés dans le chef-lieu de leur bénéfice, avaient comparu et ne pouvaient employer deux fois pour le même bénéfice ». Une discussion s'engagea. Les adversaires de Guilbert affirmèrent qu'il n'y avait que le bailliage de Nancy, et encore, dans ce bailliage, qu'un seul homme, pour contester ce qui partout ailleurs n'avait souffert aucune difficulté. Le bailli, à qui l'article 42 du règlement du 24 janvier donnait le droit et conférait le soin de terminer les discussions de ce genre, s'était d'abord prononcé en faveur du curé de Saint-Sébastien, mais la partie adverse ayant insisté dans ses réclamations, le chevalier de Boufflers, fatigué de cette contestation, « eut la maladresse, nous dit Guilbert, après avoir jugé, de la renvoyer au clergé ». La question, ainsi ajournée, ne devait être tranchée que plus tard [1].

La vérification des pouvoirs terminée, toutes réserves faites d'ailleurs en ce qui concernait les procurations, on reçut de tous les membres présents, comme le prescrivait le règlement royal, le serment de procéder fidèlement à la rédaction des cahiers généraux ainsi qu'à la nomination des députés, qui devaient être, aux termes de l'ordonnance du 7 février, au

ecclésiastiques rentés, réguliers, des deux sexes, ainsi que les chapitres et communautés de filles », ne pourraient être représentés que par « un seul député ou procureur fondé pris dans l'ordre ecclésiastique séculier ou régulier ». Cf. Brette, *op. cit.*, p. 71-72.

1. Cette affaire des procurations ne fut résolue qu'au dernier moment, le 3 avril, quelques instants seulement avant les élections. Elle tenait fort à cœur au curé de Saint-Sébastien. Il avait consulté des jurisconsultes, qui lui avaient affirmé, dit-il, la nullité de ces procurations, et, le soir même du 30 mars, dans une réunion tenue chez

nombre de trois pour le clergé, trois pour la noblesse et six pour le Tiers. Puis les trois ordres se séparèrent pour décider s'il serait procédé à cette double opération séparément ou en commun. Tandis que le Tiers restait dans la grande salle sous la présidence du lieutenant général, les deux premiers ordres se retiraient dans des salles particulières. Le clergé, ayant pris place dans le local qui lui avait été préparé, M. de la Fare, évêque de Nancy et primat de Lorraine, président de droit[1], ouvrit la séance par une allocution patriotique. Après avoir rappelé, en un langage d'une solennité un peu déclamatoire peut-être, mais plein d'élévation, la gravité de la situation et les devoirs tout particuliers qui en résultaient pour le clergé, il termina en émettant l'espoir que « le clergé lorrain ne se démentirait pas, qu'il porterait dans les assemblées nationales cet esprit de science, de conseil, de paix et de piété qui l'a tou-

---

le curé de Saint-Roch, il avait essayé, mais sans succès, de reprendre la question. Quelques jours après, le jeudi 2 avril, à la séance de l'après-midi, après la lecture du cahier, l'affaire revint encore à l'ordre du jour. Le bailli l'ayant renvoyée à la chambre ecclésiastique, Guilbert, bien qu'il estimât celle-ci incompétente, invita l'évêque à prononcer, mais celui-ci s'y refusa « par délicatesse ou par crainte de déplaire ». On consulta également un conseiller-clerc au Parlement qui se trouvait présent, l'abbé de Bonneville, mais celui-ci « ne voulut pas non plus dire son avis », et l'affaire dut être renvoyée à nouveau au bailli, chez qui les parties adverses se donnèrent rendez-vous pour le lendemain, à sept heures, immédiatement avant une messe du Saint-Esprit qui devait être célébrée ce jour-là. Boufflers, ainsi constitué juge du débat, écouta les raisons alléguées de part et d'autre. Les chanoines et les religieux avaient pris, pour défendre leur cause, deux avocats, MM. Régnier et Jacquemin, qui, au dernier moment, abandonnèrent leurs clients et se rangèrent à l'avis de Guilbert. Bref, le bailli donna raison au curé de Saint-Sébastien, et « les deux chanoines et les trois religieux, mes adverses, conclut ce dernier, retournèrent animer leurs ordres contre moi ». Cf. Guilbert, *Conduite des curés,* passim. Il serait intéressant de savoir quelles procurations Guilbert fit ainsi rejeter et quels étaient ces religieux et membres des chapitres qui lui tenaient tête; malheureusement, nous l'ignorons. Nous avons bien retrouvé, il est vrai, une lettre de M. Drouville, curé d'Heillecourt, avisant le curé de Saint-Sébastien qu'un chanoine de la cathédrale de Nancy, chapelain dans sa paroisse, revendiquait à ce titre le droit d'être assigné personnellement à l'assemblée du bailliage. M. Drouville observe irrespectueusement qu'il ne savait « si l'union hypostatique d'un chanoine chapelain lui donnait une activité suffisante pour représenter deux personnes dans le même suppôt », mais il semble que le cas de ce chanoine était facile à résoudre. Les difficultés ont dû porter sur des cas plus complexes.

1. L'article 41 du règlement du 24 janvier portait, en effet, que l'assemblée du clergé serait présidée « par celui auquel l'ordre de la hiérarchie défère la présidence ».

jours caractérisé, qui fait la gloire de la religion et la consolation la plus douce de ses premiers pasteurs [1] ».

Ce discours, éloquent et habile tout ensemble, où le prélat
avait su, avec discrétion, associer l'éloge de tout son clergé au
vœu qu'il formait pour l'amélioration du sort matériel des
ecclésiastiques inférieurs, en laissant soigneusement dans l'om-
bre tout ce qui eût pu être prétexte de division, fit une heureuse impression sur l'auditoire. M. de Lupcourt exprima la
satisfaction de tous et, sur la demande générale qui lui en fut
faite, l'évêque consentit à ce que ses paroles fussent impri-
mées en même temps que celles de M. de Boufflers [2].

On procéda ensuite à la nomination d'un secrétaire. M. Nicolas Bourgeois, prêtre, aumônier de l'hôpital Saint-Charles
à Nancy, fut choisi par acclamation. Puis M. de la Fare,
renouvelant la déclaration déjà faite par le clergé lors de
l'assemblée des trois ordres qui s'était tenue dans les derniers jours de janvier, fit « une motion tendant à communiquer au Tiers-État le vœu unanime que l'ordre formait de
partager avec lui toutes les impositions pécuniaires, dans la
juste proportion de ses biens et de ses charges ». La matière
allait être mise en délibération lorsqu'on apprit que les deux
autres ordres venaient de lever leurs séances — il était plus
de trois heures — et l'on décida de renvoyer l'affaire à la prochaine réunion que l'on fixa au lendemain, mardi, à huit heures
du matin. Le clergé semblait résolu, d'ailleurs, à procéder
séparément.

Dans l'intervalle, on ne resta pas inactif. Les membres du

1. Le discours de M. de la Fare fut imprimé quelques jours après. A Nancy, chez
Hœner, 4 pages in-4°.

2. Quelques instants auparavant, sur la proposition de M. de la Fare, une députation du clergé s'était rendue dans la chambre de la noblesse, auprès du bailli, « pour
lui exprimer le désir qu'il aurait de pouvoir lire imprimé le discours patriotique
qu'il venait de lui faire entendre ». Boufflers y avait consenti et à peine la députation
du clergé était-elle rentrée, que la noblesse, rendant au premier ordre sa politesse,
lui envoyait une députation pour le remercier et lui exprimer à son tour le désir de
voir imprimée, à la suite du discours du bailli, la réponse de M. de la Fare, ce à quoi
le prélat consentit également. Cf. *Procès-verbal des séances et délibérations de l'ordre
du clergé du bailliage de Nancy*, manuscrit du séminaire de Nancy.

clergé continuèrent à discuter les intérêts de leur ordre. Mais une entente parfaite était loin, malheureusement, de régner parmi eux. Aux questions de principe qui en divisaient déjà les diverses classes, étaient venues se joindre des questions de personnes, en sorte que, outre l'opposition que nous avons déjà signalée entre le haut clergé et le bas clergé, entre le clergé séculier et le clergé régulier, on eut plus d'une fois à déplorer, au sein même de chacun de ces groupes, des rivalités fâcheuses. L'intérêt commun fut parfois sacrifié, et plus d'une fois aussi les discussions dégénérèrent en intrigues et en cabales.

Ce fut surtout parmi les curés que se manifestèrent ces divisions. Deux partis s'y étaient formés. L'un avait à sa tête Guilbert, l'autre subissait principalement la direction de MM. Mollevaut, curé de Saint-Fiacre, Rolin[1], curé de Saint-Nicolas de Nancy, et Duvez[2], curé de Malzéville. Ces derniers avaient voulu organiser une réunion chez le curé de Saint-Roch[3], dans la soirée même du lundi, sans en prévenir le curé de Saint-Sébastien qu'on espérait tenir à l'écart. Ils reprochaient en particulier à Guilbert d'avoir agi depuis trois mois de son propre mouvement sans y avoir été autorisé par personne, et d'avoir parlé au nom de l'ordre et pour la défense de ses intérêts sans avoir qualité pour cela. Bref, on trouvait qu'il avait pris une place trop prépondérante, on voulait battre en brèche son influence et, sinon l'exclure, du moins ébranler son autorité et le réduire à un rôle plus effacé. Mais le curé de Saint-Sébastien déjoua le complot. Ayant eu connaissance,

1. Étienne-Nicolas Rolin, né à Nancy le 14 janvier 1740, docteur en théologie, successivement vicaire à Chaumont-sur-Moselle, marguillier à Saint-Nicolas et à Saint-Epvre de Nancy, curé d'Amenoncourt, de Blâmont, puis de Saint-Nicolas de Nancy (1780). Il mourut curé de Saint-Epvre, le 12 décembre 1818.

2. Charles-Christophe Duvez, né à Nancy en 1740, successivement vicaire à Saint-Epvre de Nancy et curé de Malzéville, devait jouer un rôle considérable aussi dans l'histoire religieuse de la Révolution à Nancy. Il se signala en particulier par sa polémique contre l'évêque constitutionnel Lalande. Il mourut à Nancy en 1803.

3. Nicolas Ragot, curé de la paroisse Saint-Roch de Nancy depuis avril 1775. Il était en excellents termes, d'ailleurs, avec Guilbert; mais on lui avait assuré que c'était de la part du curé de Saint-Sébastien lui-même que l'assemblée qui allait se tenir chez lui était convoquée.

par un effet du hasard[1], de la réunion projetée, il fit, nous dit-il, un paquet des lettres qu'il avait reçues, pria son vicaire de l'aider à les porter et se rendit sur-le-champ chez le curé de Saint-Roch. Il y trouva une grande partie des curés venus à Nancy pour prendre part aux opérations du bailliage. « J'ai cru m'apercevoir, ajoute-t-il malignement, qu'on ne m'y atten-doit pas[2]. »

Naturellement, Guilbert, à peine arrivé, prit la parole et s'efforça d'expliquer sa conduite, rappelant qu'il n'avait rien dit ni écrit que de concert avec MM. les curés de Nancy, qu'avant de prononcer le discours qui avait été imprimé et répandu, ils avaient reçu, eux et lui, plus de cinq cents procu-rations des curés de toute la province et que depuis le 20 jan-vier il leur en était parvenu au moins autant. Si l'on n'était pas convaincu de la vérité de ce qu'il avançait, il priait l'as-semblée de vérifier ses dires par l'examen de la correspondance qu'il apportait.

Cet incident personnel vidé, le curé de Saint-Sébastien avait essayé de reprendre l'affaire des procurations. Mais Mollevaut, qui jusque-là était resté avec les curés de Saint-Nicolas, de Malzéville et quelques autres dans un coin de la chambre, gardant le plus profond silence, l'interrompit et rappela à l'assemblée, en termes assez durs pour Guilbert, qu'elle n'avait pas été convoquée pour discuter des objets inu-tiles et qu'elle avait des questions plus importantes à traiter.

Guilbert n'insista pas et une discussion d'ordre plus général

---

1. « Je passai à la communauté des prêtres de ma paroisse où je trouvai M. Fis-cher, curé de Richardménil, qui me demanda si j'irais bientôt à l'assemblée chez M. le curé de Saint-Roch, qu'on ne devait pas tarder de s'y rendre, que je ferais bien de m'y justifier des propos qui se répandaient parmi les curés que tout ce que j'avais fait depuis trois mois pour l'ordre n'était autorisé de personne, que j'avais parlé sans aveu, et qu'il n'avait rencontré aucun curé qui lui assurât le contraire. Mes yeux s'ontr'ouvrirent et je commençais à imaginer la raison pour laquelle depuis plusieurs jours je n'avais vu ni maître Mollevaut, ni maître Rolin. Il ne me fut pas difficile de désabuser maître Fischer. Je retournai chez moi sur-le-champ, fis un pa-quet des lettres reçues et retournai lui en faire part... Je priai M. le vicaire de m'aider à porter les lettres et nous nous rendîmes chez M. le curé de Saint-Roch... » *Con-duite des curés*, p. 37.

2. *Ibidem*, p. 37.

s'engagea alors sur le choix des députés. Il s'agissait, avant tout, de savoir si l'on nommerait en cette qualité M. de la Fare. Ce n'était pas la première fois que cette question était agitée et sur ce point les esprits semblaient fort divisés.

Quelques semaines auparavant, dans un petit comité réuni chez le curé de Saint-Sébastien et composé des curés de Saint-Nicolas, Saint-Roch, Saint-Epvre, Saint-Fiacre, Saint-Sébastien [1], le problème avait été débattu. On convenait assez unanimement, nous dit Guilbert, que l'évêque de Nancy s'était montré digne jusque-là de cet honneur, par les manières honnêtes qu'il avait avec tous ses prêtres ; on reconnaissait que c'était « un prélat de beaucoup d'esprit, et qui avait des lumières [2] ». Sans doute, on avait pu lui reprocher de s'être montré autrefois partisan dévoué des ministres et d'avoir été très lié avec l'archevêque de Sens et ses adhérents, mais depuis qu'il était évêque on pouvait espérer qu'il ne pensait plus de même, et, d'ailleurs, le nommer député serait le lier aux intérêts de la province. Bref, on avait décidé qu'on engagerait les curés à porter sur lui leurs suffrages, mais en dernier lieu seulement, dans la crainte que sa nomination ne lui donnât une trop grande influence sur les autres. On convint en outre qu'il serait informé de ce projet du clergé la veille de l'assemblée, et le curé de Saint-Sébastien lui-même fut chargé de l'avertir.

Quelques jours après, il est vrai, dans une nouvelle conférence tenue encore chez le curé de Saint-Sébastien et à laquelle

1. En fait de paroisses, Nancy comptait alors les paroisses Notre-Dame et Saint-Epvre, pour la Ville-Vieille ; les paroisses Saint-Roch, Saint-Sébastien et Saint-Nicolas, pour la Ville-Neuve ; — enfin, pour les faubourgs, Saint-Vincent Saint-Fiacre d'une part, pour Boudonville ou les Trois-Maisons, Saint-Pierre Saint-Stanislas de l'autre, pour le faubourg Saint-Pierre.

2. Chatrian, dans son Journal de 1787, à la date du 14 octobre, portait sur M. de la Fare, dont il venait d'apprendre la nomination à l'évêché de Nancy, une appréciation également favorable : « Garderons-nous ce nouvel évêque plus longtemps que ses deux prédécesseurs (MM. de la Tour du Pin Montauban et de Fontanges) ? C'est un homme de génie et d'un vrai mérite... » et il ajoutait : « Donc, nous ne l'aurons qu'en passant. » Cf. Chatrian, *Calendrier historique et ecclésiastique du diocèse de Nancy, pour 1787*, p. 289.

assistait, outre les curés de Nancy, le curé de Malzéville, ami
personnel du curé de Saint-Fiacre et probablement amené par
lui, Mollevaut, qui avait changé d'avis dans l'intervalle, s'éleva
contre le prélat et soutint avec chaleur qu'il ne fallait pas
songer à le nommer, sous peine d'encourir le blâme de tous les
curés de la province. Puisqu'il ne devait y avoir que deux députés, il fallait qu'ils fussent curés. Pour lui, ajoutait-il, il ne
pouvait, ni en honneur ni en conscience, voter pour M. de la
Fare. Il assura devant tous que l'évêque n'aurait point son
suffrage et essaya, avec peu de succès toutefois, de faire partager sa manière de voir et sa résolution aux autres membres
de l'assemblée.

Les choses en étaient restées là quand la question se trouva
posée à nouveau dans la conférence du 30 mars tenue chez le
curé de Saint-Roch. Au grand étonnement de Guilbert[1], le
curé de Saint-Fiacre que de nouvelles réflexions, sans doute,
avaient encore une fois fait changer de sentiment, déclara
à l'assemblée, « du ton d'un homme inspiré, qu'il n'y avait
pas à hésiter ni à délibérer, qu'il fallait d'abord nommer
l'évêque de Nancy ». Malgré la justesse des raisons qu'il avait
apportées, tout le monde ne semblait pas encore convaincu.
Les curés des diocèses étrangers, ceux de Gondreville et de
Custines[2] en particulier, déclaraient hautement que, quoi
qu'en pût dire l'orateur, ce n'était point leur projet. Guilbert
se décida alors à revenir à la charge. Très habilement, il
montra que la nomination dont il s'agissait n'était qu'indi-
rectement la députation. A la réduction, comme il y aurait
probablement neuf curés, l'évêque ne pourrait être prépondérant et ces messieurs désigneraient, comme députés définitifs,
qui bon leur semblerait. Ainsi l'élection qu'il s'agissait de
faire de l'évêque ne devait être d'aucune conséquence et ne
pouvait qu'offrir des avantages. C'était une marque d'honneur

1. Guilbert prête ici des vues intéressées à Mollevaut ; il prétend qu'il cherchait à
se faire nommer lui-même député.
2. Gondreville était du diocèse de Toul, et Custines du diocèse de Metz.

qu'on accordait à un prélat qui en était digne à tous égards,
du reste, et qui ne manquerait pas d'en être touché et d'en
avoir obligation, mais cette marque d'honneur n'engageait en
rien l'élection définitive. Celle-ci dépendrait uniquement des
neuf autres députés, qui tous probablement seraient des curés
et, selon toute vraisemblance, ne nommeraient pas l'évêque.
C'est donc sur eux et sur eux seuls que l'indignation et le mécontentement de M. de la Fare pourraient alors retomber. On
trouva l'idée heureuse, on se rallia au projet de Guilbert; son
plan, d'une diplomatie légèrement machiavélique, fut adopté
et l'on décida que dans ces conditions le prélat serait nommé.

Ce point réglé, restait à déterminer quels seraient les deux
autres députés et dans quelle classe on les choisirait. Le curé
de Saint-Fiacre reprit la parole : « Qui nommerons-nous ?
des chanoines, des réguliers, des curés ? » On n'hésita pas et
l'assemblée de crier tout d'une voix : « Des curés ! » On
voulait aussi désigner à l'avance les noms qui seraient pro-
posés aux suffrages de l'assemblée au moment de l'élection.
Le curé de Saint-Fiacre eût même désiré qu'on le fît sur
l'heure, mais le curé de Saint-Sébastien, qui avait toutes sortes
de raisons pour s'y opposer, des raisons d'ordre général, peut-
être aussi des motifs d'intérêt personnel, fit valoir de son mieux
les inconvénients qui pourraient résulter de ce choix précipité,
et finalement gagna tout le monde à son avis. « Mes réflexions
intimidèrent les cabaleurs, dit-il, effrayèrent les autres ; dans
un instant je restai seul avec le curé de Saint-Roch, et le soir
j'appris qu'on s'était réuni en petits comités où je n'avais pas
été ménagé [1]. »

Le lendemain, mardi, le clergé s'étant réuni à l'heure fixée,
en assemblée officielle, cette fois, sous la présidence de M. de
la Fare, on commença par élire les commissaires rédacteurs
des procès-verbaux, puis les rédacteurs des cahiers de doléances. Les membres de l'assemblée se répartissant en trois

1. *Conduite des curés*, p. 40.

classes, bénéficiers, curés et réguliers, il fut convenu que chacune serait représentée dans l'une et l'autre commission. L'abbé de Dombasle[1], chanoine de la cathédrale primatiale et vicaire général de Laon, M. Maigret[2], curé d'Agincourt et dom Didelot, prieur de Lay-Saint-Christophe, furent désignés d'une voix unanime et par acclamation pour rédiger les procès-verbaux. On arrêta, d'autre part, que la commission de rédaction des cahiers serait composée de neuf membres élus par voie de scrutin, dans la proportion de trois pour chacune des classes indiquées — tous les membres de l'assemblée, d'ailleurs, devant prendre part à l'élection des neuf commissaires, à quelque classe qu'ils appartinssent. On désigna, pour remplir les fonctions de scrutateurs, les doyens d'âge des trois classes respectives, MM. Liégé, chapelain de la cathédrale, Renaudin, prêtre de l'Oratoire et curé de Notre-Dame, dom Pierson, abbé de Saint-Léopold de Nancy, et l'on procéda séance tenante à l'élection. La pluralité des suffrages se porta dans la classe des bénéficiers sur deux chanoines de la cathédrale primatiale, l'abbé de Dombasle et M. Camus[3], qui était en même temps vicaire général de M. de la Fare, et sur M. Jacquemin[4], pro-

1. Claude-Louis du Houx de Dombasle, né à Nancy en 1737, chanoine de la Primatiale de Nancy depuis 1762, vicaire général de Laon depuis 1782, abbé commendataire d'Airvaux depuis 1786. C'était alors un des membres du haut clergé les plus en vue du diocèse ; il avait joué un rôle assez important, en particulier, à l'assemblée provinciale de 1787. Il mourut à Nancy le 29 avril 1813.

2. Jean-François Maigret, né à Rosières-aux-Salines en 1732, successivement vicaire à Rosières, régent de quatrième au collège de l'Université de Nancy, enfant-prêtre à Rosières, titulaire de la chapelle Saint-Nicolas et Saint-Florent à Badonviller. Il était curé d'Agincourt, près Nancy, depuis 1781. C'était un prêtre distingué par sa vertu et par son zèle, autant que par son esprit et par sa science. Ayant refusé, en 1791, le serment exigé par la constitution civile du clergé, il dut émigrer. Il mourut en Franconie en 1794.

3. Jean-François Camus, né à Chartres en 1756 et d'abord simple professeur d'éloquence dans sa ville natale. M. de Fontanges l'avait amené à Nancy, en 1783, en qualité de secrétaire. Quelques mois après, il devenait vicaire général du diocèse, et, en 1784, chanoine de la Primatiale. Il semble avoir été peu sympathique au clergé de Nancy, bien qu'on trouve dans Chatrian, à son égard, des appréciations entièrement contradictoires. Émigré en Suisse en 1791, il rentra en France après la Révolution et mourut à Paris, chanoine honoraire de l'église métropolitaine, le 26 avril 1814.

4. Sur l'abbé Jacquemin, né à Nancy en 1750, mort à Nancy évêque démissionnaire de Saint-Dié, en 1832, voir l'ouvrage de M. l'abbé Mangenot, professeur au grand séminaire de Nancy : *Mgr Jacquemin, évêque de Saint-Dié*, 1750-1832, Nancy, 1892.

fesseur de théologie. MM. Poirot, curé de Vandœuvre[1], Mollevaut, curé de Saint-Fiacre, et Maigret, curé d'Agincourt, furent choisis parmi les cûrés[2], et les réguliers furent représentés au sein de la commission par les RR. PP. Chrétien[3], provincial des Minimes, Zens[4], tiercelin, ex-visiteur, et Dieudonné, chanoine régulier, principal du collège de Nancy.

Sur les entrefaites, pendant que le clergé procédait à ces opérations, le Tiers avait décidé de prendre l'initiative d'un rapprochement entre les trois ordres. Plusieurs de ses membres avaient fait observer « qu'il serait intéressant de proposer au clergé et à la noblesse de se réunir pour la rédaction des cahiers et pour procéder en commun à l'élection des députés ;

1. Christophe Poirot, né en 1738, oncle de Boulay de la Meurthe, d'abord vicaire commensal puis curé (1768) à Vandœuvre, près Nancy, vicaire épiscopal de l'évêque Lalande pendant la Révolution, et, après le concordat, curé de la paroisse Saint-Sébastien, où il mourut le 18 novembre 1812. Chatrian lui est peu favorable ; voici le jugement qu'il porte sur lui : « Depuis qu'à la persuasion de son cher neveu, Boulay de la Meurthe, il a bu dans la coupe de la fausse philosophie, il s'est éloigné des voies de la sagesse dans lesquelles on l'avait vu marcher pendant de longues années. La révolution lui a paru charmante ; la constitution civile lui a paru philosophique ; le serment schismatique de la maintenir lui a paru non seulement licite mais même méritoire ; il a quitté un bénéfice honorable et certain, pour devenir intrus dans une place honteusement presbytérienne ; et comme tous les philosophes modernes sont des comédiens et des caméléons, il est devenu, d'après le concordat, curé sous M. d'Osmond sans renoncer à Mgr Nicolas. » Chatrian, notes détachées, bibliothèque du séminaire de Nancy.

2. Ce choix ne satisfit que médiocrement le curé de Saint-Sébastien. Tout d'abord, il ne cache pas qu' « il n'eût pas été fâché d'être un des neuf à choisir, et ce dans l'intérêt des curés ». Il avait déjà rédigé tout un plan de doléances, vœux ou griefs qu'il avait soumis à plusieurs de ses confrères et qui avait été agréé par eux, et il croyait « avoir quelques droits à cette honnêteté très sans conséquence ». Mais tel n'était pas l'avis de tout le monde. Pendant que chacun s'occupait à remplir son bulletin de vote, nous dit Guilbert, le curé de Malzéville, M. Duvez, « sous prétexte de porter l'écritoire, courut la salle en disant à chacun à l'oreille : « Ne nommez pas le curé de Saint-Sébastien, nommez Mollevaut ou votre suffrage sera perdu... ». Bref, Guilbert avoue lui-même qu'il n'eut que très peu de voix. D'autre part, il se plaint aussi de la disproportion avec laquelle la répartition des commissaires à élire avait été faite entre les différentes classes du clergé ; il eût désiré que les curés séculiers, étant de beaucoup les plus nombreux, eussent dans la commission de rédaction des cahiers un nombre de représentants supérieur à celui des bénéficiers et des réguliers. Conduite des curés, p. 41.

3. Nicolas Chrétien, supérieur des Minimes de Bon-Secours et provincial de son ordre en Lorraine, mort à Nancy en avril 1792.

4. Barthélemy (en religion Bernardin) Zens, né à Nancy en 1734 et successivement gardien des Tiercelins à Bayon et à Nancy. Après une existence très agitée et très orageuse pendant la Révolution, il mourut à Nancy en 1801. Voir sur lui notre livre: l'Église Notre-Dame de Bon-Secours à Nancy, Nancy, 1898, p. 125-129.

que, s'agissant de se liguer en quelque sorte pour la patrie, il fallait porter à cette grande assemblée plutôt l'intérêt général que des intérêts particuliers et divers, et y arriver avec une parfaite unité de pensée, parce que ce n'était ni des ecclésiastiques, ni des gentilshommes, ni des membres du Tiers qui devaient la composer, mais de généreux patriotes ».

Les députés, ajoutaient-ils, ne devaient donc pas être les représentants du clergé, de la noblesse et du Tiers, mais ceux de la nation. Du reste, les trois ordres de la province avaient toujours donné le plus bel exemple de l'entente et de l'harmonie, n'était-ce pas un devoir pour eux de continuer d'aussi belles traditions en d'aussi solennelles circonstances ? Déjà quelques bailliages avaient ouvert la voie, Boulay et Rosières en particulier. Nancy ne pouvait faire moins. Bref, il avait été décidé par l'assemblée du Tiers qu'une députation serait envoyée aux deux autres ordres pour leur communiquer un vœu dans ce sens.

L'élection des commissaires venait d'être achevée quand la députation du Tiers se présenta à la chambre du clergé. On donna ordre de l'introduire et M. Jacquemin, avocat au Parlement, qui se trouvait à sa tête, s'exprima en ces termes : « Messieurs, le Tiers-État me charge de vous témoigner son vœu. Il est pour cimenter la concorde, la paix, l'union, biens précieux et désirables ; c'est par ce motif qu'il propose de faire en commun les cahiers, même l'élection des députés aux États généraux. Nous trouvons que cela s'est passé ainsi à Boulay et à Rosières. On nous fait la justice de croire que nous sommes la province la plus paisible du Royaume ; fortifions cette idée de notre générosité et servons nous-mêmes d'exemples[1]. »

M. de la Fare répondit qu'il allait mettre en délibération la proposition du Tiers, et qu'aussitôt prises, les résolutions du clergé lui seraient communiquées.

Cette proposition non prévue du troisième ordre semble

1. Procès-verbal des assemblées du clergé du bailliage de Nancy. (Manuscrit du séminaire de Nancy.)

avoir causé une certaine perplexité au clergé, qui était résolu
à procéder séparément et avait déjà choisi, nous l'avons vu,
les rédacteurs de ses procès-verbaux et de son cahier. Néanmoins, la députation s'étant retirée, on avait délibéré et la
majorité avait exprimé le désir d'accéder au vœu du Tiers et de
se réunir à lui pour les opérations électorales, quand arriva à
son tour une députation du deuxième ordre ayant à sa tête le
comte de Ludres. La noblesse donnait avis qu'après réflexion,
pour des raisons qu'elle n'exposait pas d'ailleurs, elle avait décidé de procéder séparément tant à la rédaction des cahiers qu'à
l'élection des députés, sauf à « communiquer son travail aux
autres ordres et à se concerter avec eux sur tous les articles
susceptibles de contradiction ». Cette résolution de la noblesse
tira le clergé d'embarras [1]. Une nouvelle délibération suivit
le départ de M. de Ludres et il fut décidé que « le désir que
le clergé aurait eu de se réunir aux deux autres ordres, pour
la rédaction commune des cahiers et l'élection des députés,
étant contrarié par la considération de la brièveté du temps,
d'une part, et de l'autre, du très grand nombre des votants des
trois ordres du bailliage de Nancy, il était impossible de procéder concurremment. » Néanmoins, les rédacteurs des cahiers
furent invités « à se concerter avec MM. les commissaires rédacteurs des deux autres ordres sur les objets d'intérêt commun [2] ».

Cette question tranchée, on pria les commissaires chargés
de la rédaction de se mettre à l'œuvre au plus tôt et de mener
leur travail avec assez de suite et d'activité pour pouvoir en
rendre compte à l'ordre entier dans la prochaine séance,
qui fut fixée au surlendemain jeudi, 2 avril, à deux heures
après midi. Après quoi, le vendredi 3 avril, à l'issue d'une
messe basse du Saint-Esprit qui serait célébrée à sept heures
et demie en l'église cathédrale, le clergé procéderait à l'élec-

---

1. C'est Guilbert qui l'affirme : « Elle (la députation de la noblesse) nous tira de
l embarras où nous avait jetés la députation du Tiers. » *Conduite des curés*, p. 41.

2. Nous ne voyons pas qu'il ait été donné suite à cette résolution.

tion de ses députés. Cette délibération prise, une députation fut envoyée aux deux autres ordres pour leur en faire part, les prier d'y adhérer et les inviter à assister tous ensemble à la cérémonie religieuse du vendredi.

C'est à ce moment seulement qu'on put reprendre la délibération de la veille, relative à la contribution proportionnelle du clergé aux charges de l'État. Après diverses observations échangées[1], on arrêta que le vœu serait formulé en ces termes :

« L'ordre du clergé, aimant à voir, dans la convocation des États généraux de la Nation et la formation prochaine des États provinciaux, le retour des trois ordres aux anciennes franchises et formes nationales dont le clergé était resté seul possesseur, dépositaire et conservateur, une époque faite pour resserrer entre les ordres les nœuds de l'union et de la concorde, et se donner des gages mutuels du désir sincère qu'ils ont de voir les trois ordres ne former ensemble qu'une seule famille, devant jouir en commun, sans division et sans jalousie, de la prospérité que leur prépare le plus juste des monarques, a unanimement délibéré de déclarer aux deux autres ordres que l'ordre du clergé vouloit supporter avec eux, dans la juste proportion de ses biens et de ses charges, toutes les impositions pécuniaires, lesquelles seront désormais librement votées dans les assemblées des États généraux de la Nation, consenties par les trois ordres et déterminées sur la nécessité reconnue des dépenses et des besoins de l'État[2]. »

Une dernière députation fut alors envoyée aux deux ordres pour leur communiquer cette nouvelle décision, qui fut accueillie, nous dit le procès-verbal, « avec applaudissement de la part de l'ordre de la Noblesse et avec reconnaissance de la part de l'ordre du Tiers-État[3] ». Puis l'assemblée se sépara.

1. Guilbert, en particulier, ne trouvait pas le vœu en question assez clairement énoncé. Toutefois le curé de Saint-Sébastien constate, non sans une certaine satisfaction, que c'était, au fond, bien que sous une autre forme, le vœu même qu'il avait formulé dans son discours du 20 janvier. L'idée, qui avait alors déplu à beaucoup, avait gagné du terrain depuis et Guilbert observe, avec un visible contentement, que ce vœu fut accepté par tout le monde : « Pas un de ceux du clergé qui dans le temps s'étaient élevés contre moi et qui sous peu d'heures me blâmaient, n'ouvrit la bouche. » Conduite des curés, p. 36.

2. Ce vœu fut imprimé aussitôt sous ce titre : « Déclaration faite par l'ordre du clergé du bailliage de Nancy aux ordres de la noblesse et du Tiers-État, le mardi 31 mars 1789. » Une feuille, in-4°, s. l. n. d.

3. L'exemple du clergé fut aussitôt suivi par la noblesse qui rédigea sur ce point de la participation aux contributions pécuniaires, une délibération semblable à celle du premier ordre. Cf. Mathieu, op. cit., p. 413.

Le Tiers avait voulu envoyer, séance tenante, des députations aux deux ordres privilégiés pour les remercier, mais le clergé venait de se séparer et l'envoi de la députation qui devait lui exprimer les sentiments de reconnaissance du Tiers fut remis

Les deux jours suivants furent consacrés à la rédaction du cahier et aucune réunion du clergé n'eut lieu dans l'intervalle [1]. Enfin le travail des rédacteurs étant achevé, l'assemblée se réunit le jeudi 2 avril à trois heures de l'après-midi, comme il avait été convenu, pour l'entendre, le discuter et le modifier s'il y avait lieu. Ce qui était à prévoir arriva. Le cahier ne satisfaisait pas tout le monde, aussi à peine la lecture en était-elle commencée que des observations se firent entendre de toutes parts. Pour prévenir le désordre qui allait éclater, le président proposa alors, nous raconte Guilbert, de laisser lire jusqu'au bout et de réserver les réflexions que l'on aurait à émettre pour une seconde lecture, qui se ferait lentement et serait accompagnée d'une discussion article par article.

à la prochaine séance, qui eut lieu le surlendemain jeudi, à deux heures. La députation du troisième ordre ayant été introduite dans la chambre ecclésiastique, Régnier, avocat au Parlement, qui était à sa tête, prit la parole en ces termes : « Messieurs, l'ordre du Tiers me charge de vous assurer qu'il n'oubliera jamais la manière noble, généreuse et franche avec laquelle vous lui avez fait annoncer que vous consentiez à supporter comme lui toutes les impositions pécuniaires, et je vous proteste en son nom qu'il en conservera la plus vive et la plus sincère reconnaissance ». Ce à quoi M. de la Fare répondit « que la délibération prise par le clergé sur le fait des charges et impositions pécuniaires, avait exprimé le vœu le plus cher de son cœur, celui de soulager l'ordre du Tiers-État en supportant avec lui le fardeau des charges publiques, et qu'il aimait à penser qu'elle serait à jamais le motif de l'union et de l'harmonie entre tous les ordres ». (*Procès-verbal des assemblées du clergé*, manuscrit du séminaire de Nancy.)

1. Il semble que les neuf commissaires nommés travaillèrent tous ensemble et ne se répartirent pas en bureaux, comme cela eut lieu quelquefois en d'autres bailliages, par exemple à Pont-à-Mousson, où les commissaires se partagent en trois bureaux « pour hâter le travail, sauf à se réunir pour la revision générale ». (Arch. nat., B III. 23, baill. de Pont-à-Mousson). Nous n'avons aucun renseignement officiel sur la façon dont se fit la rédaction du cahier. Guilbert reproche toutefois aux trois représentants des curés, Mollevaut Poirot et Maigret, d'avoir négligé les intérêts de leur classe : « Le cahier, dit-il ironiquement, nous instruisit combien ces messieurs s'étaient occupés de leurs commettants. » Il parle malicieusement du cahier « rédigé par l'évêque et les deux chanoines en présence des sept autres qui n'avaient été appelés que pour approuver, selon toute apparence ». Il se plaint enfin de ce que les curés désignés comme commissaires rédacteurs n'avaient pas jugé à propos de le consulter et de lui demander communication du projet de cahier qu'il avait composé : « Je m'imaginais qu'ils seraient au moins curieux de relire ce que j'avais fait. MM. Mollevaut et Poirot l'avaient vu, il y avait longtemps, et ils en avaient paru contents; une conversation avec moi eût été de trop sans doute... » Il est inutile d'ajouter que le ton acrimonieux du narrateur, dans une affaire où son amour-propre était en cause, doit nous mettre en garde contre ses affirmations. Toutefois, s'il est vraisemblable qu'il exagère, il est difficile de ne pas croire qu'il y ait un fond de vérité dans ce qu'il dit du rôle prépondérant joué par l'évêque et les hauts bénéficiers dans la rédaction du cahier.

En fait, à cette seconde lecture, diverses observations[1], parfois assez vives, furent échangées. Des modifications, des additions, des suppressions, des corrections furent proposées, surtout par Guilbert qui avait eu bien de la peine — c'est lui-même qui l'avoue[2] — à garder le silence jusque-là. Quelques-unes furent rejetées, mais un bon nombre furent adoptées.

Le cahier du clergé du bailliage de Nancy était rédigé. Lorsqu'elle l'eut approuvé, l'assemblée, nous dit le procès-verbal, témoigna sa satisfaction aux commissaires rédacteurs, tant pour le fond et la forme de leur travail que pour la célérité vraiment étonnante qu'ils avaient apportée à l'exécution, et après quelques discussions d'intérêt secondaire, on se sépara. Le cahier fut ensuite transcrit dans la forme définitive que l'on venait d'arrêter, et le lendemain, 3 avril, les commissaires rédacteurs ainsi que le président et le secrétaire de la chambre du clergé y apposèrent leur signature. C'est le texte de ce cahier que nous donnons ici pour la première fois[3] :

1. Ces observations portèrent surtout sur la troisième partie du cahier, celle qui parlait du clergé. Nous en verrons le détail au fur et à mesure que nous arriverons aux articles qui les provoquèrent.

2. « J'écoutais bien attentivement et n'ayant pas ouï dire un seul mot des curés, j'en fus si frappé que je ne pus cacher mon étonnement ; j'en parlai assez hautement pour être ouï par le bénéficier simple qui était un des neuf et qui m'apostropha en disant : « Est-ce qu'on était obligé de vous consulter ? — Non, Monsieur, lui répondis-je, et on ne s'aperçoit que trop qu'on ne l'a pas fait... » Ce bénéficier simple ne pouvait être que l'abbé Jacquemin, professeur de théologie, le futur évêque de Saint-Dié. Cf. *Conduite des curés,* p. 42.

3. Le cahier de la noblesse du bailliage de Nancy avait été imprimé dès 1789. C'est d'après un de ces exemplaires imprimés appartenant à la bibliothèque du Sénat, qu'il a été édité dans les *Archives parlementaires,* tome IV, p. 79-84. Quant au cahier du Tiers du même bailliage, une copie collationnée au moment même des élections par le greffier en chef du bailliage, secrétaire de la chambre du Tiers, en est conservée à la bibliothèque publique de Nancy (n° 851 du catalogue Favier). Elle a été publiée par MM. Mavidal et Laurent dans le supplément qui termine le tome VI des *Archives parlementaires,* p. 644-617. Observons toutefois qu'il y aurait dans cette édition certaines erreurs de lecture à rectifier, surtout en ce qui concerne les noms propres, par exemple, Requiez au lieu de Régnier, Mollevaut au lieu de Mollevaut, Chateau-Saline au lieu de Château-Salins, Moyenric au lieu de Moyenvic. Sur l'ensemble des cahiers imprimés en 1789, voir à la fin de ce travail, *Note IV.*

Cahiers de l'ordre du clergé du bailliage de Nancy [1].

Au Roy,

Sire,

Les gens de l'ordre du clergé, dans votre bailliage de Nancy, viennent déposer avec respect aux pieds de votre Trône, les vœux qu'ils forment chaque jour pour le meilleur des monarques, l'hommage de leur fidélité et leur part de ce juste tribut de reconnaissance que vous devront à jamais les trois Ordres de la Nation. Restaurateur des antiques franchises et formes nationales, ce titre attaché à votre nom sera placé plus haut que tous ces titres que l'opinion publique consacre et que la suite des générations se plaît à révérer.

De grandes calamités, Sire, le long abus de l'autorité, l'imprudence et l'erreur qui l'accompagnent toujours, ont poussé la France au bord de l'abyme dévorant où les empires se perdent sans retour. Les ministres de la Religion ne s'attacheront pas à retracer au cœur sensible de Votre Majesté le tableau effrayant de la crise inouïe qu'éprouve la Patrie, l'agitation convulsive de toutes les parties de l'État, le désordre, sans exemple, des finances, dont toute l'habileté du génie tutélaire [2] qui les régit peut à peine sus-

1. Nous avons respecté le style et l'orthographe de ce cahier ainsi que de ceux qui suivront. Quant à l'annotation, elle sera, à dessein, aussi sobre que possible ; elle consistera surtout dans quelques explications qui semblaient nécessaires ou utiles pour l'intelligence, soit de termes d'un usage peu fréquent, soit de vœux d'intérêt purement local ou de doléances spécialement relatives à la province de Lorraine. Ajoutons que beaucoup de ces explications devant se reproduire à la fois pour plusieurs cahiers, nous nous bornerons à renvoyer, lorsque le cas se présentera, au cahier antérieur à l'occasion duquel elles auront été données. C'est ce qui explique pourquoi l'annotation du premier cahier, celui de Nancy, le plus considérable et le plus important d'ailleurs, sera plus abondante que celle des cahiers qui viendront après.

2. Necker, que Louis XVI avait dû rappeler, était alors au comble de la popularité. L'enthousiasme qu'il excitait était général et la confiance qu'il inspirait, unanime. L'expression de cette sympathie et de cette popularité se retrouve dans un bon nombre de cahiers, notamment en Lorraine. On lui prodigue les épithètes les plus flatteuses. « Zélé ministre, génie tutélaire » sont les termes ordinaires dont on se sert pour le désigner. Cf. Brette, *op. cit.*, *Introduction*, p. xvi-xvii. Il a sa part dans les sentiments de reconnaissance qui sont adressés au Roi. Le petit village de They-sous-Montfort (Vosges), arrondissement de Mirecourt, canton de Vittel) promet de prier pour lui en même temps que pour Louis XVI : « Prions pour notre bien-aimé monarque, sans oublier le zélé ministre qui nous donne le pouvoir de porter nos plaintes et misère jusqu'au trône de notre bien-aimé monarque ». (Cf. Mathieu : *L'ancien Régime en Lorraine*, p. 426.) Les habitants de Flavigny-sur-Moselle (arrondissement de Nancy, canton de Saint-Nicolas), dans un mémoire qu'ils adressent à

pendre les funestes effets, l'inconsidération du nom français auprès de tous les peuples accoutumés à le respecter, le découragement de l'agriculture, écrasée par les impôts, le dépérissement du commerce national, chargé d'entraves au dedans et asservi au dehors à une concurrence accablante, la décadence des manufactures, le mécontentement et la défiance générales... L'appui de vos vertus, Sire, reste seul à votre peuple.

Les vertus de nos pères, il faut l'avouer dans notre douleur, ces maximes religieuses qui dirigeaient leur conduite et l'administration de l'État ont disparu. Notre siècle, si fier de ses lumières et qui sera si mémorable par ses révolutions, semble avoir oublié que la Religion est la base de toute saine politique, qu'elle élève en gloire les nations et doit présider à la destinée des États. Ces vérités fondamentales et conservatrices des empires, c'est à nous de les publier sans cesse et de les rappeler à ceux qui commandent et à ceux qui obéissent.

Qu'on développe toute l'énergie du patriotisme, qu'on tende tous les ressorts du génie pour ramener et perfectionner l'ancienne constitution, réformer les abus et rendre à la monarchie sa splendeur et sa solidité! Quelle sera la consistance de cette restauration désirable, si la religion n'est pas l'âme qui la vivifie et si la nation reste sans mœurs et sans morale? C'est à les faire renaître que doivent tendre tous les efforts de Votre Majesté et les soins assidus de la nation entière.

Oui, Sire, de tous les malheurs qui désolent votre royaume, l'irréligion est celui qui doit causer le plus d'allarmes et qui exige le plus prompt remède; il ne faut pas s'y tromper, elle est la source de tous les maux qui nous affligent, et tant qu'elle subsistera, c'est une vaine entreprise que de chercher à les guérir.

Mais que l'édifice de l'État soit replacé sur la Religion et sur les mœurs, ses véritables fondements, bientôt les maux qui les minent, ces maux invétérés qui sapent à la fois les bases du Trône et de l'Autel, céderont aux remèdes de la sagesse humaine. Alors elle pourra développer toutes ses ressources et rendre utiles à la prospérité du Royaume les secours qu'elle offre pour sa régénération.

C'est dans ces vues, Sire, que notre attention s'est fixée sur la constitution du corps entier de la monarchie, sur les besoins de notre province, et sur la situation politique et religieuse du clergé. Ces trois grands objets

Necker lui-même, lui décernent les titres pompeux d'*ange tutélaire de la France*, de *protecteur des malheureux* et se déclarent les respectueux admirateurs de *ses vertus*. (Arch. nat., B III, 93, p. 348.) Bref, il est l'idole du peuple. C'est à peine si quelques voix timides se permettent de jeter, dans ce concert presque unanime de louanges, une note discordante: tel Guilbert, par exemple, qui trouve qu'on donne « peut-être prématurément » au ministre, « le nom flatteur d'ange tutélaire de la France ». *Conduite des curés*, p. 18.

nous ont fait naître des considérations importantes. Nos députés aux Etats généraux, dépositaires de notre confiance et de nos intentions, les manifesteront à la nation, en feront la règle de leur conduite et la base de la félicité nationale et de celle de Votre Majesté qui en est inséparable.

I. ROYAUME.

Nos députés concoureront, avec ceux des autres ordres et des autres bailliages du royaume, à établir sur des bases inébranlables notre constitution politique et ils réuniront tous leurs efforts pour faire statuer les articles suivans :

1° Les Assemblées de la Nation en Etats généraux seront regardées comme une partie intégrante et essentielle de notre gouvernement et ces assemblées se tiendront désormais tous les quatre ans, sans que, sous aucun prétexte, elles puissent être différées. Dans le cas où les besoins extraordinaires et imprévus de l'État exigeraient des ressources urgentes, le Roi assemblera les États pour y pourvoir. Et pour éviter les frais et les lenteurs qu'entraîneroit une nouvelle convocation, cette assemblée extraordinairement convoquée sera composée des membres qui auront assistés aux précédents États généraux [1].

2° On arrêtera d'une manière fixe et invariable le mode de leur convocation et on observera de donner à chaque partie de la monarchie la représentation proportionnelle qu'elle doit avoir.

3° Les États généraux continueront d'être composés des trois ordres, à savoir un quart du clergé, un quart de l'ordre de la noblesse et moitié de l'ordre du Tiers-État.

4° Si les États généraux décident que désormais on opinera par ordre et non par tête, nous prescrivons à nos députés de faire statuer, comme loi fondamentale, qu'aucune délibération ne pourra avoir force de loi sans le consentement unanime des trois ordres [2].

1. Guilbert avait proposé, pour ce vœu de la périodicité des États, une formule plus catégorique qui n'allait à rien moins qu'à supprimer, dans certaines circonstances, la nécessité d'une convocation royale. L'article 5 de son *Projet de cahier* était ainsi conçu : « Que le retour périodique des États généraux sera fixé invariablement, *en sorte que s'ils n'étaient pas convoqués aux époques déterminées, ils soient suffisamment autorisés à s'assembler aux mêmes époques.* » C'est là une idée qui se retrouve dans un bon nombre de cahiers de 1789, surtout du Tiers.

2. Notre cahier, on le voit, ne se prononce pas sur la fameuse question du vote par ordre ou par tête. Le curé de Saint-Sébastien, dans son *Projet de cahier*, semble demander le vote par ordre. De même encore, entre autres, la noblesse de Lunéville : « On opinera par ordre aux États généraux ». (Cahier de la noblesse de Lunéville, art. 32, *Arch. parl.*, IV, p. 86.) La majorité des cahiers, cependant, se prononcent plutôt pour le vote par tête.

5° Aucun impôt ne pourra à l'avenir être établi sans le consentement des Etats généraux, et ce consentement ne sera donné qu'à terme et seulement jusqu'à la tenue suivante de l'Assemblée nationale.

6° Dès les premières séances, toutes les lois fiscales existantes actuellement seront annulées; cependant, pour satisfaire aux besoins journaliers du royaume, on permettra leur exécution, seulement jusqu'à la clôture de l'assemblée.

7° Les emprunts étant des impôts déguisés, il n'en sera ouvert aucun à l'avenir sans le consentement des États généraux, et la Nation déclarera qu'elle n'acquittera pas ceux qu'elle n'aura pas votés.

8° Quoique la dette publique actuellement existante n'ait pas été contractée avec le consentement de la Nation, cependant le respect pour la foi publique l'engagera à la consolider et à prendre des mesures pour assurer le payement des intérêts jusqu'au remboursement du capital.

9° Nos députés proposeront cependant de faire réduire les intérêts exorbitans qui pourroient résulter de quelques-uns de ces emprunts.

10° Nos députés proposeront de partager la dette nationale, soit viagère, soit perpétuelle, entre les provinces, et chacune en proportion de sa contribution aux impôts actuellement établis; ils auront soin de faire observer que cette proportion doit être moindre pour la province de Lorraine, attendu qu'une partie de la dette lui devient étrangère, aïant été contractée avant sa réunion à la monarchie [1].

11° Pour faciliter aux provinces, et à la nôtre en particulier, le payement des rentes qui seront mises à sa charge, les États provinciaux seront auto-

1. Le clergé de Nancy ne répond donc pas pleinement à l'appel discret que Boufflers avait fait à la générosité des trois ordres, dans le discours qu'il avait prononcé le 30 mars, à l'ouverture de l'assemblée générale du bailliage. La plupart des cahiers lorrains, du reste, quel que soit l'ordre auquel ils appartiennent, insistent sur la demande que nous trouvons formulée ici, et démontrent par toutes sortes de bonnes raisons que, dans la grave question du paiement des dettes publiques qui se posait alors, la Lorraine devait être grevée dans une proportion moindre. Il y eut cependant quelques exceptions. A Rosières-aux-Salines, par exemple, les trois ordres réunis, dans un beau mouvement de générosité et de désintéressement, inscrivirent dans leur cahier collectif sous la rubrique spéciale : *Observations et sacrifices faits par la Province*, une disposition ainsi conçue : « Observeront nos dits seigneurs (les États généraux) à Sa Majesté, que la province de Lorraine serait dans le cas de demander à n'être admise à payer sa quote-part des dettes de l'État que depuis sa réunion à la monarchie française, mais par un dévouement entier à la patrie, elle consent d'entrer dans la totalité de la dette, en prenant cependant en considération la quantité des routes que cette province frontière est forcée d'entretenir ». (Cahier des doléances et remontrances des trois ordres réunis du bailliage royal de Rosières, art. 52. Cf. *Arch. parl.*, tome IV, p. 91. Dans ce recueil, par une confusion dont nous reparlerons plus bas, § 4 du présent chapitre, MM. Mavidal et Laurent donnent à tort une partie des articles du cahier de Rosières comme appartenant au cahier de la noblesse de Nomeny.)

risés à faire des emprunts, à moindres intérêts, pour rembourser les créanciers de l'État.

12° Les loix générales, conformément aux principes de la constitution française sous le règne à jamais mémorable de Charlemagne, seront ou proposées par le Roi et consenties par la Nation, ou proposées par la Nation et sanctionnées par le monarque[1].

13° Si cependant dans l'interval d'une tenue des Etats généraux à l'autre, il paroissoit instant d'établir une loi de police ou de simple administration, mais absolument étrangère à la constitution et à l'établissement de l'impôt, le Roi l'adressera aux États provinciaux et aux Cours, qui seront tenues de la publier et de l'enregistrer, sauf la voie des remontrances, le cas échéant; lesquelles loix ne seront cependant que provisoires et ne pourront obtenir le caractère de loix perpétuelles que lorsqu'elles auront été consenties par les États généraux.

14° Les édits et déclarations seront des loix aussitôt qu'ils auront été donnés par le Roi et consentis par les États. Nul autre consentement ne sera nécessaire et les Cours seront tenues de les enregistrer sans délai pour s'y conformer.

15° Les lettres patentes données en faveur de quelques particuliers seront adressées aux États particuliers de la province où elles devront être exécutées, et n'auront d'effet qu'avec leurs attaches[2].

16° Nos députés concoureront à supprimer, réduire ou établir des tribunaux de judicature, suivant qu'ils seront trouvés trop nombreux ou trop rares dans les différentes provinces.

17° La vénalité des offices de judicature sera supprimée et il sera pourvu au remboursement des finances.

18° Nos députés proposeront qu'à la vacance de chaque office de judicature, les États provinciaux proposeront trois sujets âgés de trente ans, entre lesquels Sa Majesté sera priée de choisir.

19° Les États généraux nommeront une commission qui s'occupera de la réforme de l'ordre judiciaire civil et du code criminel, et qui rendra compte de sa commission à la tenue suivante pour y être statué.

20° Le pouvoir exécutif sera reconnu appartenir essentiellement au Roi, pour être exercé par lui seul avec une entière indépendance.

21° La propriété de chaque citoyen sera inviolable; il ne pourra jamais être jugé que par ses juges naturels, et dans aucun cas il ne pourra être

1. Allusion à la formule connue: *Lex fit consensu populi et constitutione regis.* Cette maxime fondamentale de la législation carolingienne inspire bon nombre de cahiers. Voir en particulier le cahier de la noblesse d'Alençon, article 2. (*Arch. parl.*, tome I, p. 711.)
2. On désignait sous ce nom *d'attaches* ou *lettres d'attache*, un acte attaché aux lettres patentes par lien scellé, pour en autoriser ou en attester l'exécution.

traduit par des évocations¹ devant le conseil ou devant des commissions².

22° La liberté de chaque citoyen sera sacrée et jamais il ne pourra y être porté atteinte par des ordres arbitraires.

23° Si cependant il paroit aux États généraux que la sûreté de l'État, l'honneur et le repos des familles puissent exiger que dans quelques circonstances on autorise des emprisonnemens prononcés sans les formalités ordinaires de la justice, nos députés insisteront pour faire établir des précautions si sages, qu'elles préviennent toute crainte d'injustice³.

---

1. L'évocation, en soi, est un acte par lequel on enlève le jugement d'une affaire à un tribunal pour l'attribuer à un autre. Les évocations au conseil, dont il est question ici, avaient pour effet d'enlever un procès aux tribunaux ordinaires pour le porter au conseil du roi. Elles étaient de deux sortes et se distinguaient en *évocations de grâce* et en *évocations de justice*. Les premières, qui étaient accordées comme marque de la protection du roi ou pour d'autres considérations, consistaient dans le privilège de soustraire à la compétence des juges naturels ou juges de droit commun, pour l'attribuer à d'autres juges, la connaissance, soit d'un procès déterminé, soit même, d'une façon plus générale, de toutes les affaires où pouvaient se trouver impliquées une personne, une corporation, une communauté, etc... Les évocations de justice étaient celles qui s'obtenaient à raison des liens de parenté ou d'alliance que l'une des parties pouvait avoir devant le tribunal saisi de la contestation, ou à raison encore des sollicitations que les magistrats avaient pu faire en faveur d'un plaideur. Les unes et les autres, d'ailleurs, donnaient lieu à de nombreux abus contre lesquels tous les cahiers de 1789 sont unanimes à s'élever. Les évocations avaient été l'objet de plusieurs ordonnances, notamment en 1669 et en 1757.

2. On donnait ce nom à des tribunaux extraordinaires ou d'exception, de différentes sortes, — dont la composition était variable et les attributions plus ou moins arbitraires, — qui étaient souvent constitués par le roi pour connaître de quelque affaire particulière, d'après des procédés plus ou moins sommaires et sans s'inquiéter des formes ni des lois. Tous les cahiers sont, ici encore, unanimes à réclamer la suppression des abus dont cette institution des commissions était la cause.

3. Ce vœu relatif à la réforme des lettres de cachet, dont l'abus constituait trop souvent, sous l'ancien régime, un odieux attentat à la liberté individuelle, est énoncé en termes assez vagues. Guilbert, dans son *Projet de cahier*, article 4, avait indiqué d'une façon précise quelques-unes de ces « précautions sages » dont on demande ici que soient entourées à l'avenir la délivrance et l'obtention de ces lettres : « Que toutes lettres closes d'exil ou autres espèces d'ordres arbitraires, y lit-on, soient nuls et sans effet, à moins qu'elles n'aient été demandées après avoir été jugées nécessaires dans une assemblée de six parens tenue par devant autant de juges qui seront nommés pour ce, dans chaque province, lesquels juges seront attenus de se faire assister par six pairs de l'ordre dont sera le citoyen ». En fait, les formalités proposées par le curé de Saint-Sébastien eussent été assez compliquées ; les rédacteurs du cahier préférèrent apparemment se borner à émettre le vœu et à poser le principe d'une réforme.

Cette question intéressait aussi le clergé d'une façon directe. Les lettres de cachet, comme le fait très bien remarquer Mᵍʳ Mathieu, jouaient parfois, dans le gouvernement ecclésiastique, un rôle qui ne paraissait conforme ni à la raison, ni aux canons. C'était, pour les évêques, quelquefois aussi pour les familles puissantes, un moyen commode de se débarrasser, en les envoyant dans quelque couvent ou dans quelque maison de réclusion, non seulement de prêtres suspects, mais même de prêtres simplement gênants. La fameuse affaire du curé des Trois-Vallois (Vosges, arrondissement de Mirecourt, canton de Darney), M. Lhermite, au sort duquel

24° Si la liberté de la presse paroit une mesure nécessaire pour entretenir la liberté politique, nos députés insisteront à ce qu'il soit pris des précautions sévères pour en prévenir l'abus, en soumettant à des peines graves, l'impression et la publication des livres, même avec nom d'auteur et d'imprimeur, contraires à la religion, aux mœurs, à la constitution et à l'honneur des particuliers [1].

25° Nous pensons que les différens articles que nous venons de proposer tendent tous à établir une bonne et sage administration ; cependant, nous laissons à nos députés la liberté de les changer ou les modifier si après la discussion qui en sera faite aux États généraux, ils pensent pouvoir établir des règles plus favorables à la nation ; mais nous exigeons expressément qu'ils commencent par établir la constitution, et ce n'est que lorsqu'elle sera arrêtée et convenue que nous leur permettons de délibérer sur les objets d'impôts et de finances ; nous consentons cependant que si les besoins de l'État l'exigent impérieusement, ils puissent, dès les premières séances, consentir un emprunt peu considérable et proportionné seulement aux nécessités les plus urgentes.

26° Avant de consentir aucun impôt, les États généraux se feront rendre compte des dépenses annuelles de l'État, du montant de la dette, et des intérêts qu'elle produit. Ils examineront les comptes des divers départemens, proposeront sur chacun les réductions qui leur paroîtront convenables et fixeront la somme qu'ils jugeront nécessaire pour acquitter les charges de chaque département.

27° Les États généraux prendront des mesures pour diminuer graduellement les places inutiles, les traitemens trop considérables et l'état des pensions [2].

toute la province s'intéressait, était certainement présente à l'esprit des auteurs du cahier, lorsqu'ils rédigèrent cet article. De l'année 1780 à l'année 1789, quatre lettres de cachet avaient été obtenues du roi par l'évêque de Saint-Dié, M. de Chaumont de la Galaizière, contre ce malheureux prêtre qui s'était vu enfermer successivement au prieuré d'Hérival, puis au couvent de Bischenberg (diocèse de Strasbourg), enfin à la maison de réclusion de Maréville, près Nancy. C'est seulement le 28 février 1789, quelques jours à peine par conséquent avant les événements dont nous retraçons le récit et après une détention de neuf années, que l'infortuné curé fut rendu à la liberté. Ces lettres de cachet envoyées aux ecclésiastiques étaient d'ailleurs assez fréquentes. Cf. Mathieu, *L'ancien Régime en Lorraine*, p. 121, et Chatrian, *Journal ecclésiastique*, années 1780, 1783, 1787, etc., *passim*.

1. Ici encore, sur cette question de la liberté de la presse, la rédaction de Guilbert semble un peu plus précise. Il demande « la liberté de la presse pour tout ce qui ne sera pas contraire à la religion catholique, apostolique et romaine, aux mœurs ou à l'honneur des citoyens, et que dans ces cas, tous imprimeurs, libraires et colporteurs seront garans et responsables des faits des autheurs qui n'auront pas mis le nom et qui ne seront pas domiciliés dans le royaume ». *Projet de cahier*, p. 10.

2. Cette question de la revision des traitements et des pensions est une de celles

28° Toutes les sommes nécessaires à l'entretien des divers départemens et à l'acquittement des rentes étant réunies, elles formeront le montant des besoins de l'État.

29° Le domaine du Roi étant manifestement insuffisant pour ces dépenses, il y sera suppléé par des impôts proportionnels.

30° Dans l'établissement des impôts, nos députés s'occuperont, avec les autres, à choisir et préférer ceux qui atteignent tous les genres de possessions, qui frappent sur toutes les classes, dont la perception est la moins frayeuse, l'exaction la moins importune ; ils éviteront surtout les impôts connus sous le nom de gabelle, des aides, de marque des fers, de droits sur les cuirs, papiers et cartons, et généralement tous ceux qui, frappants directement sur l'industrie, produisent l'effet inévitable de l'étouffer et de l'éteindre[1].

31° Ils éviteront, autant qu'il sera possible, le maintien ou l'établissement des grandes compagnies de finances ; ils réduiront les profits des agents du fisc, et pour y parvenir, ils aboliront la vénalité des charges de finances et pourvoiront à leur remboursement.

32° Il sera établi une caisse nationale dont les administrateurs seront nommés par les États généraux : tous les impôts y seront versés. Les administrateurs paieront les dépenses des divers départemens sur l'état qui leur sera donné par les États généraux et sur les mandemens des ordonnateurs. Les administrateurs rendront compte aux États généraux de chaque année de leur régie, pendant l'intervalle des États, et ce compte sera imprimé.

33° Les ministres seront responsables aux États généraux de l'emploi des

qui préoccupaient alors le plus l'opinion et sur lesquelles l'accord était unanime. Voici en quels termes, par exemple, le cahier des trois ordres de Rosières s'exprime à son sujet : « D'après les abus multipliés résultant de la quantité des pensions accordées dans tous les États qui composent la monarchie, nos dits seigneurs (les États généraux) supplieront Sa Majesté de permettre qu'il soit nommé une commission tirée des députés aux États généraux, qui examineront scrupuleusement le nombre des pensions, les raisons pour lesquelles elles ont été accordées et le caractère des individus qui en jouissent. Il est reconnu qu'il y en a un grand nombre qui jouissent de ces grâces sans les avoir méritées par aucun service. Il est essentiel également de réduire les sommes exorbitantes accordées aux archevêques, évêques, etc., qui sont pourvus de bénéfices qui les mettent à même de soutenir leur raug. » *Cahier des trois ordres réunis du bailliage de Rosières*, art. 15.

1. Tous les cahiers de la province s'accordent à demander, sinon la suppression, du moins une réforme profonde de ces impôts, tous également odieux et impopulaires. Et cependant, pour certains d'entre eux tout au moins, la Lorraine semble avoir joui d'une situation relativement privilégiée. Dans la province des Trois-Évêchés, par exemple, voisine de la province de Lorraine et la pénétrant en bien des points, ces impôts étaient plus onéreux encore. Ainsi le bourg de Vicherey (Vosges, arrondissement de Neufchâteau, canton de Châtenois), à propos de la marque des fers, se plaint « qu'une charrue ou un outil de fer quelconque coûte dans les Évêchés presque le double qu'en Lorraine ». (*Arch. parl.*, t. ● p. 23.)

sommes dont ils auront ordonné le payement, et de tous les abus d'autorité qu'ils auroient pu se permettre.

34° Pour éviter une inquisition dangereuse et la ruine de plusieurs familles, les États généraux confirmeront aux possesseurs actuels la propriété incommutable des domaines aliénés jusqu'à une certaine époque qui sera déterminée, et nos députés demanderont que, pour la Lorraine, cette époque soit notre réunion à la monarchie.[1]

35° Les domaines aliénés depuis l'époque déterminée seront réunis à la couronne, même ceux qui auront été échangés, en rendant le contr'échange ; on fera particulièrement attention à la négociation qui a eu lieu pour le comté de Sancère, dont les effets seroient évidemment nuisibles au domaine et à un canton important de la province.[2]

36° Nos députés examineront, concurremment avec les autres membres des États généraux, quelle seroit la manière la plus favorable de disposer des domaines ou de les administrer ; il nous semble qu'il seroit sage de les

---

1. Sur ces demandes relatives à la propriété des domaines aliénés, voir plus bas, cahier du clergé de Lunéville, II, article 2 et la note.

2. Il s'agit ici du comté de Sancerre, — sur les bords de la Loire, dans le département du Cher actuel, — dont on venait de négocier l'échange avec le comte d'Espagnac, au profit et comme apanage de Monsieur, frère du roi. Cet échange, pour lequel on avait donné, paraît-il, à M. d'Espagnac, plus de trois fois la valeur du comté en question, passionnait alors la France entière. D'autre part, une partie des domaines ainsi donnés en échange par le gouvernement, notamment la forêt de Sommedieu (Meuse, canton et arrondissement de Verdun) et le marquisat d'Hattonchâtel (Meuse, arrondissement de Commercy, canton de Vigneulles) avec la justice, la gruerie et les droits seigneuriaux attachés à cette terre, appartenaient à la province de Lorraine et Barrois. C'est ce qui explique les réclamations spéciales de cette province. Dès 1787, l'avocat Marquis avait protesté publiquement contre les menées du comte d'Espagnac et publié successivement : 1° *Observations de la ville de Saint-Mihiel, en Lorraine, sur l'échange du comté de Sancerre* (en réponse à la requête de M. de Calonne), Saint-Mihiel, 1787 ; 2° *Pièces justificatives pour servir aux observations de la ville de Saint-Mihiel, en réponse à la Requête présentée au Roi par M. de Calonne sur l'échange du comté de Sancerre*, Saint-Mihiel, 1787. De leur côté, les partisans de Calonne et du comte d'Espagnac avaient riposté par la publication de divers mémoires ; mais l'opinion s'était prononcée universellement contre l'échange. Un bon nombre de cahiers, en 1789, en demandant l'annulation ou du moins la vérification exacte ; par exemple, pour n'en citer que quelques-uns de la province de Lorraine, les cahiers du clergé du bailliage de Nancy, du Tiers du bailliage de Briey (*Arch. parl.*, II, p. 210), de la noblesse de ce même bailliage (*Ibid.*, II, p. 20), de la noblesse du bailliage d'Étain (*Ibid.*, II, p. 220), le cahier des deux corps des marchands merciers et épiciers de la ville de Thionville (*Ibid.*, III, p. 782), etc. L'Assemblée nationale devait faire droit à ces réclamations. Dès le 2 octobre 1789, Marquis monta à la tribune et y développa le vœu dont il était porteur. Une enquête fut ordonnée, et, le 27 juillet 1791, Fricot, député de Mirecourt et membre du comité du domaine, déposait un *Rapport sur l'échange du comté de Sancerre*. (Impr. nat., in-8°.) Ses conclusions furent adoptées et le 12 septembre suivant, paraissait une loi qui annulait l'échange et rendait à l'État les domaines dont on avait voulu le spolier. Cf. *Mémoires de la Société des lettres, sciences et arts de Bar-le-Duc*, 1888, p. 34.

affermer aux provinces ou au moins de les confier à l'administration des Etats provinciaux.

37° Les États s'occuperont de l'administration des bois et des moyens de prévenir le prix excessif et bientôt la disette de cette denrée nécessaire ; nos députés proposeront l'établissement d'un nouveau code en ce genre, plus conforme à l'intérêt public.

38° Nos députés demanderont qu'aucune charge vénale ne puisse désormais conférer la noblesse, cette mesure n'étant propre qu'à retirer plusieurs citoyens des professions utiles, et à avilir une distinction qui doit être l'encouragement et la récompense des talens et de la vertu. Ils proposeront que les lettres de noblesse ne soient accordées que sur la demande qui en sera faite par les États provinciaux, pour les services rendus à la société.

39° Il sera demandé que toutes les personnes qui occupent des places qui donnent des fonctions à remplir dans les provinces, soient tenues d'y résider la majeure partie de l'année.

II. Province de Lorraine.

1° La Province de Lorraine ayant des droits incontestables au rétablissement de ses anciens États, droits qui ont été solennellement reconnus par le Roi [1], nos députés feront tous leurs efforts pour accélérer leur première convocation et ils insisteront près des États généraux pour qu'ils déclarent que nos États particuliers font partie de notre constitution politique, et que leur existence, leurs droits et leurs fonctions ne pourront jamais être altérés.

2° Les membres qui composeront nos États seront choisis librement et

---

1. Voir ce que nous avons dit plus haut des démarches faites et des efforts tentés par les différents ordres pour le rétablissement de ces États provinciaux. L'édit royal du 8 juillet 1787 avait créé à Nancy, pour la Lorraine et le Barrois, une assemblée provinciale, mais cette assemblée ne satisfaisait qu'à demi les aspirations de la province, qui voulait vivre de sa vie propre et se gouverner elle-même. On n'avait pas tardé à solliciter, pour remplacer cette assemblée, des États provinciaux élus. Deux députés, Mollevaut et Prugnon, avaient été envoyés par le Tiers à Paris, pour soutenir les intérêts de la Lorraine et obtenir l'assentiment du gouvernement. De leur côté, le clergé et la noblesse, réunis à l'hôtel de ville le 22 décembre 1788, avaient pris une délibération dans le même sens. Le roi, sans se prononcer formellement, avait fait bon accueil aux délégués du Tiers et donné une approbation tacite à leurs démarches. Mollevaut et Prugnon, rendant compte de leur mission dans la séance des trois ordres tenue à l'hôtel de ville de Nancy le 20 janvier 1789, avaient annoncé « que le ministre des finances les avait assurés que la province obtiendrait ses États et que la convocation serait précédée d'une assemblée consultative ». Cf. *Procès-verbal de l'assemblée des trois ordres de Lorraine, tenue en l'hôtel de ville, le 20 janvier 1789*, p. 3. C'est sans doute la « reconnaissance solennelle » dont il est ici question.

proportionnellement dans les trois ordres et dans tous les cantons de la Province.

3° Nos députés solliciteront, avec zèle, une assemblée préparatoire et consultative, choisie librement par la Province, et autorisée à proposer un plan d'organisation qui sera adressé à nos représentans à l'assemblée nationale pour être mis sous les yeux du Roi et des États généraux et recevoir leur confirmation.

4° Nos États particuliers seront chargés de la répartition et perception des sommes levées sur la Province et destinées à ses besoins particuliers.

5° Ils arrêteront la répartition et feront, par des commis amovibles, le recouvrement des impôts établis par les États généraux, pour la part qui sera à la charge de la Province.

6° Nos États particuliers seront chargés de la confection et entretien des routes, de la construction et réparation des ouvrages d'art ; ils les arrêteront, les ordonneront et les adjugeront, sans être obligés de recourir à aucune autre administration, au dedans ou au dehors de la Province ; les agens qu'ils emploïront seront uniquement à leurs ordres, ils en détermineront le nombre, fixeront le traitement, les choisiront et les déplaceront à volonté. La police des routes et l'inspection sur les entrepreneurs ou adjudicataires, la décision des difficultés y relatives, leur seront confiées en dernier ressort.

7° Nos États seront chargés de tous les soins confiés à l'administration, et notamment des cazernes, cazernemens, pépinière, haras, direction des biens patrimoniaux des communautés des villes et des campagnes, emploi de leurs fonds, autorisations à leur donner, auditions de leurs comptes, tirage des milices, si elles subsistent encore, sans être contraints de recourir à l'autorité d'aucun autre administrateur.

8° Nos députés demanderont la suppression des traites foraines perçues sur le commerce de notre Province avec les provinces du Royaume dites étrangères effectives qui nous avoisinent[1], cet impôt étant absolument contraire à la libre circulation du commerce, d'un très faible rapport pour le

---

1. On désignait sous le nom de traites foraines, ou simplement de « foraine », un ensemble de péages établis pour la plupart dès le xviᵉ siècle entre la Lorraine et les Trois-Évêchés et maintenus après la commune réunion de ces pays à la France. Les principaux de ces droits étaient : 1° le droit de haut conduit, dont le paiement était constaté par des acquits de paie ou à caution ; 2° le droit d'entrée et d'issue foraine ; 3° le droit de traverse ; 4° l'impôt sur les toiles ; 5° le droit de marque des fers. (Matthieu, op. cit., p. 183-185.) Ces droits étaient perçus au profit du roi. Bien que moins onéreuse, peut-être, que les impôts correspondants du reste de la France appelés d'ordinaire traites, la foraine était plus impopulaire et plus odieuse, à raison des complications auxquelles sa perception donnait lieu et qui étaient une conséquence forcée de l'enchevêtrement et de la compénétration réciproque des deux provinces. Aussi la plupart des cahiers s'élèvent-ils énergiquement contre ces droits, demandant soit leur suppression absolue, soit du moins la faculté de les racheter.

Trésor public et d'un poids immense pour les sujets. Et quant à la question agitée pour ou contre le reculement des barrières, les États généraux seront priés de n'y rien statuer avant d'avoir entendu le vœu de nos États particuliers[1].

9° Ils insisteront pareillement sur la suppression des jurés priseurs[2] en pourvoyant au remboursement de leurs finances, ces offices étant infiniment dommageables à la Province, et surtout aux pauvres habitans des campagnes.

10° Ils obtiendront que les municipalités ne soient plus obligées désormais de verser dans la caisse des domaines et bois les deniers provenans de la vente de leurs bois et des amendes forestières; mais que les États provinciaux les fassent verser, sans frais, dans des caisses qu'ils établiront, pour être ensuite employés sous leur direction.

11° Ils demanderont que les salines[3] actuellement subsistantes dans la

1. Sur cette question du reculement des barrières, voir à la fin de ce travail la *Note V*.

2. Ces jurés-priseurs-vendeurs de biens meubles, ou huissiers-priseurs, dont les offices avaient été créés par un édit de février 1771, puis supprimés en apparence, mais en même temps rétablis sous une autre forme par lettres patentes du 7 juillet de la même année (*Ordonnances de Lorraine*, t. XII, pp. 323 et suiv.), avaient le privilège exclusif de faire « la prisée, exposition et vente des meubles » dans toutes les justices royales. Ils étaient extrêmement impopulaires tant à cause des droits considérables dont le prélèvement était alloué sur les ventes, que pour les vexations odieuses auxquelles le peuple était souvent en butte de leur part. Aussi tous les cahiers, à quelque ordre qu'ils appartiennent, sont-ils unanimes à protester contre eux et à demander leur suppression. « Un cri général, dit le Tiers du bailliage de Bar-le-Duc, s'est élevé contre ces officiers et contre leurs prétentions ruineuses » (*Arch. parl.*, II, p. 195). « Ils ont porté l'effroi de la mort dans les campagnes » dit celui de Briey (*Ibidem*, II, p. 206.) « Ils sont les « fléaux des campagnes » (Cahier de Ménil-la-Horgne, *ibidem*, II, p. 227). Leurs fonctions, « inutiles en elles-mêmes mais odieuses par les abus qu'elles entraînent, ne tendent qu'à dépouiller la veuve et l'orphelin » (Cahier du clergé du bailliage de Boulay, *ibidem*, V, p. 694). — Ces offices de jurés-priseurs furent supprimés par les décrets des 9 et 21 juillet 1790 de l'Assemblée nationale.

3. Cette question des salines et du sel était une de celles aussi qui passionnaient le plus l'opinion en Lorraine. On retrouve l'écho des préoccupations qu'elle inspire, dans tous les cahiers sans exception. La province de Lorraine et Barrois ne comptait plus, en 1789, que deux salines importantes en exploitation, celle de Dieuze, la plus considérable, et celle de Château-Salins. Les salines de Rosières avaient été supprimées, en effet, quelques années auparavant, en 1760, par un arrêt du conseil des finances de Lorraine du 22 mars. On trouve néanmoins que celles qui subsistent sont encore de trop, et beaucoup de cahiers demandent leur suppression ou tout au moins la suppression de l'une des deux. La noblesse du bailliage de Lunéville, par exemple, réclame « la suppression totale des salines comme nuisibles à la Province, par l'énorme consommation des bois qu'elles entraînent et qui deviennent de jour en jour plus rares ». (*Arch. parl.*, IV, p. 86.) Le cahier des trois ordres réunis de Rosières voudrait que l'on n'en conservât qu'une. (*Ibidem*, IV, p. 92.) Tous les cahiers, du reste, se plaignent de la cherté du sel. « La cherté du sel, dit Guilbert dans son *Projet de cahier*, est vraiment un grief pour la province ; depuis son augmentation successive, les gens de la campagne ne font presque plus de *nourri* en bestiaux et ceux qu'ils élèvent dégénèrent et sont plus sujets aux maladies, qui en font périr beaucoup ; ces objets méritent une attention particulière. »

Province soient détruites, et que nous soyons approvisionnés par les sels marins ; et si les relations de commerce ou les traités faits avec les puissances étrangères déterminoient l'existance d'une de ces salines, ils obtiendront au moins que les forêts comprises dans l'arrondissement destiné à les alimenter ne soient plus soumises à la régie du tribunal de la réformation[1] ; ils observeront que les demandes contenues dans cet article sont très importantes pour la conservation de l'espèce des bois dans la Province.

12° Par le même motif, ils demanderont que les propriétaires des usines à feu soient tenus de se restraindre aux concessions qui leur ont été accordées par les arrêts du Conseil qui leur ont permis de les établir ; à l'effet de quoi nos États provinciaux nommeront des commissaires pour vérifier l'état actuel de ces usines, les comparer avec les titres de leurs établissemens, qu'ils se feront représenter, et ordonner les suppressions ou réductions qu'ils jugeront justes ou nécessaires[2].

13° Ils demanderont que, vu le très grand dommage que les pigeons fuyards causent à l'agriculture, la suppression du droit de colombier soit prononcée, et que si les États généraux estiment que cette suppression donne lieu à une demande en indemnité, le règlement en soit dévolu à nos États particuliers. Ils observeront que beaucoup de bénéficiers composant cette assemblée, jouissant de ce droit, en font avec joie le sacrifice à l'intérêt public[3].

1. Toutes les forêts qui se trouvaient comprises dans un certain rayon autour des salines, — que ces forêts fussent propriété de l'État, des communautés ou des particuliers, peu importe, — étaient réservées à l'approvisionnement de ces salines et administrées à cet effet par une commission spéciale, munie de pleins pouvoirs pour l'aménagement et l'exploitation des coupes, dite « Tribunal de réformation » ou « Commission de réformation ». Cf. Mathieu, *op. cit.*, p. 177.

2. Les usines à feu — forges, verreries, salines, etc., — établies sur divers points de la province, consommaient une quantité de bois tellement considérable que l'existence même des forêts en était sérieusement menacée. Aussi, tous les cahiers demandent-ils leur réduction. Voici en quels termes Guilbert s'exprimait à cet égard : « On représentera combien il est urgent de supprimer une partie des usines à feu, surtout des verreries et salines ; si on les laisse subsister, il n'y aura bientôt plus assez de bois pour la consommation de la province où il est de première nécessité à raison de la longueur des hyvers ; il n'est pas rare d'être obligé de se chauffer toute l'année ». (*Projet de cahier*, p. 10.) Les trois ordres réunis de Rosières, de leur côté, chargent les États généraux « de demander que la multiplicité des usines à feu qui absorbent les coupes annuelles et même extraordinaires des forêts de la province et portent le prix du bois si haut que le peuple ne peut en acheter et qu'il se trouve nécessité à briber les dites forêts, hayes et clôtures des héritages, soit réduite d'après l'avis des États provinciaux ». (*Arch. parl.*, IV, p. 88.) Le Tiers du bailliage de Mirecourt demande qu'on réduise « au quart » toutes les usines à feu établies en Lorraine. (*Arch. parl.*, IV. p. 7.) Le Tiers du bailliage de Bar-le-Duc propose la suppression de toutes celles qui ont été établies depuis 1700. (*Arch. parl.*, II, p. 195.)

3. Ce droit de colombier dont jouissaient encore certains nobles ou bénéficiers,

14° Ils observeront que la Province étant divisée en trente-quatre bailliages[1], cette grande multiplicité de tribunaux nuit évidemment à l'exercice de la justice, qu'elle a produit de graves inconvéniens pour la présente

était également impopulaire. Il pesait parfois lourdement sur la classe des paysans. Aussi beaucoup de cahiers, surtout du Tiers, demandent-ils, soit la suppression complète de ce droit, soit la réforme des abus qui en résultaient. Quelques-uns même entrent à cet égard dans des détails intéressants. Le Tiers du bailliage de Château-Salins, considérant « que les pigeons sont très nuisibles à l'abondance des récoltes », demande « que pendant les semailles d'automne et de mars, ils demeurent enfermés pendant six semaines chaque fois, et encore un mois pendant la récolte, et que les seigneurs vassaux ainsi que les curés qui ont le droit de colombier soient bornés à soixante nids pour les curés et cent pour les seigneurs. » (*Arch. parl.*, V, 707.) Le Tiers de Neufchâteau émet le vœu que tous les colombiers soient détruits « comme extrêmement ruineux pour les campagnes ». Il ne fait d'exception que pour les seigneurs hauts justiciers, et même ceux-ci ne pourront en avoir qu'un et à la condition « qu'il y ait au moins dix-huit cent jours enclos dans leur justice, et à charge par eux de tenir leurs pigeons enfermés pendant les semailles et le tems de la maturité des grains, faute de quoy il sera permis de les tuer sans encourir aucune peine ». (Cahier des remontrances, doléances et avis du Tiers-État de la ville de Neufchâteau, art. 39, *Documents rares ou inédits de l'Histoire des Vosges*, t. II, 1869, p. 311.)

1. Ces trente-quatre bailliages étaient les suivants : d'abord les quatre bailliages royaux et présidiaux de Nancy, Dieuze, Mirecourt et Saint-Dié, puis, par ordre alphabétique, les bailliages royaux non présidiaux de Bar-le-Duc, Bitche, Blâmont, Boulay, Bourmont, Bouzonville, Briey, Bruyères, Charmes-sur-Moselle, Château-Salins, Châtel-sur-Moselle, Commercy, Darney, Épinal, Étain, Fénétrange, Lamarche, Lixheim, Lunéville, Longuyon, Neufchâteau, Nomeny, Pont-à-Mousson, Remiremont, Rosières, Saint-Mihiel, Sarreguemines, Thiaucourt, Vézelise et Villers-la-Montagne. Cette division de la province de Lorraine et Barrois en trente-quatre bailliages, remontait à un édit du 30 juin 1751. (Cf. Durival, *Description de la Lorraine*, I, p. 209.) Cette multiplication excessive des bailliages et conséquemment des différents offices qui les composaient, ne semble pas avoir été une réforme des plus heureuses. Aussi n'est-il pas surprenant de voir, en 1789, beaucoup de cahiers en demander la réduction. Voir, par exemple, les réclamations de la noblesse du bailliage de Nancy, observant que « la Lorraine a un intérêt particulier à la réduction des offices et sièges créés en 1751, dont le nombre est sans proportion avec l'étendue de son territoire » (*Arch. parl.*, IV, p. 82), du clergé du bailliage de Boulay (*Ibidem*, V, p. 694), du Tiers du bailliage de Mirecourt (*Ibid.*, IV, p. 7), etc. Il est vrai que tel n'était point l'avis des petits bailliages, qui craignaient de se voir supprimés : « Il existe dans des imprimés, lisons-nous dans le cahier des trois ordres réunis de Rosières, qu'on se plaint de la multiplicité des bailliages en Lorraine et que cela produit un abus : on se trompe. Sa Majesté y a trouvé son avantage par l'argent versé dans ses coffres. Il n'en résulte d'ailleurs aucun abus pour le cas présent, puisque cet objet est prévu : c'est une école pour la jeunesse du Tiers, une place honorable pour lui et pour la noblesse qui en occupe les plus essentielles, toutes les autres places dans le militaire et les chapitres étant fermées au Tiers. D'un autre côté, elle soutient les villes où ces sièges sont situés et établis : cela y attire des gens de lettres, des consommateurs qui abandonneraient ces villes, si ces sièges n'y existaient plus, et alors ces villes deviendraient des hameaux ; et la sortie de leurs principaux habitans ferait de beaucoup diminuer le prix des terres, et le surplus des autres se trouverait hors d'état d'acquitter les impositions assises sur ces villes. Cela met encore les justiciables plus à portée de leurs juges et cela les expose à de moindres frais. » (*Arch. parl.*, IV, p. 88.)

convocation[1], inconvéniens qui se renouvelleroient à l'avenir. Ils demanderont que le nombre de ces bailliages soit réduit dans une juste proportion, sauf à pourvoir au remboursement des finances.

15° La loi qui ordonne le partage des communes aïant excité beaucoup de réclamations dans la Province, nos députés obtiendront, pour nos États particuliers, la liberté de proposer un règlement sur cet objet important de l'économie champêtre[2].

16° Ils demanderont que les loix rendües par nos souverains, qui fixent le nombre des familles juives établies dans la Province et qui déterminent la police qui les concerne, soient renouvellées et mises en vigueur ; ils soliciteront un règlement qui puisse arrêter le cours des usures énormes que plusieurs exercent et qui sont si dommageables à la Province[3].

III. Clergé.

1° Nos députés demanderont que la Religion catholique, apostolique et romaine, continue de jouir seule et à perpétuité, dans tout le Royaume, des droits et honneurs du culte public, et que les loix du Royaume, et notamment celles de la province, soient renouvellées et exécutées, pour en maintenir la pureté et l'unité.

2° Que pour maintenir la doctrine dans sa pureté et la discipline dans sa vigueur, il sera tenu, tous les cinq ans, des conciles dans chaque province ecclésiastique[4] ; ils exprimeront le désir de voir adopter pour la nation un seul et même catéchisme.

1. Voir ce que nous en avons dit plus haut dans l'introduction de ce travail, p. 5 et suiv.

2. Cette question du partage des communes était une des questions intéressant l'agriculture qui avaient été le plus chaudement discutées, en 1787, à l'assemblée provinciale. On donnait le nom de communes ou de pâquis communaux, à des terrains qui restaient indivis dans chaque communauté et étaient la propriété collective du seigneur et des habitants. Ces terrains, laissés en friche, n'étaient pas mis en valeur et servaient de pâturages aux bestiaux pendant la belle saison. Depuis quelque temps, la question s'était posée de savoir s'il ne serait pas avantageux de partager en lots et de répartir ces terrains, jusque-là indivis, entre les habitants des communautés, laboureurs ou manœuvres, qui les exploiteraient et les cultiveraient à leur gré. Ce système de partage avait été mis en vigueur en Champagne et dans les Trois-Évêchés, et même en quelques communautés de la province de Lorraine, à la suite d'arrêts du Conseil obtenus sur la demande de ces communautés. La question avait été longuement débattue à l'assemblée provinciale et finalement on avait décidé qu'on attendrait, pour se prononcer sur l'utilité d'une mesure générale en cette matière, l'établissement des assemblées de district, afin de recueillir leurs votes et ceux des assemblées municipales. (Cf. *Procès-verbal de l'assemblée provinciale de Lorraine*, 1788, p. 284.)

3. Sur ce qu'on pourrait appeler la question juive en 1789, voir plus bas, *Note VI*.

4. Beaucoup de cahiers, surtout du clergé, expriment le même vœu relativement à la convocation régulière et périodique des conciles provinciaux ou assemblées de

3° Que les règlemens établis pour la police du carême et l'observation des dimanches et des fêtes[1] soient maintenus avec plus d'exactitude.

4° Que les États généraux sollicitent le Souverain Pontife d'autoriser les Ordinaires à accorder les dispenses d'empêchement de consanguinité et d'affinité du troisième au troisième degré et au-dessous, sur des raisons

tous les évêques d'une province ecclésiastique réunis sous la présidence du métropolitain. Un décret du concile de Trente (sess. XXIV, cap. 2, *De Reform.*), renouvelant les prescriptions du 5° concile de Latran de 1512, avait ordonné que les conciles provinciaux fussent tenus régulièrement dans chaque province ecclésiastique tous les trois ans. En fait, dans la deuxième moitié du XVI° siècle, un certain nombre de ces assemblées avaient été convoquées en France, mais dès le commencement du XVII° elles étaient devenues plus rares, par suite de l'opposition de plus en plus marquée du gouvernement, puis avaient cessé complétement. La dernière assemblée ecclésiastique à laquelle on puisse donner le nom de concile provincial, avait été tenue en 1727, à Embrun, avec la permission du roi ; encore faut-il remarquer que cette assemblée d'Embrun était moins un concile provincial proprement dit qu'un tribunal ecclésiastique convoqué pour juger et condamner l'évêque janséniste de Senez, Soanen. C'est en vain que les évêques de France, en maintes circonstances, notamment dans presque toutes les assemblées du clergé, avaient réitéré leurs instances auprès du roi pour obtenir la libre réunion de ces conciles dont ils exposaient l'importance et la nécessité ; il n'avait pas été fait droit à leur demande.

1. Les lois civiles assuraient, en effet, souvent par des sanctions pénales assez fortes, l'observation des lois ecclésiastiques. Ainsi, pour ce qui concerne le carême, dans tous les dispositifs des mandements des évêques lorrains on trouvait des articles semblables à celui-ci — je le cite parce qu'il nous fera connaître la substance de ces « règlements établis pour la police du carême » dont parle notre cahier : « Nous attendons de la piété et de la religion des magistrats et officiers de police qu'ils veilleront à ce que la police extérieure du carême soit observée ; que l'on n'expose en vente, ni gibier, ni venaison ; qu'il n'y ait dans les boucheries de la viande que pour les malades et les infirmes, et que l'on n'en serve à qui que ce soit dans les cabarets et les auberges sans permission des curés, qu'ils donneront en particulier pour chaque personne, selon la connaissance qu'ils auront de leur besoin. » (*Mandements de M. de Fontanges pour le carême de 1786 et de M. de la Tour du Pin Montauban pour 1781.*)

L'observation des dimanches et fêtes était également l'objet de règlements civils. Le *Code de police pour les villes et faubourgs de Nancy*, homologué par un arrêt de la cour souveraine de Lorraine et Barrois du 4 janvier 1769, renferme à cet égard des dispositions curieuses. Il y est fait défense, par exemple (titre I°r, art. 1°r, p. 15), de se livrer les jours de dimanche et de fêtes à des œuvres manuelles et serviles, « excepté dans les cas de nécessité et avec la permission des curés et du lieutenant général de police, à peine de dix francs d'amende pour la première fois, vingt francs pour la seconde et de peine arbitraire pour la troisième fois ». L'article 2 « fait défenses à toutes personnes tenant boutiques, soit dans leurs maisons ou aux foires, de les ouvrir, ni de vendre et débiter publiquement aucune marchandise ni denrée, esdits jours de dimanche et de fêtes, à peine de 25 fr. d'amende, et de plus grande s'il échet ; sauf aux particuliers dont les chambres ne reçoivent aucun jour, de les éclairer par une jalousie ». L'article 3 interdit « de voiturer ou faire voiturer chars, charrettes et tombereaux esdits jours de dimanches et de fêtes, excepté celles qui échéent les mardi, jeudi et samedi, qui sont jours ordinaires de marchés ». L'article 4 permet toutefois, « aux revendeurs et revendeuses d'exposer en vente esdits jours, des légumes, herbages et autres denrées comestibles, mais seulement jusqu'à neuf heures du matin, sous la dite peine de vingt-cinq francs d'amende ». D'autre part, défense était faite (tit. X, art. 3, p. 113) « à tous auber-

valables, et moyennant une contribution pécuniaire applicable en entier au soulagement des pauvres [1].

5° Que désormais, et conformément au désir de l'Église, les monitoires ne soient accordés que dans les cas très graves, sans que jamais les juges d'Église puissent être forcés de les décerner [2].

6° Nos députés prieront les États généraux de prendre en considération les vices, les désordres et l'esprit d'irréligion que les gens de guerre répandent malheureusement dans les villes et les campagnes, et d'aviser aux moyens de procurer aux régimens des aumôniers capables de faire respecter les mœurs et la Religion [3].

7° Que les lois prononcées contre les duels soient observées avec plus de vigilance et de sévérité [4].

gistes, cabaretiers, taverniers, caffetiers, rôtisseurs, maîtres de jeux de paume ou de billards, ou d'autres jeux publics et non prohibés, de donner à boire, à manger, à jouer, ni de laisser jouer dans leurs maisons pendant les heures du service divin du matin et de relevée, es jours de dimanches et de fêtes, à peine de vingt-cinq francs d'amende ».

1. Il s'agit ici des empêchements au mariage ecclésiastique, dits de consanguinité et d'affinité, et des dispenses qui pouvaient en être données. A la lecture de cet article, Guilbert avait observé qu'il faudrait peut-être demander en cour de Rome que le pouvoir sollicité fût accordé aux Ordinaires (c'est ainsi qu'en droit canonique on désigne souvent les évêques) même pour les empêchements du 2e au 2e degré. Mais M. de la Fare, pour des raisons que nous ignorons, n'avait point partagé cet avis, et la majorité de l'assemblée s'était ralliée au sentiment du prélat.

2. On désigne sous le nom de monitoires, dit Durand de Maillane dans son *Dictionnaire de droit canonique*, 1776, t. IV, p. 90, au mot *Monitoire*, « des lettres qu'on obtient du juge d'Église en conséquence d'un jugement du juge royal ou autre juge laïque ou ecclésiastique même subalterne et qu'on fait ensuite publier au prône de la messe paroissiale et afficher à la porte des églises et places publiques, par lesquelles il est enjoint, sous peine d'excommunication, de venir à révélation des faits qu'on sait sur le contenu au monitoire, ou de restituer quelque chose, ou de réparer quelque injure faite à Dieu ou au prochain ». De temps immémorial, cet usage des monitoires était d'une pratique générale en France. Une ordonnance du mois d'août 1670 en avait réglé l'usage dans le royaume, et tout récemment un édit du roi donné à Marly, en juin 1776, pour mettre fin à certaines difficultés qui s'étaient élevées dans les tribunaux des duchés de Lorraine et de Bar au sujet de la publication des monitoires, avait étendu à cette province les règles en vigueur dans le reste du royaume. (*Ordonnances de Lorraine*, XIII, p. 586.) Malheureusement, ici encore, de graves abus s'étaient glissés. Il arrivait que les juges permettaient d'obtenir des monitoires pour des affaires de très minime importance, et souvent aussi la saisie de leur temporel était prononcée soit contre les officiaux qui avaient refusé d'accorder les monitoires que le juge avait permis d'obtenir, soit contre les curés et vicaires qui n'avaient pas voulu les publier. C'est contre ces abus que l'Église avait souvent réclamé et que notre cahier proteste.

3. Cet article, non prévu par Guilbert dans son projet de cahier, lui inspire la réflexion suivante qui fait peu d'honneur aux aumôniers militaires de l'ancien régime : « Cet article me parut intéressant, les aumôniers n'étant ordinairement que très mauvais sujets sans mœurs et sans religion. »

4. « Article inutile, ajoute encore fort judicieusement le curé de Saint-Sébastien, à moins que les mœurs ne changent. » Sur la législation relative aux duels en Lorraine voir aussi à la fin de ce travail, *Note VII*.

8° Nos députés déclareront adhérer aux remontrances faites par le clergé du Royaume au sujet de l'édit du mois de novembre 1787 concernant les non-catholiques[1].

9° La corruption des mœurs croissant sans cesse, nos députés solliciteront des règlemens sévères pour empêcher l'exposition et le débit des mauvais livres, des statues, gravures et peintures licencieuses, la représentation des pièces de théâtre scandaleuses, la fréquentation des cabarets, des maisons de jeux publics, des lieux de débauche, et que les officiers de police soient tenus d'y veiller et personnellement responsables de leurs négligences devant les tribunaux.

10° Que pour le rétablissement des mœurs, les États provinciaux soient autorisés à faire tels règlemens qui leur paroîtront les plus convenables pour prévenir la mendicité[2], veiller à la bonne administration des lieux de

1. L'édit de novembre 1787 concernant les non-catholiques, enregistré au Parlement de Paris le 29 janvier 1788, bien que conçu en termes généraux et s'appliquant à tous ceux qui ne professaient pas la foi catholique, visait surtout les protestants et tendait à améliorer, au point de vue civil tout au moins, la situation qui leur était faite dans le royaume depuis 1685. Entre autres dispositions favorables, cet édit accordait aux réformés l'autorisation « de jouir de tous les biens et droits qui pouvaient leur appartenir à titre de propriété ou à titre successif, et d'exercer leurs commerces, arts, métiers et professions », comme aussi l'autorisation de pouvoir contracter, dans une forme qui était déterminée, par-devant les curés ou vicaires ou par-devant les premiers officiers de justice et après des publications dont le mode était également fixé, des mariages qui auraient dans l'ordre civil, à l'égard des contractants et de leurs enfants, les mêmes effets que les mariages des catholiques. En même temps, diverses dispositions étaient prises pour la constatation et la reconnaissance civile, soit des naissances d'enfants, soit des décès de personnes non catholiques. Bref, c'était l'état civil accordé aux protestants.

Cet édit de novembre 1787, qui cependant « était une œuvre de bonne foi, comme le constate très justement M. de Crousaz-Crétet, inspirée par le désir sincère d'améliorer la situation si dure faite aux réformés, sans compromettre les droits dont l'Église catholique avait la possession séculaire », avait suscité de nombreuses et vives réclamations. Le Parlement de Paris avait protesté. Un de ses membres, M. d'Eprémesnil, s'était écrié « qu'on allait crucifier le Christ une seconde fois » et l'enregistrement n'avait été accordé qu'à grand'peine et après des modifications assez importantes. Le clergé, d'autre part, dans son assemblée de 1788, tout en rendant hommage aux principes posés dans le préambule de l'édit où le roi affirmait que la religion catholique devait jouir seule dans le royaume des droits et des honneurs du culte public, avait cru devoir faire de nombreuses réserves sur divers articles, notamment sur le rôle actif qu'on faisait jouer aux prêtres dans le mariage des protestants, et signaler les dangers que certaines mesures imposées par l'édit pourraient faire courir au dogme catholique et à la discipline ecclésiastique. (Voir de Crousaz-Crétet, *L'Église et l'État ou les deux puissances au* xviiie *siècle, 1715-1789,* pp. 305 et suiv.) C'est à ces remontrances que le clergé de Nancy déclare s'associer ici. Notons du reste qu'il faudrait bien se garder de juger les revendications et les remontrances du clergé français d'alors avec nos idées modernes. Ce qui, aujourd'hui, nous choquerait dans son attitude, s'explique sans effort si nous nous replaçons dans le milieu du xviiie siècle.

2. Sur ces questions de la mendicité et des hôpitaux, alors à l'ordre du jour, Guilbert, dans son *Projet de cahier,* entrait dans des détails qui ne manquent pas d'intérêt. D'une part, il demandait la création d'hospices pour les incurables et pour

réclusions et des hôpitaux, former et mettre à exécution un plan d'éduca-
tion adapté aux besoins et aux moyens particuliers de chaque province.

11° Que le choix des maîtres et maîtresses d'écoles dans les campagnes
soit attribué au curé et l'approbation à l'Ordinaire.

12° Que les États généraux déclarent reconnoître la province de Lorraine pays d'usage, et non d'obédience [1], et qu'en conséquence tous rescripts
de la cour de Rome soient expédiés sous simple signature et non *sub plumbo*,
comme ci-devant [2].

les fous : « En Lorraine, il y a beaucoup de ressources pour les malheureux ; une
seule classe assez nombreuse est sans azyle, les incurables et les fols ; demander que
les États provinciaux soient invités de s'occuper de cet intéressant objet et autorisés
à le remplir : il y a des moyens. » (*Projet de cahier*, p. 11.) D'autre part, il se plaignait de l'exclusion des curés de certaines administrations de charité : « Il est des
administrations de charité dont les curés locaux ne sont pas ; il en est une assez
considérable à Nancy, qui est le pain de la ville ; c'est un abus très préjudiciable aux
vrais nécessiteux ; personne ne peut donner des renseignements plus sûrs et du
besoin et de la conduite de l'indigent que le curé ; aussi qu'arrive-t-il ? Que la ration
est donnée à qui peut s'en passer et refusée à celui à qui elle est plus nécessaire et
qui en est plus digne. Si on oppose que c'est un usage très ancien, n'importe, dès
qu'il est abusif, il faut le réformer. A Nancy, lorsque les princes authorisèrent cet
établissement, ils avaient des raisons politiques pour ne pas admettre de curés, elles
ne subsistent plus. » (*Projet de cahier*, p. 4.) Voir aussi, du même Guilbert, une dis-
sertation intitulée : *Réflexions sur l'indigence et les moyens les plus efficaces pour la
faire cesser*, 6 pages in-4°, ms. 159 de la Société d'archéologie lorraine.

1. On désignait ordinairement sous le nom de pays d'obédience, ceux qui étaient
soumis « à toutes les constitutions des papes, conciles, règles de chancellerie et
bulles générales quelconques ». Aux pays d'obédience ainsi définis, s'oppo-
saient, d'une part les pays de concordat, dont l'organisation au point de vue ecclésiastique était fixée par une convention conclue entre le Saint-Siège et les souverains, d'autre part les pays d'usage, qualification donnée, comme le nom seul l'indique, aux États qui prétendaient être gouvernés, au point de vue ecclésiastique,
suivant des usages particuliers qui avaient force de loi. Le royaume de France était
certainement pays de concordat. Quant à la Lorraine, sa situation n'était pas aussi
nettement définie. N'ayant été réunie à la France que postérieurement à 1516, elle
n'était certainement pas pays de concordat français. On ne la regardait pas non plus
comme pays de concordat germanique, à l'exemple de certaines provinces qui
avaient fait partie autrefois de l'empire. Pendant le moyen âge, ce semble, on l'avait
considérée comme pays d'obédience, et au xviii° siècle encore, nous voyons qu'à
Rome, à différentes reprises, on veut la soumettre aux règles des pays d'obédience.
Mais de bonne heure, à mesure que leur pouvoir avait grandi, les ducs s'étaient
imposés à l'Église et s'étaient appliqués à faire accepter leur intervention et leur
contrôle dans les affaires ecclésiastiques. Peu à peu, la situation était devenue plus
complexe ; des usages analogues à ce qu'étaient en France les libertés gallicanes
s'étaient créés, et au xviii° siècle, la Lorraine prétendait généralement au titre et à
la qualification de pays d'usage. Elle voulait être traitée pratiquement comme tel,
surtout en ce qui concernait les matières bénéficiales. (Cf. Thibaut, *Histoire des loix
et usages de la Lorraine et du Barrois dans les matières bénéficiales*, Nancy, 1763,
pp. 171 et suiv., et Mathieu, l'*Ancien Régime en Lorraine*, p. 116.)

2. Ce devait être une des conséquences de la reconnaissance de la Lorraine comme
pays d'usage. L'expédition des rescrits venant de Rome pouvait se faire de différentes façons. L'expédition *sub plumbo*, c'est-à-dire en forme de bulle proprement

13° Que les économats soient supprimés et que les États généraux soient priés de laisser au clergé de chaque diocèse le soin de veiller à l'entretien et à la réparation des biens ecclésiastiques[1].

14° Nos députés renouvelleront le vœu émis par l'ordre du clergé de ce bailliage de concourir à toutes impositions pécuniaires dans la juste proportion de ses revenus et de ses charges[2]. Et ils veilleront attentivement à ce qu'il ne soit porté aucune atteinte aux propriétés, droits réels et personnels, utiles et honorifiques, du clergé tant séculier que régulier.

15° Dans le cas où les États généraux régleroient que les municipalités des villes fussent désormais électives, nos députés demanderont qu'elles soient composées des trois ordres dans la même proportion que les États provinciaux.

16° Que les constructions, réparations, reconstructions faites sur des terrains déjà amortis, ne soient pas sujettes aux droits d'amortissemens et de nouvel acquêt ; que les échanges faits sans mieux valüe soient exempts des mêmes droits, et que dans le cas de la mieux valüe, elle seule y soit assujettie ; que le clergé soit autorisé à reconstituer, même à des particuliers, les fonds qui lui auront été remboursés, sans obtenir de lettres patentes[3].

dite, était particulièrement onéreuse, aussi n'est-il pas étonnant qu'elle ait été l'objet de réclamations assez nombreuses. Ajoutons que c'est probablement à Guilbert que l'on dut l'insertion de cet article, qu'il regardait, nous dit-il, comme essentiel. Voici en quels termes il l'avait formulé lui-même dans son *Projet de cahier* : « Obtenir de la cour de Rome que, pour les bénéfices dans la province, tout soit expédié sous simple signature ; les expéditions sous plomb enlèvent un argent très considérable qui ne revient jamais ; les parlements ont été si frappés de ces abus, qu'ils se sont déterminés à rendre des arrêts sur les certificats de refus donnés par les banquiers, quoiqu'ils soient convaincus que les arrêts ne peuvent faire un titre canonique. »

1. On appelait économat, dans l'ancienne organisation de l'Église gallicane, la régie du temporel des bénéfices ecclésiastiques de collation royale, pendant la vacance de ces bénéfices, par un ou par plusieurs administrateurs désignés par le roi. Un édit porté par Henri III, en mai 1578, avait érigé en titre d'offices des économats dans chaque diocèse. Ces offices, après avoir été supprimés par l'édit de Melun de 1580, puis rétablis par un édit de décembre 1691, avaient été définitivement abolis par un édit de décembre 1714. Mais ce dernier édit réorganisait l'institution sous une autre forme. Les fonctions d'économe-séquestre furent dès lors exercées par des personnes spécialement désignées par le roi, et à la fin du xviiie siècle, « l'administration des Économats était composée d'un conseiller d'État, directeur et administrateur général, d'un économe général séquestre, d'un contrôleur à la recette générale, de 2 avocats conseillers, d'un architecte, de 2 notaires, de 3 procureurs, d'un agent et de divers commis. Elle opérait sous l'inspection d'un bureau du Conseil d'Etat. » (Cf. Boiteau, *État de la France en 1789*, p. 188.)

2. Voir plus haut, p. 194-195.

3. On appelait droit d'amortissement un droit payé à chaque achat par les corps ecclésiastiques ou les corporations laïques, pour tenir lieu des droits de mutation auxquels ils échappaient comme mainmortables. Ce droit était dû au roi :

a) Dans le cas d'acquisition d'immeubles, même par voie d'échange ;

17° Que les Séminaires, Collèges, Hôpitaux, Maisons de charité et autres établissemens publics, évidemment utiles à la société, puissent convertir en immeubles les capitaux en argent qui pourroient être à leur disposition, sans payer les droits d'amortissemens.

18° Nos députés solliciteront une loi qui remette à l'Ordinaire l'exercice des droits de collation ou patronage attachés à des propriétés possédées par les non-catholiques, pour tout le tems de la jouissance des dits propriétaires[1].

19° Nos députés se refuseront absolument à toutes propositions qui pourroient leur être faites de partager l'acquitement des dettes du clergé du Royaume[2].

b) Dans les cas de construction ou de reconstruction, mais, dans le cas de reconstruction, le droit n'était dû que sur la maison même et non pas sur le terrain ;

c) Pour les placements de capitaux remboursés.

Quant au droit de nouvel acquêt, c'était un droit analogue, qui pesait sur les mainmortables également. Il s'appliquait aux biens possédés par eux en usufruit ou dont ils avaient l'usage. Ces biens ne pouvaient être assujettis au droit d'amortissement proprement dit, mais ils l'étaient à un droit équivalent, taxé à une année de revenus par 20 ans : c'était le droit dit de nouvel acquêt.

1. Cet article demande quelques explications. On sait ce qu'il faut entendre par droit de collation ou de patronage : c'était la faculté de présenter un clerc, pour un bénéfice vacant, à l'évêque, — celui-ci donnant au sujet ainsi désigné par le patron l'institution canonique. Ce droit était soit personnel, soit réel, suivant qu'il était conféré à la personne ou attaché à une terre. Dans ce dernier cas, il pouvait arriver que les terres auxquelles il était attaché vinssent à passer entre les mains de non-catholiques, ce qui donnait lieu tout au moins à des contestations. Déjà lors de l'enregistrement de l'édit de novembre 1787, les magistrats qui composaient le Parlement, entre autres réserves, avaient demandé que parmi les droits reconnus aux non-catholiques, ne fût pas compris celui de patronage, qui leur permettait de disposer de bénéfices ecclésiastiques. Mais il n'avait pas été tenu compte de leur désir. Le cahier du clergé du bailliage de Verdun formule le même vœu que celui de Nancy, en termes plus explicites encore : « La loi donnée en faveur des non-catholiques n'ayant pas prononcé sur l'exercice du droit de patronage qu'ils peuvent prétendre à raison de leurs seigneuries, le clergé demande qu'il soit rendu une délibération par laquelle, dans le cas où le droit de patronage serait entre les mains d'un non-catholique à raison de son fief, ce droit soit dévolu à l'Ordinaire jusqu'à ce que le patronage puisse être exercé par un catholique. Les seigneurs non catholiques se dessaisiront sans peine d'un droit qu'ils ne peuvent exercer d'une manière avantageuse à la religion dominante qu'ils ne professent pas, et qui d'ailleurs peut être contrarié par l'examen et le visa des Ordinaires, sans lesquels un présenté, même par un catholique, ne peut être renvoyé en possession du bénéfice dont il est pourvu. » (*Arch. parl.*, VI, p. 127.)

2. Il y avait alors une distinction, très nettement marquée, entre ce qu'on appelait le clergé de France et le clergé étranger ou des pays conquis, autrement dit entre le clergé de l'ancienne France, réparti en 16 métropoles ou provinces ecclésiastiques et le clergé des provinces plus récemment unies à la couronne, Artois, Flandre, Hainaut, Cambrésis, Franche-Comté, Alsace, Lorraine, Trois-Évêchés, principauté d'Orange, Roussillon. Entre ces deux clergés, il y avait séparation complète, quelquefois même opposition. Le clergé étranger n'était pas admis aux assemblées du clergé de France, et, au point de vue financier surtout, il restait complètement

20° Ils demanderont que les gens de mainmorte ecclésiastiques ne puissent faire des emprunts, aliénations, baux à longs termes, sans des motifs pressans, reconnus par l'Ordinaire et jugés par les États provinciaux.

21° Ils insisteront sur la nécessité de conserver au clergé, lorsque la quotité proportionnelle de son imposition pécuniaire aura été réglée contradictoirement avec les autres ordres, la répartition individuelle et le recouvrement de la dite imposition, à l'effet de faire jouir d'un soulagement graduel les classes reconnues en avoir un besoin réel[1].

22° Nos députés représenteront la nécessité d'établir des curés partout où le besoin l'exige et de donner à tous les curés des revenus localement suffisans, fixes et susceptibles de l'augmentation graduelle que tous les autres biens fonds éprouvent[2], d'établir et doter les séminaires, les collèges, tous hôpitaux nécessaires, les fabriques[3], les maisons de charité, d'établir dans tous les diocèses des fonds suffisans pour procurer aux anciens curés, vicaires et autres prêtres qui ont vieilli dans le ministère, une retraite honorable et convenable[4]; les fonds à cet égard ne manquant pas, ils proposeront à la sagesse des États généraux de les indiquer et de les fixer.

en dehors de lui : c'est ce qui explique les tendances nettement séparatistes que notre cahier manifeste ici. Le clergé français, pour répondre aux demandes de subventions de plus en plus nombreuses qui lui avaient été faites par le roi, avait dû recourir à des emprunts et contracter des dettes. C'est à l'acquittement de ces dettes que le clergé étranger refuse de participer.

1. Guilbert avait proposé une addition à cet article. Le montant de l'imposition permanente était réparti dans chaque évêché par le bureau diocésain; or, le curé de Saint-Sébastien avait demandé que les curés eussent, dans ce bureau diocésain chargé de la répartition, des représentants pris dans leur ordre en proportion de leur nombre. Sa proposition ne fut pas adoptée : on jugea sans doute l'addition inutile.

2. Sur cette question de l'augmentation des portions congrues, voir à la fin de ce travail, *Note VIII.*

3. Sur ce sujet des fabriques et de leur dotation, Guilbert est plus explicite dans son projet de cahier, où il formule le vœu qui suit : « Établir des fabriques dans toutes les paroisses où il n'y en a pas et augmenter celles dont les revenus ne peuvent égaler la dépense. Ce serait un soulagement pour les communautés sur lesquelles pèse cette charge, et que beaucoup ne peuvent porter sans en souffrir notablement », et il indique différents moyens pour arriver à cette fin : « Il y a beaucoup de bénéfices simples qui, joints à une portion de dixmes, pourraient suffire pour cette dotation, en déchargeant le décimateur au prorata de ce qu'il céderait. » Guilbert ajoute ailleurs, dans une autre rédaction, que ces petits bénéfices simples sont très nombreux, qu'il est assez peu de villages dans la province qui n'en possèdent. On attendrait naturellement, pour opérer la réunion, la mort des titulaires, dont beaucoup, du reste, étaient âgés. « Il y aurait encore, observe Guilbert, un autre moyen très efficace qui ne porterait que sur la classe aisée et sur la vanité, ce serait d'attribuer aux fabriques ce que l'on retrancherait du casuel des curés après les avoir dotés, en réglant néanmoins, en proportion des rangs, des qualités et localités mêmes, ces dépenses parfois somptueuses et excessives, même dans les campagnes. »

4. C'est Guilbert, semble-t-il, qui fit insérer cette dernière partie de l'article relative aux retraites des ecclésiastiques âgés ou infirmes. Voici en quels termes il

23° Ils demanderont que toutes les cures à patronage ecclésiastique[1] soient mises au concours[2], réservant au patron le droit de choisir entre trois sujets qui lui seront présentés.

24° Que les permutations et résignations, même en faveur et avec création de pensions, ne puissent être faites que devant l'Ordinaire, comme étant aux droits du Pape[3].

25° Que les canonicats et bénéfices séculiers à charge d'âmes ne puissent être donnés qu'à des personnes qui auront travaillé dans le ministère ou à l'enseignement ecclésiastique.

26° Ils demanderont que les Réguliers puissent désormais émettre leurs vœux à dix-huit ans accomplis[4], que la rigueur de la loi de conventualité soit restrainte aux facultés de chaque maison, étant d'ailleurs contraire aux

s'exprimait à ce sujet dans son projet de cahier ; ses paroles méritent d'être citées : « S'occuper des moyens pour procurer une subsistance honnête aux curés et vicaires que l'âge et les infirmités mettent hors d'état de remplir leurs fonctions ; combien n'en est-il pas qui ont la douleur de se survivre à eux-mêmes et de se voir oubliés et peut-être méprisés après avoir bien mérité de l'Église et de la patrie ! Quelques-uns se laissent subjuguer par des administrateurs qui, en se voilant, obtiennent leurs résignations, et à peine celles-cy sont elles consolidées, que ces infortunés vieillards sont forcés de s'en repentir, périssent dans le chagrin, consumés par l'indigence ; ceux qui sont à portion congrue, ne peuvent même se réserver de pension d'après l'édit. »

1. On distingue en droit canonique, trois sortes de patronage : 1° le patronage ecclésiastique, qui est celui que possède un clerc, soit à raison de son bénéfice ou de sa dignité dans l'Église, soit parce qu'il a édifié ou doté une église avec des biens ecclésiastiques ; 2° le patronage laïque, qui est celui qui appartient à un laïque pour avoir fait bâtir ou doté une église ; il peut aussi appartenir à un ecclésiastique qui aurait fait bâtir l'église avec ses biens patrimoniaux ; 3° le patronage mixte, qui appartiendrait, partie à des clercs, partie à des laïques. (Cf. Durand de Maillane, *Dictionnaire de droit canonique*, v° *Patronage*.)

2. Le cahier ne fait que demander ici l'application d'un décret du concile de Trente sur la collation des cures. Aux termes de ce décret, quand une cure venait à vaquer, tous les ecclésiastiques devaient être avertis du jour où se donnerait, au concours, le bénéfice curial. Ce jour arrivé, tous ceux qui s'étaient fait inscrire comme concurrents se présentaient, pour subir les épreuves, aux examinateurs synodaux, et la cure devait être conférée à celui qui s'en montrait le plus digne. (Concile de Trente, sess. XXIV, cap. 18, *De Reform.*)

3. Les derniers mots de cet article : « comme étant aux droits du Pape » ont été ajoutés à la demande de Guilbert. « Sur cet article, après avoir dit à M. l'évêque les choses les plus honnêtes, j'observai que c'était rendre MM. les évêques maîtres des bénéfices, ce dont il pouvait résulter des inconvénients graves, nuisibles à la liberté individuelle, et qu'on ne pouvait adopter ce vœu qu'en énonçant que l'évêque serait simplement au lieu et place du pape ; cela fut applaudi et doit être dans le cahier. » (*Conduite des curés*, p. 44.)

4. Il est fait allusion ici à une des réformes entreprises, sur la fin du xviiie siècle, dans la vie et la constitution même des ordres religieux, par la célèbre commission des Réguliers, commission mixte composée d'évêques et de membres du Conseil qui avait été établie par un arrêt du 23 mai 1766. Voir aussi plus bas, la *Note IX.*

volontés des fondateurs, à l'intérêt des ordres religieux, à l'utilité des villes et campagnes[1].

27° Nos députés porteront aux États généraux les réclamations faites par les chapitres et les communautés régulières et séculières et les ecclésiastiques habitués dans les paroisses des villes, contre le mode de convocation, qui leur paraît blesser le droit de représentation individuelle qui leur appartient[2].

28° Ils présenteront la demande de MM. les curés pour que les déclarations et arrêts du Conseil qui interdisent leurs assemblées soient révoqués[3] ; que le payement des vicaires ne soit à la charge des curés que dans la proportion de la part qu'ils ont dans la dîme[4] ; que le casuel exigible soit

1. L'édit de 1768 (art. 7 et suiv.), entre autres dispositions, avait fixé de la façon suivante le nombre minimum des religieux de chaque maison. Tous les monastères d'hommes devaient être composés, savoir, « les monastères non réunis en congrégations, de 15 religieux au moins, et les monastères réunis en congrégations, de 8 religieux au moins ». Le supérieur et les frères lais n'étaient pas compris dans ces chiffres. Les supérieurs des monastères non réunis en congrégation et composés de moins de 15 religieux y compris les novices, ne devaient plus recevoir désormais de sujets à la profession. Enfin, les divers ordres ne pourraient plus avoir plus de deux maisons à Paris et plus d'une dans les autres villes ou bourgs. On désignait sous le nom de loi de conventualité, l'ensemble de ces dispositions. (*Ordonnances de Lorraine*, XI, pp. 292 et suiv.) Elles suscitèrent beaucoup de réclamations, comme du reste toutes les réformes, précipitées et prématurées, de la commission des Réguliers.

2. Nous avons dit un mot, plus haut, de ces réclamations. M. Camus, en particulier, un des deux députés du chapitre de la cathédrale primatiale de Nancy, « avait requis au nom de son corps, nous apprend Guilbert, qu'il fût inséré au cahier qu'il protestait pour lui contre le mode de convocation ; je soutins l'inutilité de la demande, vu que leur protestation avait été faite à l'assemblée générale et insérée dans le procès-verbal ; il insista et je demandai alors que la même protestation y trouvât place pour tous les chapitres, communautés séculières ou régulières d'hommes et de femmes, exemptes ou non exemptes, ainsi que pour tous les ecclésiastiques qui n'avaient pas été appelés individuellement ; ces protestations doivent être dans le procès-verbal. » (*Conduite des curés*, p. 45.) En fait, comme nous l'avons vu plus haut, au procès-verbal figurent seulement la protestation du chapitre de la Primatiale et celle des chanoinesses de Bouxières.

3. Cette première partie de l'article 28 est aussi de Guilbert. Voici en quels termes il avait formulé ce même vœu dans son projet de cahier : « ... Que les édits, arrêts du Conseil qui détruisent les droits et la liberté des curés de plusieurs provinces en leur défendant de s'assembler dans l'intérêt de leur ordre et de donner aucune procuration à un ou plusieurs d'entre eux pour défendre ce même intérêt, soient révoqués et cassés et qu'il n'en soit plus rendu à l'avenir. » Cet article fait allusion à une question alors fort discutée dans le monde ecclésiastique et qui avait passionné l'opinion, la question des synodes ruraux. (Voir plus bas, *Note X*.)

4. Un certain nombre d'autres cahiers expriment la même demande, par exemple celui du clergé de Vic (*Arch. parl.*, VI, p. 17), qui nous laisse deviner en même temps l'abus qui souvent se produisait : « La portion congrue des vicaires légalement établis doit être payée sur la totalité des dîmes de la paroisse et non pas seulement sur la portion qu'en perçoit le curé. Telle est la jurisprudence constante du Parle-

aboli[1] et qu'il soit pourvu à leur indemnité; que l'édit de 1768 soit révoqué quant à la disposition qui les a privés d'une partie des novalles[2].

29° Nos députés demanderont que tous les établissemens réguliers soient confirmés et ils prendront toutes les mesures nécessaires pour les défendre, si on tentait de les détruire[3].

30° Ils demanderont, au nom de MM. les curés, que quinze ans de travail louable et effectif dans les fonctions du ministère et de l'enseignement ecclésiastique, et reconnu tel par l'Ordinaire, équivalent aux degrés de noblesse et aux grades requis, pour être admis dans les chapitres nobles[4].

Nous avons rédigé ces instructions[5] dans la vue de procurer la gloire du

ment de Paris, conformément à l'édit de 1768 concernant les portions cōngrues. C'est pour dédommager les décimateurs autres que les curés de cette charge considérable, que l'édit dont il s'agit a privé les curés du droit exclusif de percevoir les novales à venir. On demande que l'usage contraire qui a lieu dans les Trois-Évêchés et la Lorraine, soit aboli. »

1. Sur cette question du casuel, voir aussi plus bas, *Note XI*.

2. On appelle dimes novales, par opposition aux dimes anciennes, dit Durand de Maillane, « les dixmes qui se perçoivent des terres qui sont depuis peu en culture et étaient auparavant en friche ». Les curés ou vicaires revendiquaient généralement cette dîme, à laquelle ils prétendaient avoir un droit exclusif, mais souvent les décimateurs la réclamaient aussi de leur côté et il en résultait des procès. Pour faire cesser ces contestations, peu édifiantes et d'ailleurs ruineuses, qu'excitait la perception des dimes novales entre les curés et les décimateurs, un édit de mai 1768 avait essayé de fixer la jurisprudence sur ce point et statué (art. 14) qu'il ne serait fait à l'avenir « aucune distinction entre les dixmes anciennes et les dixmes novales, en conséquence les dixmes de toutes les terres qui seront défrichées dans la suite... comme aussi les dixmes des terres remises en valeur ou converties en fruits décimables, appartiendront aux gros décimateurs de la paroisse ou du canton, soit curés, soit autres, soit laïques ou ecclésiastiques. » (*Ordonnances de Lorraine*, XI, p. 347.) Beaucoup de curés s'étaient trouvés lésés par cette mesure qui les privait d'une partie des novales ; de là, les réclamations.

3. Nouvelle protestation contre la commission des Réguliers. Cette commission, opposée dans l'âme à l'état religieux, avait appliqué avec la dernière rigueur l'édit de 1768 et avait fait disparaître, par voie de suppression ou par voie d'union, bon nombre de maisons, réuni un certain nombre d'ordres. A la suite, sans doute, des plaintes unanimes que les procédés des commissaires avaient suscitées dans le clergé du royaume, la commission des Réguliers avait été supprimée, le 19 mars 1786. Mais cette suppression n'avait été qu'apparente ; le jour même où l'on déchargeait les commissaires de l'exécution de l'arrêt du 23 mai 1766, un nouvel arrêt les maintenait « pour examiner les demandes en suppression et union ou translation de titres, de bénéfices et biens ecclésiastiques », et sous le nouveau nom de commission de l'Union, la commission des Réguliers avait pu continuer, durant plusieurs années, son œuvre antimonastique et antireligieuse. (Voir de Crousaz-Crétet, *op. cit.*, p. 273-274.)

4. Des demandes semblables se retrouvent dans un certain nombre de cahiers ; ainsi le clergé du bailliage de Toul, énonçant le même vœu que celui de Nancy, désire que l'on interprète en ce sens les lettres d'anoblissement récemment accordées aux chapitres de la cathédrale et de Bar-le-Duc. (*Arch. parl.*, VI, p. 3.)

5. Voir aussi à la fin de ce travail, *Note XII*, quelques articles préparés par Guilbert et non insérés au cahier.

Roi, la prospérité du Royaume, le bonheur de nos concitoyens, le renou-
vellement des sentimens religieux et le rétablissement des mœurs. Nous
désirons que nos députés aux États généraux les méditent avec attention
et les suivent avec soin. Nous ne doutons pas qu'ils ne remplissent un devoir qui leur est prescrit par la justice, par notre confiance et par la religion du serment qu'ils ont prêté. Cependant, nous voulons encore leur
donner une nouvelle preuve de notre estime en les autorisant à adopter
d'autres mesures que celles que nous leur prescrivons, si, après une discussion sérieuse et approfondie, ils sont convaincus, dans leurs âmes et
consciences, qu'une autre opinion soit préférable ; nous n'en exceptons que
les points sur lesquels nous avons marqué, d'une manière expresse, notre
volonté déterminée. A tous autres égards, nos pouvoirs sont illimités. Nous
terminons en les priant de ne pas perdre de vue qu'ils sont les dépositaires
des plus grands intérêts, et que leurs principes, leurs délibérations, vont
influer sur le sort de vingt-cinq millions d'hommes et sur la suite des siècles. Que ce ministère est glorieux, mais qu'il est redoutable !

Fait à Nancy, dans l'une des salles de l'hôtel commun de la ville destinée à l'assemblée de l'ordre du clergé, le trois avril mil sept cent quatre-
vingt neuf, et signé par MM. les commissaires rédacteurs.

Suivent les signatures :

L'abbé de Dombasle ;
Camus, chan., vic. gén. ;
Maigret, curé d'Agincourt ;
G. Mollevaut, d. t. [1], curé de Saint-Vincent-et-Saint-Fiacre ;
C. Poirot, curé de Vendœuvre ;
Fr. N. Chrétien, provincial des Minimes ;
Dieudonné, c. r. [2], principal du Collège ;
Jacquemin ;
Fr. Bernardin Zens, religieux tiercelin, ex-visiteur ;
† A.-L.-H., év. de Nancy, président (M. de la Fare) ;
Bourgeois, secrétaire.

La première partie des travaux de la chambre du clergé
était terminée. Restait à choisir les députés qui seraient chargés de porter le cahier de doléances, quelques jours après, à

1. C'est-à-dire docteur en théologie.
2. C'est-à-dire chanoine régulier.

l'assemblée de réduction. On résolut de procéder à cette élection dès le lendemain vendredi, 3 avril, immédiatement après la cérémonie religieuse qui avait été annoncée le mardi précédent pour ce jour.

A l'heure indiquée, dès le matin, le clergé, tant seculier que régulier, se réunit au palais primatial pour, de là, se rendre en corps à l'église cathédrale où les représentants des deux autres ordres vinrent le rejoindre[1]. M. de la Fare ayant pris sa place ordinaire, le clergé se rangea à sa droite dans les hautes stalles, la noblesse à sa gauche, et le Tiers au milieu du sanctuaire, sur les sièges qui lui avaient été préparés. Le grand doyen, M. de Lupcourt, célébra une messe basse pendant laquelle on exécuta des chants de circonstance, le *Veni, Creator,* le *Sub tuum præsidium,* le *Salvum fac regem,* puis, la cérémonie terminée, les trois ordres retournèrent à l'hôtel de ville dans leurs salles d'assemblée respectives.

Le moment décisif approchait. L'agitation était plus grande que jamais et Guilbert fait à ce propos la malicieuse réflexion, que si tous les ordres avaient assisté à la messe du Saint-Esprit[2], bien peu l'avaient reçu. C'est surtout au sein du clergé, ce semble, que les préoccupations étaient vives. « Les allées, les venues, les petits comités offraient un spectacle intéressant[3]. » Enfin, M. de la Fare ayant fait son entrée, la séance commença. Elle fut ouverte par la lecture d'une délibération prise un des jours précédents par les membres de la noblesse[4],

---

1. Il ne parait pas que tous les représentants de l'ordre de la noblesse et de l'ordre du Tiers aient assisté en personne à cette messe du Saint-Esprit. Pour ce qui est du Tiers, en particulier, nous voyons qu'il avait désigné, pour le représenter à cette cérémonie, les commissaires mêmes qui seraient nommés pour la rédaction des cahiers. (*Procès-verbal des assemblées du Tiers,* ms. de la bibliothèque municipale de Nancy, n° 851.)

2. Il ajoute encore un peu plus loin : « Le Saint-Esprit sait qu'il n'occupa pas beaucoup ces messieurs. » (*Conduite des curés,* p. 46.)

3. Guilbert, *Conduite des curés,* p. 46.

4. Cette délibération avait été prise par la noblesse dans la séance du mardi 31 mars et il avait été décidé qu'une députation devait venir en donner communication sur-le-champ au clergé. Mais celui-ci ayant levé, ce jour-là, sa séance plus tôt que la noblesse, la déclaration avait été remise dans l'intervalle par le bailli à M. de la Fare.

qui, s'associant à la résolution du clergé, déclaraient aux deux autres ordres qu' « ils voulaient supporter avec eux, dans la juste porportion de leurs biens et de leurs charges, toutes les impositions pécuniaires... ». Le clergé exprima sa satisfaction de voir cette déclaration littéralement conforme à celle qu'il avait prise lui-même, et l'on se prépara à choisir les députés. Lecture ayant été faite, par ordre du président, des articles du règlement général du 24 janvier concernant les élections, on procéda à l'appel nominal des votants en même temps qu'à la vérification du nombre de voix auquel chacun pouvait avoir droit. Sur les entrefaites, deux ecclésiastiques contre lesquels il avait été prononcé défaut, le 30 mars, lors de la première assemblée générale des trois ordres — les vicaires de Bouxières et d'Amance — s'étant présentés pour prendre part au vote, le président du bureau du clergé les avait renvoyés au bailli, qui avait consenti à relever le défaut et avait reçu d'eux le serment requis. Ces formalités remplies, ils étaient revenus à la chambre du clergé qui les avait admis [1].

L'assemblée se trouvant ainsi au complet et régulièrement constituée, on ouvrit un premier scrutin à l'effet de désigner les trois scrutateurs qui seraient chargés de recueillir les suffrages et de surveiller l'opération du vote. MM. l'abbé de Lupcourt, Guilbert et Daille, curé de Faulx, ayant été choisis à la pluralité des voix [2], vinrent prendre place au bureau du secrétaire, qui se trouvait au milieu de la salle et sur lequel on avait placé l'urne électorale. Immédiatement on annonça le scrutin pour l'élection du premier député.

1. Il est à remarquer cependant que le nom de ces deux vicaires figure sur la liste générale des membres du clergé convoqués et assemblés le 30 mars à l'hôtel de ville. Il est probable que lorsque les procès-verbaux furent remis au net, une fois les opérations électorales terminées, on les aura réintégrés tous deux à leurs places respectives. C'étaient M. Voignier, vicaire de Bouxières-aux-Dames, et l'un des deux vicaires d'Amance, M. Evrard ou M. Dombrot.

2. Guilbert paraît bien n'avoir été que médiocrement satisfait de cet honneur. Il y vit presque un moyen détourné et habile de le tenir à l'écart et de le réduire au silence, — ce qui pouvait bien être vrai : « Je fus désigné pour cette pénible et spirituelle fonction, nous dit-il avec une pointe d'amertume et d'ironie, et je crois que messieurs des cabales contribuèrent volontiers à me reléguer auprès du bureau. » (*Conduite des curés*, p. 46.)

Un incident, prévu du reste et arrêté à l'avance, se pro-
duisit alors. La chambre électorale du clergé, aux termes du
règlement du 7 février, avait.trois députés à élire. Or l'assemblée, nous avons vu dans quelles circonstances et avec quelle
spontanéité très relative, avait résolu de nommer M. de la
Fare son premier député par acclamation, et le curé de Saint-
Sébastien avait été chargé de l'annoncer au prélat. Guilbert
s'acquitta de sa mission. Mais il y avait là une irrégularité.
Toutes les élections devaient avoir lieu, d'après les règlements
royaux, par voie de scrutin ; c'est ce que fit remarquer M. de
la Fare. Le prélat témoigna toute la reconnaissance dont il
était pénétré, « pour cette preuve signalée de bienveillance »
qu'on voulait bien lui donner. Simple votant, ajouta-t-il, il
se ferait un devoir de déférer au vœu de l'assemblée, si flatteur et si honorable pour lui, mais étant chargé, en sa qualité
de président, « de veiller à l'exécution du règlement et de la
requérir », il résista aux instances qui lui étaient faites et
pria l'assemblée de procéder suivant les formes. On accéda à
son désir et les votants vinrent successivement, à l'appel de
leur nom, déposer leur suffrage. L'opération terminée, il se
trouva que sur 152 voix, 149 s'étaient portées sur M. de la
Fare qui, en conséquence, fut déclaré sur-le-champ premier
député [1].

1. Nous donnons ici les chiffres du procès-verbal officiel que nous avons sous les yeux.
On a dit et l'on répète souvent qu'il n'a manqué au prélat qu'une voix ; ce ne serait
donc pas tout à fait exact. Constatons toutefois que ce bruit s'accrédita dès 1789. Ainsi
Guilbert écrit : « Il eut toutes les voix, à une seule près » (*Conduite des curés*, p. 46),
et Chatrian : « Il ne lui manqua que deux voix, la sienne et une autre. » (*Plan d'une
histoire du clergé de Nancy pendant la Révolution*, p. 17.) Peut-être M. de la Fare se
trouvait-il disposer personnellement de deux voix en tant que chargé d'une procuration ? Je ne vois que cette explication possible à la contradiction que je signale,
bien que dans les procès-verbaux je n'aie rien trouvé qui permette de la donner
comme certaine. Quoi qu'il en soit, on s'est demandé de qui pouvait bien être la
voix discordante. On a cru généralement jusqu'ici, sur la foi de Chatrian, que c'était
celle de Guilbert. « Le prélat a cru longtemps, écrit en 1799 le curé de Saint-Clément, que c'était celle de M. Charlot, curé de Saint-Sébastien, — il avait succédé
dans ces fonctions à Guilbert — ou de M. Mollevaut, curé de Saint-Fiacre. Nous
croyons avoir de bonnes raisons pour penser que ce fut celle du sieur Guilbert,
ex-curé, chanoine de la cathédrale et vice-official, personnage dévoré d'une secrète
ambition... » (Chatrian, *ibidem*, p. 17-18.) Nous croyons que Chatrian, qui du reste
écrit ces lignes dix ans après les événements, est dans l'erreur et s'est laissé

Les deux autres élections ne se firent pas dans les mêmes conditions de presque unanimité. L'opposition entre le bas clergé et le haut clergé, qui avait fait trêve un instant pour l'élection de M. de la Fare, reparut dans toute sa vivacité. Le scrutin ayant été déclaré ouvert pour l'élection du second député, personne n'obtint la proportion des suffrages requise par le règlement, soit la moitié des voix plus une[1]. Un second tour resta également sans résultat, mais le cas était prévu par l'article 47 du règlement, et l'on se conforma à ses prescriptions. Les scrutateurs ayant proclamé les deux sujets qui avaient, au second tour, réuni le plus de voix, Camus et Mollevaut, et le président ayant déclaré que le troisième tour de scrutin ne pourrait se faire que sur l'un ou l'autre de ces deux noms, Mollevaut fut élu deuxième député, à la concurrence de 83 suffrages contre 63 donnés au vicaire général.

L'élection du troisième député se fit de la même façon. Trois tours de scrutin furent encore nécessaires et ce ne fut qu'au troisième que M. Poirot, curé de Vandœuvre, l'em-

égarer par son animosité contre Guilbert qu'il n'aimait pas. Son récit ne s'accorde pas avec le récit que Guilbert nous trace des instances qu'il a faites auprès de ses confrères en faveur de l'élection de M. de la Fare. Ce récit, sans doute, peut être empreint d'exagération sur certains points, en ce sens que Guilbert y grandit peut-être son influence et son rôle, mais il doit être exact pour le fond; car, il ne faut pas l'oublier, ce ne sont pas des mémoires que le curé de Saint-Sébastien écrit, c'est-à-dire des récits qui ne seront lus qu'après sa mort quand il n'y aura plus ou presque plus d'acteurs ou de témoins qui puissent les contrôler, mais bien une jus-tification qu'il adresse aux curés ses contemporains, dans laquelle par conséquent il serait souverainement malhabile de sa part d'insérer des faits contraires à la vérité. Aussi, après tout ce que nous avons vu jusqu'à présent du rôle joué par Guilbert et par Mollevaut, sommes-nous bien plutôt disposé à croire le curé de Saint-Sébastien lorsqu'il nous dit de la façon la plus formelle et dans les termes les plus catégoriques que la voix manquante était celle du curé de Saint-Fiacre : « Il (le prélat) eut toutes les voix à une seule près, qui, à l'écriture (Guilbert était scrutateur), fut reconnue être de maître Mollevaut qui me l'avait donnée. » Le curé de Saint-Sébastien avait d'abord mis des points à la place du nom de Mollevaut; plus tard, il l'écrivit au-dessus en toutes lettres. Devant ce témoignage décisif, nous ne croyons pas, à moins de ne voir dans Guilbert qu'un imposteur et un fourbe, que le doute puisse sub-sister.

1. Guilbert nous apprend, non sans un certain sentiment d'amour-propre et de fierté qu' « il avait bien une trentaine de voix » et qu'il était « un de ceux qui en avaient le plus. Je voulus me lever, ajoute-t-il, pour faire une profession de foi en public et déclarer ce que j'avais dit en particulier en dévoilant toutes les intrigues seulement des curés. M. l'évêque s'y opposa et j'acquiesçai à ses raisons. »

porta, à la concurrence de 84 voix contre 63 données encore à M. Camus [1].

Les trois élections se trouvant ainsi légalement faites, ajoute le procès-verbal, il a été arrêté que M. l'évêque de Nancy et MM. les curés de Saint-Fiacre et de Vandœuvre demeureraient porteurs des pouvoirs et des cahiers du clergé, et représenteraient, en leur qualité de députés, les intérêts du royaume, de la province et en particulier du clergé du bailliage de Nancy à l'assemblée de réduction qui devait se tenir le lundi suivant 6 avril [2].

Les élections étaient terminées. C'étaient, de toutes celles des divers bailliages qui devaient se réduire à Nancy, celles qui semblaient devoir être les plus importantes, car on pouvait penser, sans trop de témérité, que les élus du bailliage de Nancy, plus en vue, plus connus, occupant des situations plus élevées dans la province ou dans le diocèse, réuniraient aussi les suffrages définitifs et seraient envoyés à Versailles. Ajoutons qu'après tout ce que nous avons dit des intrigues sourdes qui s'étaient formées dans la classe des curés, le bas clergé semblant résolu à évincer M. de la Fare, on pouvait croire que l'élection définitive de MM. Mollevaut et Poirot, à l'assemblée de réduction, paraissait sinon assurée, du moins fort probable.

Nous dirons tout à l'heure comment l'événement trompa ces prévisions et par quel concours de circonstances M. de la Fare, qu'on se proposait d'exclure, fut élu, tandis que les curés

---

1. Guilbert fait observer que le vicaire général « avait bien lié sa partie ».

2. *Procès-verbaux des séances du clergé*, ms. du séminaire de Nancy. Les procès-verbaux précédents avaient été signés seulement du président et du secrétaire, M. de la Fare et M. Bourgeois Ce dernier l'est de plus par « messieurs les commissaires rédacteurs du procès-verbal et messieurs les commissaires rédacteurs des cahiers », ce qui porte à onze le chiffre total des signatures, l'un des commissaires rédacteurs du cahier, le P. Zens, n'ayant pas signé, et, d'autre part, deux des commissaires rédacteurs des procès-verbaux faisant partie en même temps de la commission de rédaction des cahiers. Ces onze signatures sont celles de MM. de la Fare, président, Bourgeois, secrétaire, l'abbé de Dombasle, Camus, Poirot, Jacquemin, Dieudonné, Mollevaut, Maigret et du R. P. Chrétien, rédacteurs du cahier, et enfin de Dom Benoît Didelot, prieur de Lay, rédacteur du procès-verbal.

de Saint-Fiacre et de Vandœuvre se virent relégués au second plan et remplacés par Grégoire[1].

Deux jours après, les opérations électorales de la noblesse et du Tiers étant achevées à leur tour, une dernière réunion plénière des trois ordres eut lieu dans la matinée du lundi 6 avril en la grande salle de l'hôtel de ville. Boufflers y prit une dernière fois la parole et s'exprima en ces termes :

Messieurs, l'effusion de ma juste reconnaissance ne suspendra point votre retour aux occupations dont les affaires publiques vous ont détournés. Qu'il me soit seulement permis de vous laisser entrevoir le bon augure que j'aime à tirer du parfait accord qui n'a cessé de régner entre les trois ordres de cette Assemblée vraiment fraternelle. Puisse un aussi touchant exemple être suivi par tout ce qui ne l'aura pas donné ! Puisse le meilleur des rois reconnaître combien nos regrettables souverains nous avaient formés de longue main à une noble obéissance et puisse notre terre natale qui, par sa position, reçoit les premiers regards de l'astre qui éclaire cet empire, lui annoncer aussi, dans un autre ordre de choses, l'aurore de ses plus beaux jours !

Après ce discours de clôture, lecture ayant été donnée des procès-verbaux d'élection, les députés du clergé, puis ceux de la noblesse, Boufflers excepté, et ceux du Tiers[2] s'avancèrent successivement au milieu de l'assemblée et prêtèrent, entre les mains du bailli, le serment solennel de remplir en leur âme et conscience les saintes fonctions auxquelles ils étaient appelés par l'estime et la confiance de leurs concitoyens. Immédiate-

---

1. Guilbert nous raconte à ce propos, une anecdote plaisante. Après l'élection des deux curés de Saint-Fiacre et de Vandœuvre, « leurs adhérans les complimentèrent et comme il était un peu tard, les prièrent de donner leurs ordres en leur qualité pour faire venir de la bière et ils s'empressèrent de satisfaire ces messieurs, espérant de se dédommager sur leurs émoluments pour l'assistance future aux États généraux, mais la réduction était à faire ! Je tiens cette anecdote de maître Poirot qui m'en fit sa doléance en riant, avant la réduction, et qui n'en a pas ri depuis, à ce que l'on m'a assuré, parce qu'il leur en avait coûté à chacun quinze francs. » (Conduite des curés, p. 47.) Ajoutons que la non-élection de Guilbert causa une certaine surprise dans le monde ecclésiastique de l'époque, et Chatrian écrit malicieusement à ce sujet : « On pense que la tête du pauvre M. Guilbert, curé de Saint-Sébastien de Nancy, va tourner tout à fait de chagrin de n'avoir pas été élu député dans l'ordre du clergé. » (Calendrier hist. et eccl. pour 1789, p. 99.)

2. Les députés de la noblesse, pour le bailliage de Nancy, étaient le comte de Ludres, le chevalier de Boufflers et M. de Collenel, président à mortier au Parlement, et ceux du Tiers, dans l'ordre de nomination, MM. Antoine Perrin, laboureur à Millery, Claude-Antoine Régnier, avocat au Parlement, Jean Plassiart, conseiller au bailliage de Nancy, Pierre-Joseph Prugnon, avocat au Parlement, Louis Collière, admodiateur à Lenoncourt, Sigisbert Jeandel, négociant à Tomblaine.

ment après, M. de Boufflers, à son tour, en sa qualité de député de la noblesse, accomplit la même formalité en présence des trois ordres, par-devant le lieutenant général, et l'on se sépara. Le rôle de l'assemblée particulière du bailliage de Nancy était désormais fini. Seuls les députés, ou plus exactement les électeurs des trois ordres nommés par elle, restent encore en scène pour quelques heures. Nous les retrouverons tout à l'heure à l'assemblée de réduction.

§ II

Bailliage de Lunéville [1].

Pour les bailliages dont il nous reste à parler, Lunéville, Blâmont, Rosières-aux-Salines, Vézelise et Nomeny, nous sommes moins exactement et moins complètement renseignés que pour Nancy. A part quelques lignes anecdotiques de Chatrian, nous n'avons guère, pour reconstituer l'histoire des élections et de la rédaction des cahiers dans ces bailliages, que des procès-verbaux officiels, qui ne traduisent souvent que de façon très imparfaite la physionomie des séances.

Dans ces circonscriptions excentriques et moins importantes, l'agitation fut peut-être moins grande qu'au bailliage chef-lieu. On aurait tort toutefois de se figurer que le contrecoup des luttes auxquelles nous venons d'assister pour le bailliage de Nancy, entre les différentes classes du clergé, ne s'y fit pas sentir.

A Lunéville, l'assemblée générale des trois ordres du bail-

---

1. Lunéville, aujourd'hui chef-lieu d'arrondissement du département de Meurthe-et-Moselle, était, avant 1789, le siège d'un bailliage royal important, créé par l'édit de juin 1751 et comprenant un bailli d'épée, un lieutenant général, un lieutenant particulier, un assesseur, six conseillers, un avocat du roi, un procureur du roi, un greffier en chef et un greffier-commis. Le bailliage de Lunéville ressortissait au présidial de Nancy pour les cas de l'édit. Au spirituel, la plupart des communautés qui le composaient appartenaient au diocèse de Nancy; les autres relevaient soit de l'ancien diocèse de Metz, soit du nouvel évêché de Saint-Dié qui venait d'être créé tout récemment, en 1778, en même temps que celui de Nancy, par démembrement du diocèse de Toul. Cf. Durival, *Description de la Lorraine*, t. II, p. 71 et suiv.

liage, à la suite de divers incidents qui occasionnèrent des retards, ne put avoir lieu que le 23 mars : elle devait durer toute une semaine, du lundi 23 au samedi 28. En l'absence du bailli, messire Charles-Just de Beauvau[1], maréchal de France et prince du Saint-Empire, ce fut le lieutenant général, M. Jean-Antoine Thiry, qui la convoqua au château de Lunéville et la présida.

Tout s'y passa, comme à Nancy, conformément au règlement.

Le clergé ayant pris place à droite, la noblesse à gauche, et le Tiers en face, on commença par la vérification des pouvoirs. Étaient présents, pour l'ordre du clergé : Dom Bernard Mâlin, abbé régulier de Beaupré ; MM. Drouin, curé de Haudonville, échevin du doyenné de Deneuvre, pour lui-même et comme représentant le curé de Glonville ; Grison, vicaire résident à Vitrimont et procureur de M. Caret, clerc tonsuré et chapelain à Ogéviller ; Didry, curé de Parroy ; Mathieu, chanoine régulier et curé de Laneuveville-aux-Bois ; Chausson, curé d'Anthelupt, Vitrimont et Hudiviller ; Jacquemin, curé de Mouacourt ; George, prieur des Chanoines réguliers de Lunéville, député de son chapitre ; Desjardins, curé de Pexonne, chargé aussi des procurations de MM. Latasse, curé de Fenneviller, et Philippe, curé de Domptail-en-Vosges ; Fischer, chanoine régulier, curé de Manonviller ; dom Joseph George, sous-prieur des Bénédictins de la maison du Ménil, de Lunéville ; de Froidefontaine, prêtre de l'ordre de Malte, député des ecclésiastiques habitués de Lunéville ; Guillot, curé de Blâmont, fondé de procuration pour MM. de Cambis,

1. Charles-Just, maréchal de Beauvau, fils du prince Marc de Beauvau, marquis de Craon, prince du Saint-Empire, grand d'Espagne de 1re classe, etc., était né à Lunéville en 1720 ; il s'était distingué de bonne heure dans la carrière des armes au service de la France, et, en récompense de ses services, il avait été nommé, en 1777, commandant d'une division militaire ; en 1782, gouverneur de la Provence ; en 1783, maréchal de France. En 1787, il avait fait partie de l'Assemblée des notables et, en 1789, il était grand bailli des bailliages de Lunéville et de Bar-le-Duc. Il accueillit avec une sympathie marquée les principes nouveaux, prêta le serment en 1791 et mourut à Paris le 21 mai 1793.

abbé commendataire de Haute-Seille, et Chaurand, curé de Badonviller ; Varin, curé de Croismare ; Trailin, chanoine régulier et curé de Bauzemont, pour lui-même et comme représentant le curé d'Arracourt ; Vuillemin, curé de Mattexey et Vallois, pour lui-même et comme procureur des curés de Rambervillers et de Roville-aux-Chênes ; Duveuf, chanoine régulier, curé de Marainviller, pour lui-même et comme procureur du curé de Bénaménil ; Grandoyen, curé de Serres, pour lui-même et comme procureur des curés d'Athienville et de Hoéville ; Thomassin, chanoine régulier, curé de Jolivet, pour lui-même et comme représentant le curé d'Hénaménil ; dom Combette, prieur claustral de l'abbaye de Haute-Seille, député de sa maison et procureur du curé de Haute-Seille ; Xoual, vicaire de Gerbéviller, représentant son curé et le doyen du chapitre de Deneuvre ; dom Jean-François Baptiste, prieur claustral de l'abbaye de Senones ; Dieppe, curé de Remenoville, pour lui-même et comme représentant les curés de Seranville et de Giriviller ; Henri, administrateur de Rehainviller ; Voinot, chanoine régulier, vicaire résident à Thiébauménil ; Barbier, directeur des Dames de la Congrégation à Gerbéviller, représentant ces religieuses ainsi que les Bénédictines de Rambervillers ; Kippeurt, vicaire de Sainte-Pôle, représentant son curé ; Florentin, chanoine régulier, directeur des religieuses de la Congrégation à Lunéville et les représentant ; Charet, curé de Haraucourt, muni en outre de procuration pour un chapelain de sa paroisse ; Robinet de Cléry, titulaire des deux chapelles unies de Bauzemont ; Albert, vicaire résident à Hériménil ; Brocard, curé de Magnières, pourvu aussi de procuration pour les curés de Clézentaines et de Romont ; Gaillard, vicaire de Vennezey, représentant son curé, Nicolas Gouyer ; Masson, chanoine régulier et procureur du curé de Xafféviller ; Marotel, chapelain de Notre-Dame de Pitié, de Flin, muni en outre des procurations du curé de Deneuvre et d'un chapelain de Badonviller ; Henry, vicaire de Couvay, représentant son curé ; Frère J.-B.

Pauly, ex-provincial et supérieur des Minimes de Lunéville, député de sa maison ; Raidot, curé de Gélacourt et Azerailles, pour lui-même et pour les curés de Hablainville et Pettonville et de Vaxoncourt ; Frère Charles, supérieur des Minimes de Serres ; Munier-Pugin, vicaire de Haudonville ; Got, curé de Valhey ; le Père Benoît de Saint-Joseph, sous-prieur des Carmes de Lunéville, représentant cette maison et le curé de Bréménil ; Clausse, chanoine régulier, vicaire résident à Xermaménil ; Pasquel, directeur des religieuses de Sainte-Élisabeth à Lunéville, représentant ces religieuses ainsi que le curé de Fraimbois ; Marulier, curé de Crévic ; Bastien, vicaire résident à Sionviller et procureur du curé de Saint-Sébastien de Nancy, chapelain de sa paroisse ; le Père Hyacinthe de Saint-Pierre, prieur des Carmes de Gerbéviller ; Chapitey, chanoine régulier, curé de Lunéville ; Parent, curé de Drouville, pour lui-même et comme procureur du curé de Gellenoncourt et d'un autre de ses confrères ; Grégoire, curé d'Emberménil ; Desrochers, chanoine régulier et prieur de l'abbaye d'Autrey ; Jacques, curé de Franconville ; Point-carré, curé de Domjevin ; Grivolet, chapelain à Anthelupt et procureur des dames religieuses de Badonviller ; dom Étienne Didier, député de la communauté des religieux de Beaupré et procureur du curé de Tanconville ; Richter, représentant le curé de Parux ; Simonin, curé de Raville et représentant le curé de Bures ; Gozillon, curé de Maixe ; Maître, curé d'Einville ; Vautrin, curé de Crion, muni en outre de pro-curation pour le curé de Mignéville et Ogéviller ainsi que pour M. Guilbert, curé de Saint-Sébastien de Nancy, titulaire d'une chapelle à Einville ; Mougin, prêtre à Gerbéviller ; un religieux, curé de Beaupré, et Vosgien, curé de Deuxville, pour lui-même et pour le curé de Bains, titulaire d'une cha-pelle de sa paroisse [1].

1. Nous donnons ces noms d'après le procès-verbal de l'assemblée générale des trois ordres du bailliage de Lunéville — orthographe rectifiée — (Arch. nat., B III, 93), et d'après un procès-verbal d'une séance du clergé (manuscrit du séminaire de Nancy).

Après la vérification des pouvoirs, on donna lecture des lettres de convocation, et les membres des divers ordres prêtèrent le serment requis de procéder fidèlement à la nomination des députés et à la rédaction des cahiers. Les trois ordres s'étant ensuite retirés dans les locaux respectifs qui leur avaient été assignés, il fut décidé d'un commun accord que l'on procéderait séparément à cette double opération [1].

La chambre ecclésiastique, aussitôt réunie dans la salle du château qui lui avait été affectée, avait constitué son bureau et s'était organisée. La présidence fut donnée à l'abbé de Beaupré, Dom Bernard Mâlin [2]. M. Jacques [3], curé de Franconville, fut choisi pour remplir les fonctions de secrétaire, et l'on nomma, pour procéder à la rédaction du cahier, une commission composée de MM. Drouin, curé de Haudonville, Grégoire, curé d'Emberménil, Parent, curé de Drouville, Vuillemin, curé de Mattexey et Vallois, dom Joseph George, sous-prieur des Bénédictins du Ménil, Trailin, chanoine régulier et curé de Bauzemont, et Chapitey, chanoine régulier et curé de Lunéville [4]. Cette commission de rédaction se mit aussitôt à l'œuvre. Elle procéda « sans interruption et sans délai », comme le portait l'article 44 du règlement, et dès le 26 son travail était terminé. Le même jour il était lu en

1. Il est à remarquer qu'à Lunéville le Tiers n'attend pas, pour prendre sa décision, comme il le fait à Nancy, l'avis des deux premiers ordres ; mais dès l'abord, aussitôt qu'il se trouve réuni et avant d'avoir reçu communication des décisions du clergé et de la noblesse, il arrête, lui aussi, qu'il travaillera séparément.

2. Nicolas-Bernard Mâlin, né à Nancy, profès de l'abbaye cistercienne de Beaupré, successivement procureur, prieur claustral (1766) et abbé (1776) de cette abbaye. Il avait suivi quelque temps la carrière militaire et avait servi comme hussard avant d'embrasser la vie religieuse. Chatrian le juge assez sévèrement : « Ce supérieur n'est pas d'une conduite à rester en place ; il est lui-même franc-maçon, joueur et fréquente des gens qui parlent assez mal de la religion. » (*Journal ecclésiastique toulois*, 1774, 12 août.)

3. Claude Jacques, né à Tomblaine vers 1742, successivement vicaire commensal à Uxegney, Remoncourt, Bouxières, Hadol, Essey-lès-Nancy, Ceintrey, puis curé de Morivillor et Franconville (1783). Émigré en 1792, il devint secrétaire du M. de la Fare à Vienne.

4. A la fin du cahier, on trouve en plus la signature de M. « Vautrin, curé de Crion, commissaire ».

séance générale de l'ordre ecclésiastique et, après examen et discussion, définitivement adopté [1].

Bien que rien ne l'atteste d'une façon formelle, il est permis de penser que le curé d'Emberménil, choisi par ses confrères comme commissaire rédacteur, en attendant qu'il fût nommé électeur par eux, puis député par l'assemblée de Nancy, dut avoir une part prépondérante à l'élaboration de ce cahier. Depuis quelque temps, en effet, l'abbé Grégoire était fort en vue dans l'ordre du clergé des provinces de Lorraine et des Trois-Évêchés, tout au moins dans les rangs du bas clergé. Si la plupart de ses confrères, moins favorables aux idées nouvelles et moins préparés au grand mouvement politique, religieux et social qui s'annonçait, ne partageaient ni toutes ses opinions un peu avancées, ni toutes ses aspirations un peu hardies pour l'époque, il n'en exerçait pas moins sur beaucoup un ascendant, je dirais volontiers une fascination, qui devenait de jour en jour plus considérable. Tous, même ceux qui lui refusaient leur approbation, reconnaissaient ses talents indéniables et rendaient justice à la sincérité et à la chaleur de ses convictions. Curé d'Emberménil depuis 1782, après avoir été vicaire à Marimont de 1776 à 1782, il avait alors près de quarante ans. Quelques poésies, sans grande valeur du reste, deux ouvrages de littérature ou de morale couronnés par les Académies de Metz et de Nancy [2], des prédications remarquées à Lunéville, l'avaient signalé à l'attention publique. Mais c'était surtout du jour où la question politique s'était posée que son rôle parmi les curés lorrains s'était affirmé avec autorité et avec éclat. Avec Guilbert, dont il fait la connaissance à cette occasion, il semble avoir été l'âme du mou-

---

1. L'unanimité ne fut pas cependant complète sur tous les points. Nous savons, par exemple, par Chatrian, que le vicaire de Sainte-Pôle, M. Kippeurt, avait demandé l'insertion d'un article relatif aux pensions des vicaires commensaux. On refusa de lui donner place dans le cahier des doléances et l'on se contenta d'écrire à ce sujet à l'évêque de Nancy, M. de la Fare. (Chatrian, *Calendrier hist. et eccl. pour 1789*, p. 87.)

2. Il avait défendu devant l'Académie de Metz la cause des Juifs.

vement qui se dessine dans les rangs du clergé dès 1787 et dont nous avons parlé plus haut. Il avait pris une part active, notamment, en janvier 1789, aux travaux de l'assemblée des trois Ordres, qui, convoquée pour la formation des États provinciaux, devait en réalité servir de prélude aux États généraux. Le jour même où s'ouvrait cette assemblée, il était venu s'installer en permanence à Nancy, à l'hôtellerie des Trois-Maures[1].

Il avait été du nombre des douze commissaires choisis alors dans la classe du clergé pour s'occuper d'un plan d'organisation des États provinciaux et, deux jours après, le 22 janvier, il envoyait aux ecclésiastiques de la partie lorraine du diocèse de Metz, en même temps que des exemplaires du discours prononcé par Guilbert à l'assemblée du 20[2], une circulaire

---

1. Rue actuelle du Pont-Mouja.

2. C'est le « *Discours prononcé par l'un des curés de la province de Lorraine au nom de tous ses confrères en l'assemblée des trois ordres tenue à Nancy le 20 janvier 1789* », 14 pages in-8°. Voir plus haut, chapitre Ier. — On a voulu quelquefois attribuer à l'abbé Grégoire lui-même ce discours, qui a été imprimé en 1789 sans nom d'auteur. Récemment encore, dans son discours de réception à l'Académie de Stanislas, en 1873, le regretté M. Maggiolo s'écriait : « En présence d'une grande assemblée et d'une grande cause, le curé d'Emberménil se sent orateur, il débute par un succès dans la carrière politique. Sans autre caractère, sans autre mission que le droit, qu'on ne peut lui contester, de chérir ses concitoyens, ses confrères, son état, il formule et il développe, en faveur des quinze cents curés de la province, une proposition accueillie par l'acclamation unanime : *Cela est juste...* Le même jour, il s'installe à l'hôtel des Trois-Maures, il fait imprimer son discours et le surlendemain, 22 janvier, il en envoie un exemplaire à tous les curés lorrains et autres ecclésiastiques séculiers du diocèse de Metz... » Il y a malheureusement dans cette belle période oratoire plus d'enthousiasme que de vérité. M. l'abbé Thiriet (*l'Abbé G. Mollevaut*, p. 103-104) a déjà élevé des doutes sur le bien-fondé de l'attribution de ce discours à Grégoire. Pour nous, nous n'hésitons pas à être plus catégorique encore. Aux raisons très sérieuses qu'apportait l'abbé Thiriet et que nous croyons inutile de reproduire ici, nous ajouterons simplement les trois suivantes. Elles sont concluantes et péremptoires :

1° Un exemplaire du discours en question, que nous avons sous les yeux, porte au bas de la première page, écrite de la main même du curé de Saint-Sébastien dont l'écriture est bien reconnaissable, une attribution d'auteur à « *C.-L. Guilbert, curé de Saint-Sébastien de Nancy* » ;

2° De plus, dans sa relation manuscrite intitulée : *Conduite des curés du bailliage de Nancy*, que nous connaissons déjà, le même Guilbert s'exprime à cet égard en termes qu'on ne saurait désirer plus formels : « Le 20 approchant, je soumis à la critique des députés du Tiers le discours que je me proposais de prononcer ; ils n'en retranchèrent qu'un seul mot. Je le remis ensuite à Messieurs les curés ; un seul y fit des changements ; je les agréai contre mon opinion et le prononçai à la fin de l'assemblée ; on le fit imprimer chez Leseure et on le distribua

imprimée où il « stimulait leur énergie » et les engageait de la façon la plus pressante à profiter de l'occasion favorable qui s'offrait à eux de faire valoir leurs droits, en particulier celui d'avoir des représentants aux États, soit provinciaux, soit généraux. Il leur demandait en outre d'adhérer à la déclaration par laquelle les curés, à l'assemblée du 20, avaient consenti à partager les impositions du Tiers, et les priait de lui transmettre avec leurs réponses, à lui-même ou à Guilbert, les observations et les mémoires qu'ils pourraient avoir à présenter sur les divers objets à traiter dans ces États[1].

En même temps, il entre en relations avec les personnages influents de l'assemblée, il surveille de très près l'impression du procès-verbal de cette assemblée chez Hæner et, avant de repartir pour Emberménil, il demande au curé de Saint-Sébastien de vouloir bien le tenir au courant de ce qui se ferait à Nancy ou à Paris. Puis, quelques jours après, quand s'ouvre la période électorale proprement dite pour les États généraux, son activité ne fait que redoubler[2].

Aussi n'est-il pas douteux que Grégoire, nommé commissaire rédacteur, n'ait pesé d'un grand poids dans les délibérations

avec profusion. L'assemblée avait accueilli favorablement la remontrance des curés et répondu par l'acclamation générale : *Cela est juste* » ;

3° J'emprunte enfin une dernière preuve à Chatrian qui, dans une *Notice alphabétique des Lorrains et Évéchois qui ont quelque droit d'avoir place un jour dans le Dictionnaire historico-portatif des hommes illustres de Lorraine*, écrit, à l'article *Guilbert* : « On a de lui : *Discours prononcé à l'assemblée des trois ordres, tenue à Nancy le 20 janvier 1789.* »

La question est donc désormais tranchée, et le *Dictionnaire des anonymes* de Barbier a raison de donner Guilbert comme l'auteur de ce curieux écrit. Grégoire a assez à son actif sans qu'on lui attribue encore, sous prétexte qu'ils sont dignes de lui et qu'il eût pu les prononcer, des discours anonymes.

1. Circulaire imprimée, adressée le 22 janvier 1789 « *à Messieurs les curés lorrains et autres ecclésiastiques séculiers du diocèse de Metz* » et revêtue des signatures de MM. Grégoire, curé d'Emberménil, commissaire dans l'ordre du clergé ; Valentin, curé de Leyr, et Didry, curé de Parroy; 4 pages in-8°, s. l. n. d. Voici en quels termes Grégoire en parle dans ses *Mémoires* : « Dans une circulaire imprimée, j'avais stimulé l'énergie des curés, écrasés par la domination épiscopale, mais justement révérés des ordres laïcs qui, témoins habituels de leurs vertus, de leurs bienfaits, dans tous les cahiers réclamèrent en leur faveur. » (*Mémoires de Grégoire*, éd. H. Carnot, 1837, t. I, p. 376.)

2. Lettres inédites de Grégoire à Guilbert, conservées à la bibliothèque du séminaire de Nancy.

d'où est sorti le cahier dont nous allons publier le texte. On y sent son influence et c'est ce qui, à nos yeux, en double l'intérêt. Pour le fond, ce cahier du clergé de Lunéville est semblable en grande partie à celui du clergé de Nancy ; mais le ton en est bien différent. Il s'en distingue, en particulier, par une forme plus nette, plus précise, par une allure plus catégorique et plus impérative. On n'y retrouve pas cette phraséologie pompeuse, cette rhétorique déclamatoire, ces périodes nombreuses, ces effusions lyriques, ces métaphores à effet, bref, ce caractère de solennité et ces airs de sermon qui caractérisent à ce point de vue le cahier de Nancy. Il n'y est plus question, par exemple, de « l'abyme dévorant où les empires se perdent sans retour », des « ressorts du génie », de « l'édifice de l'État », des « maux invétérés qui sapent les bases du trône et de l'autel », de l'influence que les délibérations des députés vont avoir « sur le sort de vingt-cinq millions d'hommes et sur la suite des siècles ». La pensée ne s'y perd pas, comme parfois dans celui de Nancy, noyée dans un flot de circonlocutions verbeuses. Elle va droit au but et s'exprime d'un mot.

D'autre part, si le cahier du clergé de Lunéville se rapproche beaucoup, pour les réformes demandées, les vœux formulés et les doléances exprimées, de celui de Nancy, il faut remarquer cependant qu'il accuse dans son ensemble je ne sais quoi de plus démocratique, de plus libéral, nous dirions aujourd'hui, dans notre langue politique moderne, de moins conservateur ; et certainement il n'est pas téméraire d'attritribuer ces tendances si caractéristiques à l'influence et à l'inspiration du curé d'Emberménil[1].

1. Le cahier de la noblesse du bailliage de Lunéville a été imprimé dès 1789, 12 pages in-4°, s. l. n. d. Il s'y est glissé quelques fautes d'impression qui ont été corrigées dans certains exemplaires. C'est d'après un de ces exemplaires imprimés et corrigés de la bibliothèque du Sénat qu'il a été publié par les *Archives parlementaires*, t. IV, p. 84-86. Quant au cahier du Tiers, il n'a pas encore été retrouvé.

*Cahier des demandes, doléances et remontrances du clergé séculier
et régulier du bailliage de Lunéville.*

I. Constitution.

Art. 1er. — Le clergé séculier et régulier du bailliage de Lunéville demande qu'aux États généraux, pour premier objet de délibération, il soit statué qu'il y aura des États généraux et périodiques. La forme de leur convocation, de leur composition, et le mode de délibération .era réglé par eux.

Art. 2. — Point de commission intermédiaire, ^ ..s États généraux[1].

Art. 3. — Aucune loi, aucun impôt direct ni indirect, pas même provisoire, ne pourra être établi ni prorogé sans le consentement des États généraux.

Art. 4. — La distinction des trois ordres sera conservée dans le royaume.

Art. 5. — Les loix d'administration et de police jugées nécessaires dans l'interval des États généraux n'auront force que jusqu'à la tenue la plus prochaine des dits États.

Art. 6. — Le Trésor sera déclaré national. Les États généraux régleront les dépenses de chaque département. Les ministres seront responsables de l'emploi des deniers et des atteintes portées aux loix.

Art. 7. — Les capitulations, les traités qui unissent certaines provinces à la Couronne seront confirmés : elles ne pourront être échangées ni démembrées en tout ou en partie que du consentement des États généraux[2].

Art. 8. — Les États généraux régleront le titre des monnoies, leur frappe, leur mutation et la fixation du numéraire.

Art. 9. — Les propriétés des trois ordres seront sacrées.

---

1. Il s'agit ici, semble-t-il, d'une commission permanente qui aurait représenté en quelque sorte les États généraux dans l'intervalle des sessions et préparé les affaires qui devaient leur être soumises. Il est à remarquer que tous les cahiers ne sont pas d'accord sur ce point. Parmi nos cahiers du clergé de la circonscription électorale de Nancy, en particulier, ceux de Nancy, Nomeny, Vézelise ne parlent pas de commission intermédiaire; celui de Blâmont émet le même vœu que celui de Lunéville. (Voir plus bas, chap. II, § III, cahier du clergé de Blâmont, I, art. 7.) Les trois ordres réunis du bailliage de Rosières, au contraire, formulent une demande tout opposée : « Dans l'intervalle des tenues des États généraux, il existera toujours une commission intermédiaire, composée de députations des États provinciaux dans la proportion fixée pour les trois ordres. » (*Arch. parlem.*, t. IV, p. 91.)

2. Le cahier de la noblesse du même bailliage de Lunéville ajoute : « ... A moins que toutes (ces provinces) ne se réunissent à en faire le sacrifice pour une constitution uniforme et avantageuse. »

Art. 10. — La liberté des citoyens sera respectée. Ils ne seront soumis qu'à la loi, jamais à l'autorité arbitraire; aucune lettre clause[1] n'aura son exécution qu'après un jugement légal rendu par ses pairs. Aucune peine n'emportera flétrissure pour la famille.

Art. 11. — Dans tout le royaume il y aura des États provinciaux organisés comme les États généraux, quart clergé, quart noblesse, et moitié Tiers.

Art. 12. — Les États provinciaux ne pourront consentir aucun impôt ni emprunt séparément des États généraux.

Art. 13. — Les États provinciaux répartiront seuls tous les impôts, verseront directement dans le trésor national, après avoir préalablement acquité les charges de la province, dont ils auront l'administration générale, indépendamment des intendants.

Art. 14. — Nécessité des cours supérieures. Elles seront composées des trois ordres dans la proportion des États.

Art. 15. — Tout citoién sera jugé par ses juges locaux. Les commissions particulières, les évocations[2], et les lettres de surséance[3] n'auront plus lieu.

Art. 16. — Le droit de *committimus*[4] sera supprimé.

Art. 17. — Habilité pour le Tiers État à toutes les places du clergé, du militaire et de la magistrature.

1. *Lettre close:* c'est le nom que l'on donnait quelquefois aux lettres de cachet. Voir plus haut, chap. II, § I, cahier du clergé de Nancy, I, art. 23 et la note.

2. Sur les évocations, voir plus haut, chap. II, § I, cahier du clergé de Nancy, I, art. 21 et la note.

3. On appelait *lettres de surséance* ou *arrêt de surséance* des lettres qu'un débiteur obtenait du sceau pour faire suspendre les poursuites de ses créanciers. Bon nombre de cahiers se plaignent de l'abus qu'on en faisait. La noblesse de Lunéville, par exemple, demande « qu'il soit pourvu à l'abus des arrêts de surséance, devenus arbitraires et trop souvent prodigués à des débiteurs de mauvaise foi, mais en faveur » (*Arch. parl.*, t. IV, p. 86). Le Tiers de Neufchâteau les dénonce également « comme un encouragement honteux pour la fraude, la mauvaise foy, et comme une playe irréparable pour le commerce ». (*Documents rares ou inédits de l'histoire des Vosges*, t. II, 1869, p. 315.)

4. Le droit de *committimus* était un privilège royal qu'obtenaient certaines personnes, princes du sang, officiers de la couronne, conseillers d'État, courtisans, etc., de ne porter leurs causes ou les causes dans lesquelles ils étaient impliqués que devant des juges spéciaux. Les lettres royales qui portaient concession de ce droit commençaient par le mot : *Committimus*, d'où le nom donné au privilège en question. D'après la portée plus ou moins grande du droit concédé, on distinguait le *committimus* au grand sceau et le *committimus* au petit sceau. Beaucoup de cahiers se plaignent amèrement de ces droits et privilèges arbitraires, « qui forcent les pauvres sujets à abandonner leurs foyers et à se transporter au loin pour contester devant des juges qu'ils ne connaissent pas ». (Tiers du bailliage de Mirecourt, *Documents de l'hist. des Vosges*, t. I, 1868, p. 323.)

II. Administration.

Art. 1er. — Connoissance approfondie de toutes les dettes de l'État, du montant du déficit et de ses causes.

Art. 2. — Examen et vérification de toutes donnations, échanges et engagements des domaines du Roi : mais pour la Lorraine seulement depuis 1736 [1], conformément à ce que Louis XIV a accordé à la Franche-Comté.

Art. 3. — Tableau annuel rendu public de la recette, de la dépense et des remboursements.

Art. 4. — Simplifier l'impôt, faciliter la perception.

Art. 5. — Répartition proportionnelle des subsides sur les trois ordres, sans exception pour les villes, ni les personnes.

Art. 6. — Suppression des lotteries.

Art. 7. — Abolition de la vénalité des charges de judicature ; la justice étant une dette du Roi envers ses sujets, les gages des officiers doivent faire partie de l'impôt.

Art. 8. — Diminution du nombre des tribunaux inférieurs et des officiers des Parlements.

Art. 9. — Réforme du code civil et criminel ; suppression du serment [2] avant l'interrogatoire. Salubrité des prisons.

Art. 10. — Suppression des priseurs jurés [3].

---

1. Les députés porteurs du cahier devaient particulièrement insister sur la restriction contenue en cet article, « afin, est-il dit dans les *Instructions spéciales* qui leur furent remises, d'éviter la ruine de notre noblesse et parce que les échanges, donations et acensements avant ce tems sont du fait des ducs de Lorraine ». Cette restriction intéressait surtout, en effet, la noblesse ; aussi n'est-il pas surprenant qu'elle y insiste d'une façon toute spéciale. Voici en quels termes s'exprime à ce sujet la noblesse du même bailliage de Lunéville : « Solliciter de la bonté du Roi et de la justice des États généraux une loi particulière pour la province de Lorraine qui déclarera patrimoniaux tous les domaines aliénés avant 1737, époque de sa réunion à la couronne, sans qu'à la suite, et sous aucun prétexte, ils puissent être recherchés. Cette loi, fondée sur l'esprit du traité de cession, peut seule assurer la fortune de la noblesse de cette province, qui tient une grande partie de ses possessions de la munificence de ses anciens souverains, et qui ont été la récompense des longs et loyaux services qu'elle leur a rendus. Cette grâce a été accordée par Louis XIV à la Franche-Comté, après qu'il l'eut conquise, pour les domaines qui avaient été aliénés par les souverains précédens. » (*Arch. parl.*, t. IV, p. 85.)

2. C'est encore un des articles sur lesquels les députés devaient insister : « Ils feront instance, lit-on dans les *Instructions pour les députés du clergé du bailliage de Lunéville*, sur la réformation du serment comme n'étant presque toujours qu'un parjure inutile. Dans l'occasion, ils feront observer que le serment est trop commun et souvent n'est regardé par le peuple que comme une simple formalité sans conséquence. »

3. Sur les priseurs jurés, voir plus haut, chap. II, § I, cahier du clergé de Nancy, II, art. 9 et la note.

Art. 11. — Suppression des maîtrises des eaux et forêts : les droits qu'elles exercent sur les peuples sont très onéreux, sans avantages pour la Province, puisque tous les bois sont dégradés [1] ; leurs finances remboursables en argent.

Art. 12. — Suppression de la marque des cuirs comme onéreuse au peuple [2].

Art. 13. — Suppression du droit de franc-fief [3].

Art. 14. — Consent le clergé au rachat de tous droits et cens féodaux, banalités, corvées seigneuriales et autres charges personnelles qui le concernent, à un taux fixé par les États généraux, avec faculté de remplacement sans payer d'amortissement [4].

Art. 15. — Abus concernant la chasse réformés [5]. Capitaineries supprimées.

Art. 16. — Officiers municipaux des villes et des campagnes électifs : le tiers sortira après trois ans de fonctions et les autres tiers de suite chaque

1. Cette dégradation des bois de la Lorraine était aussi un des points que l'on recommandait spécialement à l'attention des députés.

2. Cet impôt de la marque des cuirs était très onéreux, en effet, pour la Lorraine. Il avait été établi en 1764, par un édit de Stanislas, sur tous les cuirs tannés et les peaux apprêtées en Lorraine, et combiné avec deux autres droits, l'un d'entrée sur les cuirs étrangers, l'autre de sortie sur les cuirs lorrains, qui équivalaient à de véritables prohibitions (cf. Mathieu, *op. cit.*, p. 188-189). Les cahiers sont unanimes à en demander la suppression : « Le peuple se prodigieusement gêné par l'impôt sur le cuir, car les chaussures sont augmentées du double depuis 20 à 25 ans », disent les gens de Sommerviller (cahier de Sommerviller cité par Mathieu, *op. cit.*, p. 189). Le Tiers du bailliage de Mirecourt, de son côté, demande également « d'éteindre les droits de la marque des cuirs et autres accessoires, impôt qui pèse sur toutes les classes des citoyens, singulièrement sur celle des cultivateurs, et qui a forcé les fabricants en cuirs de cette province à cesser l'exercice de cette profession. » (*Documents de l'histoire des Vosges*, t. I, 1868, p. 320.)

3. Le droit de franc-fief était un droit que payait un roturier lorsqu'il acquérait un fief et qui consistait dans le revenu d'une année. Cet impôt atteignait également la noblesse et le Tiers. Plusieurs cahiers en demandent la suppression : « Sont aussi suppliés nosdits seigneurs (les États généraux), lisons-nous dans le cahier des trois ordres de Rosières, de demander que les droits de franc-fief établis en Lorraine en 1771, qui empêchent les ventes des biens-fiefs et des immeubles qui forment le patrimoine des nobles à des personnes du Tiers-État, et qui sont un impôt établi par le fisc sur ce dernier, soient supprimés. » (*Arch. parlem.*, t. IV, p. 88, art. 12.)

4. Le sens de ces derniers mots de l'article est celui-ci : Le clergé consent au rachat des droits dont il a la possession, à condition qu'il puisse replacer les fonds qui lui reviendront de cette vente sans payer les droits d'amortissement (voir plus haut, chap. II, § I, cahier du clergé de Nancy, III, art. 16 et la note). A remarquer encore que c'est un des points sur lesquels les députés ont pour mission d'insister.

5. Sur ce point aussi, les réclamations sont unanimes, surtout dans les cahiers du Tiers. Le Tiers de Bar-le-Duc exprime bien l'opinion générale quand il dit qu' « un nouveau code de chasse, où les productions de la terre soient ménagées et moins défavorable à l'humanité, est un objet de la plus haute importance ». (*Arch. parlem.*, t. II, p. 195, art. 25.)

année; et ne pourront, dans les villes, être réélus que trois ans après leur sortie. Présidence des municipalités réglées comme en Lorraine. Les municipalités des campagnes érigées en tribunaux d'arbitrage [1].

Art. 17. — Suppression des salines de Lorraine et du tribunal de la réformation [2]. Le sel de mer objet de commerce. Diminution des usines à feu [3].

Art. 18. — Règlements efficaces pour la plantation, conservation et exploitation de tous les bois de la Lorraine.

Art. 19. — Suppression du haras de Rosières [4], objet de dépense sans utilité.

Art. 20. — Révocation de l'édit des clôtures [5].

---

1. Article également recommandé aux députés, qui devaient insister « sur la présidence et l'érection des municipalités en tribunaux d'arbitrage ».

2. Sur le tribunal de la réformation, voir plus haut, chap. II, § I, cahier du clergé de Nancy, II, art. 11 et la note.

3. Les députés devaient aussi insister sur ce vœu. Cf. ci-dessus, chap. II, § I, cahier du clergé de Nancy, II, art. 11 et la note.

4. Il y avait en 1789, outre les deux grands haras royaux du Pin, près d'Alençon, et de Pompadour, sur la Corrèze, un haras secondaire dans chaque province. Celui de la province de Lorraine et Barrois était établi à Rosières. Ce haras semble n'avoir pas été de grande utilité, si l'on en croit les demandes de suppression assez nombreuses dont il est l'objet. Le cahier des trois ordres de Rosières lui-même réclame cette suppression : « Le peu de chevaux qu'il a produits dans cette ville et dans le reste de la province de Lorraine, y lit-on, atteste son inutilité ; les frais immenses qu'il entraîne, et qui sont payés par un impôt sur la province, prouvent combien il lui est à charge. Il est très utile de vérifier les états de production de ce haras par des certificats de toutes les communautés de la Lorraine. Ce haras occupe de belles casernes où étaient les anciennes salines. Sa Majesté sera suppliée, après la suppression ci-dessus demandée, de donner à la ville de Rosières un régiment de cavalerie, dragons ou hussards, les fourrages y étant excellens, et leurs consommations très utiles aux propriétaires et cultivateurs des environs. » (*Arch. parlem.*, t. IV, p. 88, art. 14.)

5. Un édit de mars 1767, dit *édit des clos*, avait permis aux propriétaires et aux fermiers « de clore leurs héritages de clôtures solides pour garantir l'accès du bétail » et soustraire ainsi leurs terrains, notamment leurs prés, à la servitude de la vaine pâture et du parcours. Cet édit des clos avait suscité beaucoup de discussions. Dans l'ensemble, c'était une mesure utile, et le baron de Fisson du Montet en avait bien fait ressortir les avantages, à l'Assemblée provinciale, dans son rapport du 3 décembre (*Procès-verbal de l'Assemblée provinciale de 1787*, p. 439). Toutefois, il offrait certainement des inconvénients pour les petits propriétaires et surtout pour les pauvres qui ne pouvaient nourrir leurs bestiaux qu'à l'aide de la vaine pâture. De là les plaintes nombreuses qui s'élèvent à son sujet dans les cahiers de 1789, surtout dans ceux du Tiers. Voici comment, par exemple, le Tiers de la ville de Neufchâteau résume les griefs des mécontents. Il demande « que l'édit des clôtures soit supprimé, qu'elles soient détruites sans retard comme nuisibles à l'agriculture, désastreuses pour les habitants des campagnes comme cause de la pénurie des fourrages, de la diminution des bestiaux, comme source de procès et de la dégradation des forêts, et que la vaine pâture soit rétablie suivant l'ancien usage de la province ». (*Documents inédits de l'histoire des Vosges*, t. II, 1869, p. 310.)

Art. 21. — Aviser aux moyens d'occuper utilement une foule d'individus inutils, spécialement dans les villes où ils sont la cause principale des émeutes et des désordres dans tous les genres.

Art. 22. — Suppression des traites-forraines, acquits et haut-conduits [1].

Art. 23. — Suppression du droit copel [2], lorsqu'il ne sera pas reconnu propriété.

III. Clergé.

Art. 1er. — Admission des curés et du clergé régulier aux États généraux et provinciaux [3].

Art. 2. — Abolition du droit d'annates [4].

Art. 3. — Maintenue des libertés de l'Église gallicane.

Art. 4. — Les assemblées du clergé de France remplacées par des conciles nationaux et provinciaux auxquels le clergé séculier et régulier assistera suivant les canons. Tous les exempts [5] soumis aux décisions de ces conciles.

Art. 5. — Les canons de l'Église sur la résidence, en vigueur [6].

---

1. Voir plus haut, chap. II, § I, cahier du clergé de Nancy, II, art. 8 et la note.

2. C'est le droit de coupelle, appelé encore quelquefois « droit de cueillerette », qui consistait dans une partie, ordinairement la trente-deuxième, du grain vendu. Un arrêt du conseil royal des finances et commerce du 4 juillet 1753, concernant le droit de copel établi à Lunéville, le fixait pour cette ville au quarantième « pour tous forains qui vendront bled, seigle, orge, avoine, sarrasin, pois, fèves, lentilles et tous autres grains ou légumes sujets à la livraison ». (*Recueil des Ordonnances de Lorraine*, t. IX, supplément, p. 5.) A Nancy, il était fixé au trente-deuxième, et il devait être « perçu ras de ce qui se mesure ras, comme froment, seigle, pois, lentilles et haricots; comble pour tout ce qui se mesure comble, tels que l'orge, l'avoine et la navette ». (*Ibidem*, t. X, p. 305.)

3. Article sur lequel on devait insister.

4. C'était le droit de percevoir la première année des revenus de certains bénéfices. Cet usage, qui remontait au commencement du xive siècle, avait été supprimé en 1438 par la Pragmatique Sanction, puis rétabli par le Concordat de 1516, et depuis cette époque il était resté en vigueur. Bon nombre de cahiers de 1789 en demandent la suppression. La noblesse de Lunéville propose « que les annates des bénéfices consistoriaux soient versés dans la caisse d'amortissement pour l'extinction de la dette nationale ». Les lois du 11 août et du 21 septembre 1789 devaient abolir définitivement ce droit.

5. Les députés devaient insister sur cet article. On désignait sous le nom d'exempts ceux des membres du clergé régulier que des privilèges pontificaux soustrayaient à la juridiction de l'ordinaire ou évêque diocésain, pour les soumettre immédiatement à celle du pape.

6. Beaucoup de cahiers sollicitent la mise à exécution des canons, surtout des canons du concile de Trente, sur la résidence des bénéficiers ecclésiastiques, évêques, chanoines, curés, etc., mais pour des raisons d'ordres parfois bien divers. Aux motifs d'ordre spirituel, tels que le bien de l'Église ou le salut des âmes, se joignent quelque-

Art. 6. — Les curés ont des droits communs; quelques fois ces droits sont opposés à ceux de leur évêque, comme l'expérience vient de le prouver en Lorraine. Quelques fois les gros décimateurs surprennent des arrêts du Conseil qui enlèvent une partie de leurs revenus, comme il est arrivé à l'occasion des novales, sans qu'ils puissent se deffendre. Pour mettre les curés à l'abri de ces entreprises, ils seront autorisés à se sindiquer et à ester collectivement en justice[1].

Art. 7. — Abolition des bureaux diocésains. La partie du subside concernant le clergé sera répartie par les États provinciaux, les curés ne pouvant, sans grand inconvénient, être imposés par leurs paroissiens.

Art. 8. — Dans chaque cathédrale et dans tous chapitres nobles un nombre déterminé de canonicats affectés aux curés du diocèse.

Art. 9. — Révocation de l'article 15 de l'édit de 1784 concernant la discipline ecclésiastique en Lorraine, comme infligeant une peine arbitraire: les membres du clergé, ainsi que les autres citoyens, doivent être jugés suivant les loix avant d'être punis[2].

---

fois des considérations d'ordre temporel ou économique qui ne manquent pas d'intérêt. Voici, par exemple, sur ce point, l'article du cahier des trois ordres de Rosières : « Représenteront aussi nosdits seigneurs (les États généraux) la nécessité indispensable aux archevêques et évêques de résider dans leurs archevêchés et évêchés, par la raison que leur présence est nécessaire pour la conduite des diocèses, et que les revenus desdits archevêques et évêques doivent être naturellement consommés sur les lieux; que tous les abbés commendataires et autres grands bénéficiers qui ne pourront résider, pour quelque cause que ce soit, seront obligés de verser dans les mains des municipalités de l'arrondissement de leurs bénéfices le cinquantième des revenus de ces bénéfices, pour y être employé le plus utilement qu'il sera possible au soulagement des pauvres, etc. » (*Arch. parlem.*, t. IV, p. 89.)

1. Article très curieux par la forme nette et expressive dans laquelle il est rédigé, et qui fait allusion à l'affaire des synodes dont nous avons parlé plus haut. Cf. chap. II, § I, cahier du clergé de Nancy, III, art. 28 et la note. Pour la question des novales, voir le même article et la note. Les députés devaient insister particulièrement aussi sur les vœux formulés dans cet article.

2. Il s'agit ici d'un « édit touchant la discipline ecclésiastique en Lorraine, donné à Versailles en 1784 ». Cet édit étendait à la province de Lorraine les dispositions générales du célèbre édit de 1695. L'article 15 était ainsi conçu : « Ordonnons que les décrets des archevêques ou évêques, par lesquels ils auroient estimé nécessaire d'enjoindre à des curés ou autres ecclésiastiques ayant charge d'âmes, dans le cours de leurs visites, et sur les procès-verbaux qu'ils auroient dressés, de se retirer dans des séminaires jusques et pour le temps de trois mois pour des causes graves, mais qui ne méritent pas une instruction dans les formes de procédures criminelles, seront exécutés nonobstant toutes appellations ou oppositions quelconques et sans y préjudicier. » (*Ordonnances de Lorraine*, t. XV, p. 476.) Quelques autres cahiers du clergé protestent également contre cet édit de 1784, en particulier celui du clergé de Bouzonville : « L'édit sur la discipline ecclésiastique, publié en France en l'année 1695 et rendu commun à la Lorraine en 1784, ayant été donné à la seule demande de MM. les évêques, et les droits des curés s'y trouvant notablement lésés, on demande la revision de cet édit et notamment le rapport des articles 15 et 53. » (*Arch. parlem.*, t. V, p. 695.)

Art. 10. — Le clergé lorrain n'entrera point dans le payement des dettes du clergé de France[1].

Art. 11. — Abolition des commendes. La totalité des biens réguliers sera administrée par les religieux, et le tiers de cette totalité, dont jouissoient les commendataires, appliqué aux besoins des curés, vicaires et militaires nécessiteux.

Art. 12. — Permission aux gens de mainmorte de remplacer les fonds remboursés sans nouvelles lettres patentes[2].

Art. 13. — Abolition du droit d'amortissement pour les nouveaux fonds à placer et pour les biens échangés, attendu que les main-mortables supporteront l'impôt à raison de leurs facultés[2].

Art. 14. — Augmentation des portions congrues[3].

Art. 15. — La pension des vicaires résidants[4] à la charge de la totalité de la dixme.

Art. 16. — Les curés, en consentant à supporter l'impôt en raison de leurs facultés, observent que nécessairement les pauvres en souffriront; ils demandent l'établissement des bureaux de charité.

Art. 17. — Abolition du droit de sauvegarde, lorsqu'il ne sera pas reconnu propriété.

Art. 18. — Révocation de l'édit de 1768 concernant les novales, avec effet rétroactif[5].

Toutes lesquelles demandes, doléances et remontrances rédigées par les commissaires élus selon le règlement de Sa Majesté, ont été lues publique-

---

1. C'est encore un des points sur lesquels les députés devaient insister. Cf. ci-dessus, chap. II, § I, cahier du clergé de Nancy, III, art. 19 et la note.

2. Cf. ci-dessus, chap. II, § I, cahier du clergé de Nancy, III, art. 16 et la not~

3. *Ibidem*, art. 22 et la première note.

4. Ce terme de « vicaires résidants » était opposé à celui de « vicaires commensaux ». Voici ce qu'il faut entendre par ces termes. J'emprunte ces définitions aux *Humbles doléances du corps des vicaires de la paroisse des Trois-Évêchés :* « Pour mettre Sire, dans nos doléances toute la clarté et l'ordre nécessaires et en montrer la justice, il est essentiel de vous prévenir que dans vos vastes États on distingue deux sortes de vicaires : les uns à résidence, les autres commensaux. Les vicaires à résidence sont des ecclésiastiques placés dans une de ces paroisses qu'on nomme annexe ou succursale, pour y remplir toutes les fonctions du sacerdoce et de pasteur (en sous-ordre et à la disposition des curés primitifs), obligés de tenir maison, vivre et s'entretenir, tout cela sous la seule rétribution de 350 livres. Les vicaires commensaux sont ceux qui logent et vivent chez et aux dépens des curés dans les paroisses desquels ils travaillent, avec la même rétribution que les premiers. » (*Arch. parlem.*, t. III, p. 786.)

5. Voir plus haut, chap. II, § I, cahier du clergé de Nancy, III, art. 28 et la note. Remarquer que le clergé de Lunéville est plus catégorique que celui de Nancy. Il veut que la révocation ait un effet rétroactif, c'est-à-dire que l'on restitue aux curés ce dont ils ont pu être privés par le fait de l'application de l'édit.

ment en l'assemblée générale du clergé du bailliage de Lunéville, tenue au château dans la salle désignée par M. le lieutenant général, examinées, discutées et approuvées par elle, pour être remises à ses députés et portées à l'Assemblée des États généraux.

Fait au château de Lunéville, le vingt-six mars mil sept cent quatre-vingt-neuf, neuf heures du matin, et de suite signées par M. le Président et les commissaires, ainsi que le duplicata qui sera remis entre les mains de mon dit S^r le lieutenant général.

Suivent les signatures :

> Bernard Mâlin, abbé de Beaupré ;
> Vautrin, curé de Crion, commissaire ;
> Parent, curé de Drouville, rédacteur ;
> Drouin, curé d'Haudonville, eschevin du doyenné de De-
> neuvre ;
> Trailin, curé de Bauzemont, rédacteur ;
> Grégoire, curé d'Emberménil, député ;
> Chapitey, chanoine régulier, curé de Lunéville, rédacteur ;
> Vuillemin, curé de Mattexey et Vallois, rédacteur ;
> D. Joseph George, sous-prieur des Bénédictins du Mesnil, ré-
> dacteur ;
> Jacques, curé de Franconville, secrétaire.

Malgré sa netteté, cette rédaction apparemment ne satisfit pas encore tout le monde. On éprouva le besoin de préciser certains points et de donner aux députés qui seraient chargés de transmettre aux États généraux le cahier du clergé de Lunéville des instructions, sinon plus détaillées, du moins plus catégoriques, qui attirassent spécialement leur attention sur les articles jugés plus importants. A cette fin, au cahier général qui précède on décida d'adjoindre des instructions particulières pour les députés à qui il serait remis. Ces instructions, que nous reproduisons ici à la suite du cahier, auquel elles servent de complément, ont leur intérêt. Elles nous montrent très probablement les questions qui, au cours des séances de la chambre ecclésiastique, avaient été le plus chaudement discutées.

Instructions pour les députés du clergé du bailliage de Lunéville.

1° Messieurs les députés donneront une attention particulière à la restriction faite à leurs pouvoirs; et au cas où l'on voudroit traiter de l'impôt avant d'avoir fixé la Constitution, ils protesteront et se retireront. Sur tous les autres articles, ils insisteront, négocieront et ne se retireront jamais, même dans le cas où plusieurs provinces se retireroient, et feront tous leurs efforts pour la réussite des États généraux.

2° Ils se concerteront avec les députés des autres provinces sur les objets qui doivent faire partie de la Constitution.

3° Relativement aux objets contenus dans leurs cahiers sous le titre : *Administration*, ils insisteront principalement sur les articles suivants :

Art. 2. — Dans l'article 2, ils feront attention particulière à ces mots : *pour la Lorraine seulement depuis 1736*, afin d'éviter la ruine de notre noblesse[1], et parce que les échanges, donations et acensements avant ce tems sont du fait des ducs de Lorraine.

Art. 9. — Ils feront instance sur la réformation du serment comme n'étant presque toujours qu'un parjure inutile. Dans l'occasion, ils feront observer que le serment est trop commun et souvent n'est regardé par le peuple que comme une simple formalité sans conséquence.

Art. 11. — Instance sur la dégradation des bois de la Lorraine.

Art. 14. — Sur les remplacements pour les main-mortables.

Art. 16. — Sur la présidence et l'érection des municipalités en tribunaux d'arbitrage.

Art. 17. — Sur la diminution des bouches à feu.

4° *Clergé* :

Ils insisteront sur l'article 1er fortement, sur le 4e, le 6e et le 9e.

Art. 10. — Ils s'opposeront à ce que les dettes du clergé de France soient déclarées nationales, et représenteront que le clergé de Lorraine ayant fourni son don gratuit, sans emprunt, il serait injuste qu'il payât des dettes qui lui sont étrangères.

Ils insisteront sur les articles 12e et 14e.

Messieurs les députés voudront bien méditer tous ces articles et se préparer à répondre aux objections qui leur seroient faites.

Suivent les signatures (les mêmes que précédemment, sauf celle de M. Vautrin, curé de Crion, qui n'y figure pas).

1. Voir plus haut, chap. II, § II, cahier du clergé de Lunéville, II, art. 2 et la note.

Ainsi, dès le 26 mars 1789, le cahier du clergé du bailliage de Lunéville était rédigé. Restait à nommer les deux députés ecclésiastiques[1] qui le porteraient, au jour qui serait ultérieurement fixé, à l'assemblée de réduction de Nancy. Cette nomination, à laquelle il fut procédé le lendemain, vendredi 27 mars, ne fut pas, à ce qu'il semble, sans rencontrer quelque difficulté. Dans une première réunion tenue le matin, les suffrages s'étaient portés sur le curé d'Emberménil, désigné comme premier député, et sur M. Drouin[2], curé de Haudonville. Mais cette double élection fut attaquée par toute une partie de l'assemblée. Plusieurs membres en contestèrent la validité, prétendirent qu'elle était entachée de nullité, « ce qui peut être vrai », ajoute Grégoire, à qui nous empruntons ces détails[3], et finalement l'on dut convenir de recommencer le scrutin dans une deuxième séance qui se tiendrait l'après-midi. Mais le résultat fut le même. Grégoire fut élu avec plus de voix encore que le matin, ainsi que le curé de Haudonville.

Le curé d'Emberménil ne nous dit rien des motifs qui avaient rendu nécessaire ce nouveau tour de scrutin[4]. Mais il

1. Le bailliage de Lunéville, aux termes du règlement du 7 février, devait envoyer à Nancy deux députations, ce qui portait à deux le nombre des députés à élire pour chacun des deux premiers ordres et à quatre celui des députés du Tiers.

2. François Drouin, né à Charmes-sur-Moselle en 1721, successivement vicaire commensal à Saint-Clément et à Badonviller, vicaire résident à Bayecourt et Dignonville, annexes de Domèvre-sur-Durbion, curé de Triconville-en-Barrois, puis de Haudonville depuis 1759. Il était échevin du doyenné de Deneuvre depuis 1775. Il mourut en réclusion aux Carmélites, à Nancy, en 1794. Chatrian écrivait de lui : « A de l'esprit; est coureur, censeur et janséniste. » (Cf. Mangenot, *les Ecclésiastiques de la Meurthe pendant la Révolution française*, p. 59-60, note.)

3. Lettre inédite de Grégoire à Guilbert, écrite le samedi 28 mars, à l'issue de la dernière séance, « sur le bureau des commissaires de l'ordre du clergé ». (Bibliothèque du séminaire de Nancy.)

4. Nous verrons pareil fait se reproduire dans un autre bailliage où l'élément religieux était également très puissant, le bailliage de Blâmont. D'ailleurs, les prétentions des réguliers n'étaient pas entièrement dénuées de justice, et même, parmi le clergé séculier, il ne manquait pas d'ecclésiastiques qui jugeaient à tout le moins convenable que le clergé régulier fût représenté proportionnellement à l'assemblée de réduction. Ainsi nous lisons dans Chatrian qu'à Lunéville même, un certain abbé Grison, vicaire résident à Vitrimont, qui cependant passait pour « un grand antimoine », soutenait que les réguliers devaient avoir un député à l'assemblée générale de Nancy. (*Calendrier hist. et eccl. pour 1789*, p. 87.)

n'est pas téméraire de penser qu'ils doivent être cherchés dans l'opposition très marquée qui régnait alors, au bailliage de Lunéville tout particulièrement, entre le clergé régulier et le clergé séculier. Les religieux y étaient nombreux, riches et puissants. Chanoines réguliers, Bénédictins, Bernardins, Minimes et Carmes y disputaient l'influence au clergé séculier, et il n'est pas surprenant qu'ils aient eu à cœur d'envoyer aux États généraux des députés tirés de leurs rangs. Chatrian, dans son Journal, nous le laisse entendre en termes suffisamment clairs. Il nous apprend, par exemple, avec un certain plaisir et non sans malice, à la date du 27 mars, « que le R. P. Bernard Maslin, bernardin, abbé régulier de Beaupré, président du bureau de l'ordre du clergé, qui a eu le plus de voix après M. le curé d'Haudonville, deuxième député, et qui avait régalé Messieurs du clergé pendant trois ou quatre jours, est vivement piqué de n'avoir pas été choisi député ». Et il ajoute immédiatement que, de son côté, un autre religieux, le R. P. Chapitey, chanoine régulier et curé amovible de Lunéville, avait obtenu jusqu'à 13 voix au dernier scrutin[1]. Quoi qu'il en soit, les efforts des uns et des autres restèrent sans résultat et ce furent deux curés, et deux curés pris parmi les séculiers, qui représentèrent le clergé du bailliage de Lunéville à l'assemblée de Nancy.

Le lendemain, samedi 28 mars, dans une dernière séance de l'ordre du clergé, les deux députés choisis la veille recevaient de leurs confrères « les pouvoirs nécessaires et suffisans pour proposer, remontrer, aviser et consentir tout ce qui peut concerner les besoins de l'État, la réforme des abus, l'établissement d'un ordre fixe et durable dans toutes les parties de l'administration, la prospérité générale du Royaume, la conservation et la gloire de la Religion....., le bien de tous et de chacun des citoyens françois les sujets du Roi ». Mais ces pouvoirs étaient restreints par la « défense absolue » qui leur

---

1. Chatrian, *Calendrier historique et ecclésiastique pour 1789*, p. 91.

était faite « de s'occuper d'aucun impôt ni de le consentir...
qu'auparavant la constitution de la monarchie désirée par les
États généraux ne soit réglée, arrêtée et consentie par Sa Majesté, ainsi que par les dits États ». « Et protestons, ajoutait
le procès-verbal, qu'au cas qu'ils outrepasseroient les présens
pouvoirs, nous les désavouons formellement et entièrement,
sans que leur consentement, obtenu par la crainte ou la surprise, puisse nous lier en aucun tems, et dès ce moment
nous les déclarons déchus de leurs pouvoirs[1]. »

Trois jours après, le 1er avril, dans une dernière assemblée
générale, l'abbé Grégoire et le curé de Haudonville, avec leurs
collègues de la Noblesse et du Tiers[2], prêtaient entre les mains
du lieutenant général le serment d'usage et recevaient de lui
les cahiers de leur ordre ainsi que les instructions particulières qui y étaient annexées, les uns et les autres signés des
commissaires ainsi que des président et secrétaire de chacune
des chambres[3].

Les opérations électorales du bailliage de Lunéville étaient
terminées. A quelques jours de là, le 6 avril, Grégoire et
Drouin se rendaient à Nancy pour l'assemblée de réduction, et
le lieutenant général, écrivant au garde des sceaux et lui
envoyant les procès-verbaux des assemblées bailliagères, pouvait lui dire que tout s'était passé avec ordre[4].

1. Procès-verbal de l'assemblée du clergé de Lunéville, 28 mars 1789 (manuscrit
du séminaire de Nancy). Remarquer que ces instructions sont données aux députés
comme s'ils devaient eux-mêmes porter le cahier à Versailles.

2. Les députés de la noblesse du bailliage de Lunéville étaient MM. Maximilien
Chrétien, comte de Fiquelmont, et le marquis Anne-Bernard-Antoine de Raigecourt-
Gournay; et ceux du Tiers, dans l'ordre de nomination, MM. Germain Bonneval,
d'Ogéviller, laboureur; Pierre-Nicolas Blampain, avocat au Parlement, exerçant en la
prévôté bailliagère seigneuriale de Rambervillers; Charles Regneault, avocat du roi
au bailliage royal de Lunéville; J.-Étienne Brunel, ancien notaire, demeurant à Magnières. (Arch. nat., B III, 93, et C 21, l. 110, procès-verbaux des élections du bailliage de Lunéville.)

3. Le marquis de Raigecourt, qui n'assistait pas à la séance, dut suppléer ces formalités par après, le 5 avril. (Arch. nat., C 21, l. 110.)

4. Arch. nat., B III, 93, page 488. La lettre du lieutenant général au garde des
sceaux (13 avril 1789) contient cependant une réserve qui n'est pas sans intérêt. « Il
est vrai, écrit M. Thiry — c'est le lieutenant général, — qu'il y a eu quelques petits

§ III

Bailliage de Blâmont [1].

C'est le 16 mars que s'ouvrit à Blâmont l'assemblée générale des trois ordres. Elle se tint en la grande salle du couvent des Capucins, attendu, nous dit le procès-verbal, l'insuffisance de l'hôtel de ville, lieu ordinaire des réunions. En l'absence du bailli, M. le baron de Lubert, ce fut le lieutenant général M. Louis Fromental qui présida, assisté de M. Regneault, avocat et procureur du roi au même siège. Le placement s'étant fait suivant l'ordre habituel des préséances,

débats qui ont été terminés promptement et sans bruit, aussi ai-je cru ne pas devoir en rendre compte. » Il y a là une allusion à un incident qui s'était produit dans les rangs du Tiers au cours des opérations électorales. Les gens de Lunéville estimaient qu'ils n'étaient pas suffisamment représentés dans l'assemblée du troisième ordre : tandis que les députés des campagnes étaient au nombre de 184, la ville chef-lieu n'en comptait que 16, alors que sa population égalait à peu près la moitié de celle des dépendances du bailliage. Dans un mémoire adressé au directeur général des finances, la population urbaine se plaint très amèrement, et en termes très méprisants pour les paysans du bailliage, de cette disproportion numérique qui existait au sein du Tiers entre les représentants de la ville et ceux des villages, disproportion telle, que « ces derniers, à qui l'on ne peut supposer la première notion des grandes questions à traiter aux États généraux, étaient entièrement maîtres des suffrages. Il s'en est suivi, poursuivaient les plaignants, que les magisters intrigants des villages ont profité de l'ascendant qu'ils ont sur l'esprit des habitants pour leur persuader que des gens de leur état étaient plus capables de défendre leurs intérêts à l'Assemblée générale de la nation que les personnes du premier mérite d'une ville ». Il était résulté de tout cela des cabales et des complots, et les paysans s'étaient entendus pour nommer des députés de leur choix. Aussi dès la première séance, le 23 mars, douze des représentants urbains s'étaient retirés en protestant hautement; quatre seulement avaient consenti à rester. C'est dans ces conditions que se firent les élections, qui, s'il faut en croire les auteurs du mémoire envoyé au Gouvernement, auraient été assez tumultueuses. Des quatre députés qui furent élus, trois appartenaient à la population rurale ; le quatrième, à qui la majorité consentit à donner une place dans la députation, parce que sa conduite « ne paraissait pas trop blâmable », ajoute le mémoire, était un représentant de la classe urbaine, M. Regneault, avocat du roi au bailliage de Lunéville. (Cf. Arch. nat., B III, 93, p. 395, et Ba 56, l. 137: *Très humbles remontrances de la ville de Lunéville à M. le Directeur général des finances.*)

1. Blâmont, aujourd'hui petite ville de 1,934 habitants, chef-lieu de canton de l'arrondissement de Lunéville, département de Meurthe-et-Moselle, était avant 1789 le siège d'un bailliage de médiocre étendue dont le personnel comprenait le bailli, un lieutenant général, un lieutenant particulier assesseur, un conseiller, un avocat procureur du roi et un greffier, et qui ressortissait pour les cas de l'édit au présidial de Nancy. Au spirituel, ce bailliage relevait, pour une partie, du diocèse de Metz et pour l'autre partie, du diocèse de Nancy. (Cf. Durival, *op. cit.*, t. II, p. 95.)

le clergé à droite, la noblesse à gauche, le Tiers en face, on procéda à la vérification des pouvoirs.

Étaient présents, dans l'ordre du clergé : MM. Ména, curé de Foulcrey; Hussenet, chanoine régulier et vicaire de Raon-les-Leau; Bourguignon, chanoine régulier et curé de Saint-Sauveur; Masson, procureur général des chanoines réguliers de Saint-Remy de Lunéville et représentant l'abbaye; Guise, curé de Gogney; Feuillette, prieur de l'abbaye de Domêvre et représentant cette maison; Gabriel, procureur de cette même abbaye et représentant M. de Saintignon, général des Chanoines réguliers; Le Duc, chanoine régulier et curé de Leintrey; Marchal, curé de Blémerey; Beaulieu, curé de Reillon; Laurent, curé de Verdenal; Garry, curé de Repaix; Malnory, curé d'Avricourt; Potier, curé de Saint-Martin; Bar, chanoine régulier et curé de Domêvre; Thiriet, chanoine régulier, curé de Barbas; Rondeau, curé de Remoncourt; Lepaige, curé de Xousse; Henrion, vicaire résident à Gondrexon, desservant Chazelles; Lacour, curé d'Amenoncourt; Guillot, curé de Blâmont, qui de plus était fondé de pouvoirs du curé de Nitting, Jean Colson; Laforge, curé d'Autrepierre; les religieux de l'abbaye d'Étival; l'abbé de Laugier; Létange, représentant les religieuses de la Congrégation de Blâmont, et Lacour, député des ecclésiastiques de la ville [1].

Acte ayant été donné de leur comparution à tous les membres présents des trois ordres, on prononça défaut contre les absents, notamment, dans l'ordre du clergé, contre Messieurs du chapitre de Saint-Dié, seigneurs de Verdenal, et M. de Cambis, abbé commendataire de Haute-Seille, décimateur pour les deux tiers de la ville de Blâmont. Puis le lieutenant général fit prêter le serment d'usage, et demanda, conformément au règlement, si l'on voulait procéder séparément ou en commun à la rédaction des cahiers. Unanimement, dit

1. Procès-verbal de l'assemblée des trois ordres du bailliage de Blâmont (Arch. nat., B III, 93, p. 370). Nous avons dû rectifier parfois, ici encore, l'orthographe des noms propres.

le procès-verbal, on décida d'y travailler séparément [1], et aussitôt chaque ordre se retira dans le local qui lui avait été préparé à cet effet par M. Fromental, afin de nommer la commission de rédaction. Cette commission devait se composer de trois membres pour chacun des deux premiers ordres, et de six pour le Tiers. La chambre du clergé, après avoir reconnu comme président M. Nicolas Marchal, curé de Blémerey, et nommé pour secrétaire M. Jean-François Garry, curé de Repaix, choisit pour commissaires rédacteurs MM. Louis-Gabriel de Laugier, chapelain de la chapelle de Saint-Martin, J.-B. Uriot, chanoine régulier de Notre-Sauveur et curé de Frémonville, et Joseph Guillot, prêtre, docteur en théologie et curé de Blâmont [2]. On leur remit les divers cahiers primaires [3] de doléances qui avaient été apportés, pour qu'ils les fondissent en un seul, et du 16 au 22, ils s'occupèrent de la rédaction de ce cahier général. Nous n'avons d'ailleurs aucun renseignement sur la marche du travail et les divergences d'opinions qui durent se produire dans un bailliage tel que celui de Blâmont, où le clergé régulier, nombreux et puissant, était en opposition assez vive d'idées et de sentiments, ce semble, avec le clergé séculier. Quoi qu'il en soit, les commissaires avaient terminé leur rédaction dès le dimanche 22 mars au matin, et le 23 lecture était faite du cahier article par article, aux prêtres et curés du bailliage

---

1. Presque toujours, pour cette délibération, chaque ordre se retirait à part. Ici, au contraire, il semble, d'après le procès-verbal que nous avons sous les yeux, que la résolution fut prise d'un commun accord en assemblée générale des trois ordres. L'article 48 du règlement du 24 janvier portait simplement : « Chaque ordre rédigera ses cahiers et nommera ses députés séparément, à moins qu'ils ne préfèrent d'y procéder en commun, auquel cas le consentement des trois ordres *pris séparément* sera nécessaire. » Ces derniers mots étaient susceptibles d'interprétations diverses.

2. Procès-verbal des réunions du clergé (manuscrit du séminaire de Nancy).

3. Il n'y eut donc pas de cahiers primaires uniquement pour le Tiers, cahiers des paroisses ou des corporations. Parmi le clergé, en particulier, des chapitres, des communautés régulières d'hommes ou de femmes, de simples curés même rédigèrent aussi parfois les leurs et les apportèrent au chef-lieu du bailliage. Nous reproduisons un de ces cahiers primaires ou individuels du clergé — celui du curé de Vigneulles, bailliage de Rosières — à la fin de ce travail, *Note XIII.*

encore présents au chef-lieu[1]. Tous y souscrivirent et déclarèrent l'accepter. Dans une assemblée plénière des trois ordres qui se tint immédiatement après, on agita la question de savoir s'il n'y aurait pas avantage à réunir les cahiers des différents ordres en un seul, mais on trouva des difficultés à ce projet, et il fut convenu que les trois cahiers resteraient « suivant leurs formes et teneurs, cachetés, cotés et paraphés *ne varientur* ».

Nous ne savons ce que sont devenus les cahiers de la noblesse et du Tiers. Existent-ils encore? Nous l'ignorons. Selon toute apparence, ils n'ont pas été imprimés en 1789. D'autre part, ils ne sont conservés ni aux Archives nationales, ni aux Archives départementales de Nancy. Quant à celui du clergé que nous publions ici pour la première fois, il n'offre pas dans son ensemble, comme on pourra s'en convaincre, de vues bien neuves. Ce qu'il présente peut-être de plus original, c'est sa disposition, sa division en cinq parties : articles à proposer comme préliminaires essentiels, articles à consentir, articles à remontrer, articles à aviser, demandes particulières du clergé; division qui semble, au reste, calquée sur les termes mêmes de la formule des lettres royales de convocation[2]. On remarquera d'ailleurs que ce cahier est assez vague dans les réformes qu'il demande, moins détaillé que celui de Nancy, moins net et moins précis que celui de Lunéville, moins intéressant que l'un et l'autre par conséquent.

---

1. Leur nombre n'était plus considérable. Dès le 16 mars, à la suite d'une décision prise en assemblée générale, on avait procédé, nous l'avons vu, à l'élection des députés, afin de permettre aux représentants des différents ordres de ne pas prolonger au chef-lieu un séjour qui pouvait être pour plusieurs pénible et coûteux. Beaucoup de membres du clergé, d'ailleurs, avaient dû retourner dans leurs paroisses pour y satisfaire aux devoirs de leur ministère, le dimanche 22, de sorte qu'à cette séance du lundi 23, il n'y avait plus comme ecclésiastiques, outre les trois commissaires rédacteurs du cahier et le secrétaire, que les sept curés de Verdenal, Autrepierre, Remoncourt, Xousse, Foulcrey, Amenoncourt et Gogney. Le président lui-même, M. Marchal, curé de Blémerey, n'y assistait pas.

2. Brette, *op. cit.*, p. 65.

Cahier de l'ordre du clergé dans le bailliage de Blâmont, rédigé dans l'assemblée tenue le 16 mars 1789[1] relativement aux États généraux convoqués à Versailles pour le 27 avril suivant[2].

En conséquence des ordres de Sa Majesté, le clergé du bailliage de Blâmont a fait rédiger par les trois commissaires soussignés et élus à cet effet dans son assemblée du 16, le présent cahier, approuvé ensuite dans l'assemblée de ce jour 23 du même mois, pour servir d'instruction aux députés à élire dans l'assemblée de Nancy et chargés de se porter à celle des États généraux, lesquels proposeront comme préliminaires essentiels les articles suivans.

I. Articles a proposer comme préliminaires essentiels.

1º Qu'il soit statué sur toutes les formes à observer désormais relativement aux États généraux, pour leur convocation, le nombre et le choix des députés, la manière d'y opiner.

2º Que le retour régulier des États généraux soit fixé de quatre en quatre ans au plus tard; que, pour assurer ce retour, la levée de tout subside soit suspendue à l'époque fixée pour cette assemblée, au cas qu'on ne la convoqueroit pas.

3º Qu'aucun subside ne soit imposé sans que la destination, l'étendue, la durée, l'assiète et la répartition sur les différentes provinces en ayent été réglées dans les États généraux pour être ensuite l'imposition de chaque province répartie par les États provinciaux[3].

4º Qu'il ne soit fait aucun emprunt, soit direct, soit indirect, tel que création de nouveaux offices à finance, rétablissement d'anciennes charges supprimées, impôts provisoires, jeux de lotteries, sans l'aveu des États généraux.

5º Qu'une loi générale ne soit mise à exécution qu'avec la clause expresse de l'avis et du consentement des États généraux et après la vérification dans les formes qu'ils auront consacrées à cet effet.

---

1. Le 16 mars et les jours suivants, jusqu'au 23 mars inclusivement, comme nous l'avons dit plus haut. (Arch. nat., B III, 93.)

2. L'ouverture des États généraux, en effet, avait d'abord été fixée au 27 avril, mais au dernier moment elle dut être reculée de quelques jours. Le 26 avril, le roi, considérant que plusieurs des députés n'étaient pas encore arrivés à Versailles et que, d'ailleurs, certaines élections, notamment celles de Paris, n'étaient pas encore terminées, décidait que la première réunion des États aurait lieu seulement le lundi 4 mai. (Arch. parlem., t. I, p. 629.)

3. Le secrétaire-rédacteur, s'étant d'abord trompé et ayant écrit « États généraux », a indiqué en marge la correction à faire.

6° Que pour rétablir la sûreté personnelle ci-devant totalement ébranlée, les lettres clôses, dites *de cachet,* les commissions particulières pour l'instruction des procès, les tribunaux d'attributions, les évocations au Conseil[1] soient à jamais supprimées ; en sorte que quiconque réclame ses juges naturels ne puisse leur être enlevé.

7° Que nos députés aux États généraux ne puissent acquiescer ni consentir à la formation d'une commission intermédiaire des États généraux, pour siéger durant leur absence, quelque limitation qu'on mette aux pouvoirs de cette commission[2].

8° Qu'il soit incessamment accordé à la province de Lorraine et Barrois des États provinciaux formés sur un plan muni des suffrages de la province et qui s'assembleront au tems fixé pour cela.

Insisteront les députés à ce que ces articles soient passés en loi irrévocable préalablement à toute délibération sur les subsides ; et ne pourront consentir aucune imposition avant qu'il ait été fait droit à ces propositions, sous peine de nullité de leur consentement.

II. Articles a consentir.

Après l'obtention des articles précédents, sur la demande des subsides, pour délibérer avec connoissance de cause, demanderont nos députés qu'aux États généraux :

1° Soit présenté le tableau exact et détaillé de la situation actuelle des finances.

2° Soit montré le *déficit* et les causes qui l'ont occasionné.

3° Soit produit un état circonstancié et motivé des dépenses ordinaires annuellement nécessaires dans chaque département, de l'emploi desquelles les ministres seront comptables aux États généraux.

4° Soit arrêté que les états de recette et de dépense seront annuellement publiés, et que les comptes en seront rendus dans chacune assemblée des États généraux à l'époque fixée pour leur retour périodique.

Ce fait, pourront nos députés consentir l'imposition d'un subside supporté par les trois ordres, à proportion des facultés d'un chacun ; si l'on juge convenable de substituer un pareil subside aux impôts pécuniaires qui existent, en les supprimant.

---

1. Sur ces différents abus des lettres de cachet, des commissions, des tribunaux d'attribution, des évocations, voir ce que nous avons dit plus haut, chap. II, § I, à propos du cahier du clergé de Nancy.

2. Sur cette commission intermédiaire des États généraux, voir aussi ce que nous avons dit chap. II, § II, à propos du cahier du clergé de Lunéville, I, art. 2.

Mais, d'autant que la refonte de tous les impôts en un seul subside et la reconnoissance des propriétés à faire dans tout le royaume pour la juste répartition de ce subside demandent du tems, si les besoins de l'État sont jugés urgens, pourront en outre nos dits députés consentir que par provision et jusqu'au terme fixé pour la prochaine convocation des États généraux, c'est-à-dire dans quatre ans au plus, il soit imposé, par forme de supplément aux impôts actuels, un subside réparti sur les provinces à proportion de ce qu'elles payent maintenant.

Ne consentiront néanmoins nos dits députés à aucune nouvelle imposition que sous la réserve expresse que la Lorraine ayant eu ses souverains particuliers jusqu'à la mort de Stanislas, roi de Pologne, le dernier de ses ducs, arrivée en 1766, elle ne peut, avant cette époque, être réputée province de France contribuable proportionnellement aux autres, et ne doit être chargée des dettes du royaume contractées précédemment, de sorte qu'il faut défalquer ces dettes[1] de la somme nécessaire aux besoins de l'État et imposable aux provinces proportionnellement à leur contribution actuelle.

III. ARTICLES A REMONTRER.

Remontreront nos députés qu'il seroit incessamment nécessaire :

1° De supprimer les offices municipaux à finance et à vie, les rétablir électifs et pour un tems limité dans les villes qui le désireront, en payant aux pourvus la rente de la finance qu'ils ont versée dans les coffres du roi, jusqu'au remboursement.

2° De supprimer de même le privilège exclusif des huissiers-priseurs, excessivement onéreux et odieux à tout le monde, mais surtout aux mineurs[2].

3° De supprimer aussi les offices des maîtrises royales et de la réformation des eaux et forêts, dont les fonctions pourront être exercées facilement, à moins de frais et plus efficacement pour la conservation des bois, dont l'espèce devient de jour en jour plus précieuse, par les officiers locaux de la justice royale ou seigneuriale.

4° De supprimer toute vente forcée dans les affouages des communautés, sans distinction de souille et de régale, attendu qu'il n'y a plus d'arbres surnuméraires dans ces affouages devenus insuffisans[3].

---

1. Ces deux mots avaient été omis et sont ajoutés en marge.

2. Voir plus haut, chap. II, § I, cahier du clergé de Nancy, II, art. 9 et la note.

3. Les affouages des communautés étaient les coupes ordinaires des forêts communales. D'après la législation de l'époque, le taillis seul — ou la souille — était partagé entre les habitants; les arbres de futaie ne pouvaient être exploités qu'en vertu

5° De supprimer enfin les salines de Lorraine, qui épuisent ses forêts, attendu que les côtes de France peuvent fournir, à moins de frais pour l'État, un sel de meilleure qualité, en quantité suffisante pour l'approvisionnement du royaume et de l'étranger.

6° De déclarer les domaines du Roi aliénables et de les aliéner, ou d'en confier l'administration aux États provinciaux.

7° De permettre aux communautés dépendantes du domaine et aux propriétaires des domaines aliénés le réachapt, au denier vingt, des cens, redevances, corvées et banalités, à moins qu'on ne juge plus à propos de travailler à supprimer ces dernières, ainsi que les privilèges exclusifs, toujours onéreux au public.

8° De déclarer patrimoniaux les domaines à vendre et les domaines aliénés à l'époque du traité de cession des deux duchés, en offrant, de la part des possesseurs actuels des domaines aliénés, dans la détresse présente de l'État, le vingtième au plus, une fois payé, de la valeur foncière de ces domaines, à condition néanmoins que les agens du fisc seront exclus de cette estimation à faire, mais qu'elle sera remise aux États provinciaux, et qu'en conséquence la chambre des comptes remettra à tous les propriétaires des domaines vendus ou aliénés tous les titres de leur domanialité.

9° D'ordonner que tous les deniers communaux, y compris ceux même provenans des ventes libres de bois des communautés. seront versés directement dans les coffres de leurs municipalités et que la gestion et la reddition des comptes en seront faites sous la direction des États provinciaux.

IV. Articles a aviser.

Demanderont nos députés qu'il soit avisé aux moyens :

1° De diminuer la dépense par les réformes dont les différens départemens peuvent être susceptibles sans nuire au service de l'État.

2° De réformer, au désir du Roi et de son peuple, l'administration de la justice, afin de la rendre plus facile, plus prompte et moins dispendieuse, et en particulier de décharger la Lorraine des gages de son Parlement, qui y a d'autant moins de droit que les charges n'y sont pas à finance, sauf à prendre les honoraires dus aux juges sur le cornet des épices fournies par les plaideurs.

3° De former un code général de loix civiles et criminelles, simples, clai-

d'ordonnances spéciales, émanant du pouvoir royal; voilà pourquoi dans le texte ci-dessus on les désigne sous le nom de régale. On les appelle surnuméraires quand ils sont en nombre supérieur au chiffre fixé par les règlements. En somme, il s'agit d'un vœu tendant à l'enrichissement des forêts communales par la conservation des arbres de futaie.

res et précises, que chacun puisse consulter aisément au besoin, sans cette étude immense qu'exigent les loix actuelles.

4° D'introduire dans tout le royaume l'usage des mêmes poids et mesures, afin que l'uniformité une fois établie dans toutes les provinces sur les choses du moins essentielles et usuelles, un François ne soit plus étranger au sein même de sa patrie[1].

5° De supprimer les traites foraines, les acquits, les péages, entraves multipliées, embarrassantes pour le commerce, surtout en Lorraine, où elles se rencontrent à chaque pas et d'un village à l'autre[2].

6° De diminuer le prix du sel, denrée de première nécessité, dont la chèreté écrase surtout les provinces, telles que la Lorraine, où la principale richesse consiste dans le bétail, qui ne prospère qu'en faisant grand usage du sel.

7° De rendre le sel et le tabac marchands sans diminuer sensiblement le revenu que ces deux objets produisent à l'État.

V. Demandes particulières du clergé.

Observeront d'abord nos députés que le clergé de Lorraine a constamment payé en deniers comptant son don gratuit et n'entre pour rien dans

---

1. Un certain nombre de cahiers formulent la même demande, notamment celui du Tiers de la ville de Saint-Dié, qui demande « l'uniformité autant qu'il sera possible des poids et mesures dans tout le royaume, ou au moins dans chaque province, à régler dans ce dernier cas par les États provinciaux ». (*Documents inédits de l'histoire des Vosges*, t. II, 1869, p. 303.) De même le Tiers de Neufchâteau. (*Ibid.*, p. 315.)

2. Voir l'exemple curieux cité par Mgr Mathieu, *op. cit.*, page 28. Un cultivateur des bords de la Moselle, remontant le cours de cette rivière pour conduire du blé du village de Loisy au bourg de Liverdun, avait à passer successivement du pays messin dans le Barrois, dans le Verdunois, en Lorraine, et devait s'arrêter au moins quatre fois pour payer la foraine et prendre des acquits-à-caution. Et l'on pourrait multiplier ces exemples. Voir, par curiosité, une carte de Lorraine où les possessions évêchoises et lorraines sont marquées par des teintes diverses ; la chose est frappante surtout pour les environs de Blâmont, où se trouvaient de véritables enclaves évêchoises en terre lorraine : Baccarat, Vého, Rambervillers, etc. Les territoires évêchois et lorrains s'enchevêtraient à l'infini, et il n'y avait pas entre eux moins de 720 bureaux de la foraine ; aussi les Lorrains se plaignent-ils de ne pouvoir faire un pas sans avoir les poches remplies d'acquits. Le cahier de Rosières dépeint très fidèlement la situation quand il supplie Sa Majesté « d'abolir le droit des acquits que l'on est obligé de prendre sur les routes de la province, qui se trouvent lardées à chaque instant de villages dénommés français. Les communautés sont exposées à des contraventions, et les habitants même de la province ne peuvent aller dans leurs différentes demeures et porter avec eux des comestibles nécessaires à leur subsistance sans payer et prendre des acquits qui, quoique minutieux, ne laissent pas que d'entretenir une quantité d'employés qui en absorbent le profit et qui seraient plus utiles à l'agriculture ». (*Arch. parlem.*, t. IV, p. 90. Cf. aussi Rœderer, conseiller au Parlement de Metz, *Questions proposées par la commission intermédiaire de l'Assemblée provinciale de Lorraine, concernant le reculement des barrières, et observations pour servir de réponse à ces questions, 1787.*)

la dette du clergé de France, avec qui il n'a rien de commun, et qui a fait des emprunts pour payer ses dons gratuits[1].

1° Ils demanderont ensuite que, nonobstant l'offre de payer les subsides proportionnellement aux propriétés du clergé, la cotte totale de cet ordre lui soit assignée séparément pour être, par ses représentans aux États provinciaux, répartie sur ses membres, sans aucune dépendance du Tiers État, ainsi qu'il a été pratiqué jusqu'ici dans la perception du don gratuit.

2° Que, sans prétendre à de nouvelles acquisitions, il soit permis de reconstituer les fonds remboursés aux hôpitaux, maisons de charité, fabriques ou autres fondations à acquitter dans les paroisses, sans quoi ces fonds, replacés sans titre légal, se perdront, les établissemens utiles et nécessaires tomberont sans aucun profit pour l'État[2].

3° Qu'il soit pourvu aux moyens de porter la portion congrue des curés à un taux suffisant pour l'honnête nécessaire qui, dans les circonstances actuelles, ne peut guère être au-dessous de douze cent francs, dans les campagnes mêmes[3].

Le présent cahier, cotté et paraphé, *ne varietur,* contenant trois pages et demi in-folio d'écriture de la même main, sans rature, a été rédigé et arrêté par nous, commissaires soussignés, ce jourd'hui, 22 du mois de mars 1789.

Suivent les signatures :

    J. Guillot, curé de Blâmont;
    L'abbé de Laugier;   .
    Uriot, curé de Frémonville.

Et, après lecture faite dans l'assemblée du 23, a été approuvé et signé par ceux qui s'y sont trouvés :

    J. Laurent, curé de Vardenal;
    N. Laforge, curé d'Autrepierre;
    Rondeau, curé de Remoncourt;
    Le Paige, curé de Xousse;
    Ména, curé de Foulcrey;
    Lacour, curé d'Amenoncourt;
    J. Guise, curé de Gogney;
    Garry, curé de Repaix, secrétaire.

1. Voir plus haut, chap. II, § I, cahier du clergé de Nancy, III, art. 19, et la note.
2. Le sens est celui-ci : que les établissements dont il est question puissent replacer les fonds qui leur seront remboursés sans qu'on prétende assimiler ces replacements de fonds à des acquisitions proprement dites, sujettes comme telles aux droits d'amortissement. Voir plus haut, chap. II, § I, cahier du clergé de Nancy, III, art. 16, et la note.
3. *Ibidem,* art. 22, et la première note.

Le cahier ainsi rédigé fut remis au député que le clergé du bailliage avait désigné quelques jours auparavant pour le représenter à l'assemblée de réduction. A Blâmont, en effet, on n'avait pas attendu que la rédaction des vœux et doléances fût terminée, comme cela se faisait ordinairement, pour procéder à l'élection. Le 16 mars, dès la première réunion générale, alors que les représentants des trois ordres se trouvaient tous réunis et pour éviter les frais qu'aurait occasionnés à beaucoup un séjour prolongé au chef-lieu, on avait décidé de nommer les députés immédiatement après les commissaires rédacteurs du cahier. Le bailliage de Blâmont ne devant envoyer à Nancy qu'une seule députation, aux termes du règlement du 7 février, le clergé n'eut à élire qu'un député. Ce fut le curé de Foulcrey, M. Ména [1], qui emporta la majorité des suffrages, non toutefois, dans ce bailliage encore, sans qu'il y ait eu lutte entre les deux fractions de l'ordre ecclésiastique, clergé régulier et clergé séculier. Les Chanoines réguliers, qui dominaient en cette partie de la province, auraient voulu faire nommer député leur général, le R. P. Joseph de Saintignon [2]. Ils disposaient d'un nombre de voix assez considérable et tout semblait leur assurer le succès. « Les Chanoines réguliers ont fait l'impossible pour faire nommer député le R. P. Joseph de Saintignon, leur général, nous rapporte Chatrian dans son Journal ; outre le nombre des curés qu'ils avaient, le P. Prieur de Domêvre y a assisté comme député de la maison ; le P. Procureur y a assisté comme représentant le R. P. Abbé, le R. P. curé claustral de Domêvre y a figuré ; le P. Procureur a prétendu pouvoir donner à son général sa voix, quoi-

1. Joseph Ména, né le 25 juin 1740, à Fraquelfing, d'abord vicaire puis curé à Foulcrey, mort curé de Cirey, le 12 août 1807.

2. Joseph de Saintignon, né en 1716, après avoir suivi quelque temps la carrière des armes, avait fait profession en 1737 dans la congrégation des Chanoines réguliers de Notre-Sauveur, de la réforme de S. P. Fourier. Procureur général de la congrégation en 1759, il avait été élevé à la dignité d'abbé de Domêvre et de général de l'ordre en 1772. Il mourut à Domêvre en 1795. Voir sur lui Rogie, *Histoire du B. P. Fourier*, t. III, p. 499-500, et Chatton, *Histoire de l'abbaye de Saint-Sauveur et de Domêvre*, p. 204 et suiv.

qu'il fût son commettant [1]. » Bref, la lutte semble avoir été des plus vives : au premier tour de scrutin, le P. de Saintignon eut 13 voix et le curé de Foulcrey 14. Les Foreriens (c'est ainsi que Chatrian appelle souvent les Chanoines réguliers, du nom de leur réformateur, Pierre Fourier) ayant prétendu sans doute l'élection entachée de quelque vice, on dut procéder successivement à un deuxième, puis à un troisième tour de scrutin, mais finalement la victoire resta quand même au clergé séculier : le curé de Foulcrey eut 16 voix contre 15 accordées au général des Chanoines réguliers, et « malgré les moines il fut déclaré député [2] ».

C'est à lui en conséquence que fut confié, scellé et cacheté comme nous l'avons dit, le lundi 23 mars, le cahier des doléances du clergé du bailliage, pour être remis ainsi clos aux députés définitifs qui devaient être choisis à Nancy, « avec injonction à mondit sieur Ména de signer les pleins pouvoirs des députés aux États généraux, conformément aux instructions contenues dans le dit cahier et non autrement ». Il était porteur aussi d'une motion particulière qui avait été proposée, lue et consentie au dernier moment [3], après la fermeture du cahier, et par laquelle le clergé de Blâmont exprimait le vœu que l'on établît à Nancy un bureau de correspondance avec les États généraux [4].

1. Chatrian, *Calendrier hist. et eccl. du diocèse de Nancy pour 1789*, p. 80.

2. Le député de la noblesse pour le bailliage de Blâmont fut M. Marie-Joseph de Bussène, et ceux du Tiers, MM. Louis Fromental, lieutenant général, et François Gérard fils, laboureur à Barbas. (Arch. nat., B. III, 98 et C 21, l. 110.)

3. Au dernier moment également, avant de se séparer, l'assemblée avait donné acte à M. Lacour, curé d'Amenoncourt, d'une protestation déposée par lui « contre tout ce qui pourrait se faire de contraire aux priviléges de l'ordre de Malte dont son bénéfice dépend ». Des lois de 1768 et de 1786, en effet, avaient accordé certains priviléges à l'ordre de Malte et le clergé séculier en réclamait l'abrogation ; voir en particulier le cahier du clergé du bailliage de Verdun, article 14, t. VI des *Arch. parlem.*, p. 128.

4. On trouve encore aux *Archives nationales* (série B III, 93), dans le registre de la collection Camus qui renferme les copies des procès-verbaux et autres documents relatifs aux élections du bailliage de Blâmont, une intéressante réponse de Necker au pasteur Georges Kilg, qui avait réclamé pour les protestants de Blamont et des autres terres voisines de Clémont, du Chatelot et de Héricourt, le droit de prendre

§ IV

Bailliage de Rosières-aux-Salines [1].

L'histoire des opérations électorales dans le bailliage de Rosières nous offre un spectacle tout à fait différent. Tandis que presque partout ailleurs, à Nancy, à Lunéville, à Blâmont, à Nomeny, à Vézelise, les trois ordres procédaient séparément tant aux élections des députés qu'à la rédaction des cahiers, à Rosières tout se faisait en commun [2]. Le 16 mars, à la suite de la convocation d'usage adressée par le lieutenant général, Jean-Bazile Pitoux, en l'absence du marquis d'Amezaga, bailli d'épée, les trois ordres s'étaient réunis, à 8 heures du matin, en l'église des Cordeliers [3].

Étaient présents ou représentés, dans l'ordre du clergé : MM. de la Fare, évêque-primat de Nancy, en sa qualité de seigneur du Nouveau-Lieu, représenté par un fondé de pou-

part aux opérations électorales. Mais c'est par erreur que le copiste a transcrit cette pièce à cette place ; car il s'agit dans ce document, non pas de notre Blâmont, mais de la localité de même nom, canton d'Hérimoncourt, département du Doubs.

1. Rosières-aux-Salines, aujourd'hui gros bourg de 2,392 habitants, canton de Saint-Nicolas, arrondissement de Nancy, était alors le siège d'un bailliage créé en 1751 et composé du bailli, d'un lieutenant général, d'un lieutenant particulier assesseur, de deux conseillers, d'un avocat procureur du roi et d'un greffier. Au spirituel, les communautés de ce bailliage relevaient toutes du diocèse de Nancy. Cf. Durival, *Description de la Lorraine*, t. II, p. 101.

2. Cf. *Procès-verbaux de l'assemblée générale des trois ordres du bailliage de Rosières* aux Archives de Meurthe-et-Moselle, fonds de la cour d'appel non encore inventorié (original) et à la bibliothèque du séminaire de Nancy (copie collationnée sur l'original).

3. Il arriva plus d'une fois que, faute d'autre local suffisant, les réunions électorales eurent lieu dans les églises. A Vézelise, par exemple, les trois ordres se réunissent dans l'église des Capucins ; de même le Tiers, à Bar-le-Duc, dans l'église Saint-Maxe ; de même encore à Pont-à-Mousson, à Neufchâteau, etc. Chatrian, dans son Journal, s'en plaint en termes assez vifs : « On vient d'inaugurer à Nancy, Lunéville, Pont-à-Mousson et autres villes de Lorraine, de tenir les assemblées primaires du Tiers-État dans les églises : idée malheureuse qui a converti nos temples en corps de garde et a accoutumé le petit peuple à les regarder moins comme la demeure même de la divinité que comme des salles de spectacle. » (*Calendrier hist. et eccl. pour 1789*, p. 64.) A Rosières, les Cordeliers perçurent, « pour avoir prêté leur église », 46 livres 10 sols. (Note marginale du procès-verbal de l'assemblée, Arch. de Meurthe-et-Moselle, fonds de la cour d'appel.)

voirs, M. Vouzeau, prêtre administrateur de cette communauté, lequel, comparaissant aussi pour lui-même, se trouvait·ainsi disposer de deux voix; le chevalier de Boufflers, en sa qualité d'abbé de Belchamp¹, qui était venu en personne; Lanty, prévôt de la collégiale d'Haussonville et député de son chapitre; de Seichamps, chanoine et grand chantre de la cathédrale de Saint-Dié, en sa qualité de titulaire de la chapelle de Saint-Gérard de la paroisse de Sommerviller, représenté par le prieur des Bénédictins de Rosières, dom Chomier, qui comparaissait aussi pour son monastère, ainsi que pour le curé de Landécourt, Jean Guyot, et pour M. Lacoste, prieur du même lieu²; Gaudry, curé de Barbonville, tant en son nom que comme procureur de Dominique Villard, curé de Saint-Mard; Desprez, chanoine régulier et curé de Damelevières, pour lui et pour les curés de Blainville et de Méhoncourt; Lamoyse, curé de Dombasle, pour lui-même ainsi que pour le curé de Sommerviller et pour l'abbé Charlot, titulaire d'une chapelle de sa paroisse; le P. Quentin Poinsot, sous-prieur de la maison des Dominicains de Blainville, comme député de cette communauté en même temps que comme procureur de M. Jadot, curé de Mont-sur-Meurthe; George, chapelain de la chapelle castrale de Dombasle; Bailly, chanoine et curé d'Haussonville, qui comparaissait aussi pour M. Raiguinot, curé de Lorey; Harmand de Bénaménil, curé de Rosières; Stouvenel, curé de Saffais; Antoine, vicaire résident à Vigneulles; Jean Drand, prieur de l'abbaye de Belchamp, en qualité de député de cette maison et comme pro-

1. Le chevalier de Boufflers, bailli d'épée du bailliage royal et présidial de Nancy, que nous avons déjà vu prendre part aux opérations électorales de ce bailliage (cf. ci-dessus, chap. II, § I), fit aussi partie de l'assemblée électorale de Rosières, non plus comme membre de la noblesse, mais en sa qualité d'abbé commendataire de Belchamp; c'est ce qui nous explique pourquoi il figure ici dans les rangs du clergé. Comme les deux assemblées de Nancy et de Rosières n'avaient pas lieu le même jour, il put prendre part aux deux en personne.

2. Dom Chomier se trouvait ainsi disposer au total de quatre voix. Il est vrai que l'article 21 du règlement du 24 janvier portait expressément qu'aucun fondé de pouvoirs ne pourrait disposer de plus de deux voix en dehors de son suffrage personnel. Nous ignorons si le règlement fut appliqué ici à la lettre.

cureur des deux curés de Brémoncourt et de Clayeures ; Joseph Alba, chanoine régulier et curé de Belchamp, tant pour lui que comme procureur du curé d'Einvaux, M. Poirson, et d'un chapelain de cette paroisse, M. Richard ; Mas, prêtre et docteur en théologie, curé de Bayon, tant pour lui que comme procureur de Nicolas Bourgeois, titulaire de la chapelle Sainte-Catherine, Saint-Côme et Saint-Damien, en la paroisse de Rosières ; Lapierre, curé de Froville, tant pour lui que comme procureur de M. Charles, prieur de Froville ; le P. Sigisbert Collardel, vicaire et procureur de la maison des Tiercelins de Bayon, tant comme député de sa maison que comme procureur du curé de Virecourt ; Desjardin, de la communauté des Enfants prêtres de Rosières et représentant cette communauté ; Antoine, curé de Rozelieures, tant pour lui que comme procureur de Nicolas Deltry, titulaire de la chapelle Saint-Matthieu de sa paroisse ; François Gauthier, curé de Tonnoy, tant pour lui que comme procureur de MM. Gauthier et Sauxerotte, tous deux titulaires de chapelles dans sa paroisse ; enfin, un autre chapelain de Rosières, Joseph-René Mengeot. On avait ensuite donné défaut contre les absents, en particulier, nous dit le procès-verbal, « contre Messieurs : l'évêque de Toul, d'Hannonville, les chanoines réguliers de Nancy, les sieurs abbés Vannier, Cuny, Paquel, Virriot, chapelains, les chanoines de la cathédrale de Nancy, Tissier, chapelain, Montauban, Dombrot, Gillot, Joly, Maigret, Raybois, Raydot, le grand doyen de Saint-Diez, abbé André, chapelain, et les dames de Remiremont », qui n'avaient répondu ni en personne, ni par procureurs fondés de pouvoirs, aux assignations personnelles qui leur avaient été adressées.

Après toutes ces formalités et autres cérémonies préliminaires d'usage, appel nominal, vérification des pouvoirs, prestation de serment, etc., le lieutenant général avait assigné à chacun des trois ordres un local distinct où il pourrait se retirer pour délibérer, avant tout, sur la question de savoir si la rédaction aussi bien que les opérations électorales seraient faites en commun. La noblesse devait se rendre pour cette délibération à l'auditoire du bailliage; le Tiers resta dans l'église où l'on se trouvait réuni ; quant au clergé, il se transporta à l'hôtel de ville.

Quelques heures après, à trois heures de l'après-midi, le Tiers se trouvait assemblé à nouveau dans l'église des Cordeliers, sous la présidence du lieutenant général, quand arrivèrent successivement le secrétaire de la chambre de la noblesse et celui du clergé, apportant une délibération par laquelle chacun des deux premiers ordres consentait à se réunir au Tiers pour procéder ensemble aux différentes opérations. Le Tiers à son tour, après avoir examiné s'il était de son intérêt d'accepter les propositions des ordres privilégiés, décida à l'unanimité de se rallier à leur vœu, et c'est ainsi qu'il fut résolu que les élections seraient faites en commun et qu'un cahier unique serait rédigé par le bailliage. Chacun des trois ordres, au reste, devait être représenté dans la commission de rédaction. Des douze membres qui la composeraient, trois devaient être pris au sein du clergé, trois parmi la noblesse, les six autres dans les rangs du Tiers. Messieurs du clergé et de la noblesse étant venus se joindre au Tiers, on procéda immédiatement, par acclamation, à l'élection des commissaires : le chevalier de Boufflers, abbé de Belchamp, le chanoine Nicolas Bailly, curé d'Haussonville et le curé de Froville, François Lapierre, furent choisis pour représenter le clergé. Jean-Joseph de Bouvron, écuyer, chevalier de Saint-Louis et capitaine de cavalerie, le baron Marie-Louis-François de Sandoncq, qui assistait à l'assemblée en qualité de seigneur du fief de la Crayère, et M. Charles-Gabriel Renaud, baron de Châtillon, représentaient la noblesse. Enfin, MM. Pitoux, lieutenant général du bailliage, Thiéry, lieutenant particulier, Chanot, avocat au Parlement, exerçant à Rosières, tous trois députés de Rosières ; Drouot, avocat et procureur fiscal, député de Bayon ; Lambert, avocat au Parlement, député de

Velle, et Grandmengin, propriétaire, député de Dombasle, furent les élus du Tiers [1].

Les commissaires rédacteurs ayant demandé jusqu'au 19 mars au soir pour achever leur travail, l'assemblée s'ajourna en conséquence au vendredi 20, à huit heures du matin. Cette séance devait être la dernière de l'assemblée du bailliage : on y arrêterait définitivement le cahier collectif des doléances et l'on y procéderait à l'élection des députés.

A cette date, les trois ordres se trouvant réunis à l'heure convenue en l'église des Cordeliers, le greffier en chef, M. Thiéry, donna lecture du cahier, qui fut « unanimement accepté », s'il faut en croire la relation du procès-verbal [2], puis coté et paraphé « *ne varietur* ». On procéda ensuite, suivant les formes habituelles, à l'élection des députés [3] qui le

1. Les cas de rédaction et d'élection en commun furent l'exception. Presque toujours, les trois ordres préférèrent travailler séparément ; ce qui s'explique sans peine, du reste, les revendications de l'un pouvant différer parfois des revendications des autres. De plus, étant donné le peu de temps dont on disposait, ce mode de procéder isolément devait être généralement plus expéditif, plus simple et conséquemment plus pratique. En fait d'exception à la règle générale, je ne vois guère à signaler en Lorraine, en dehors de Rosières, que les bailliages de Fénétrange, de Villers-la-Montagne et du Bassigny-Barrois. A Longuyon, les trois ordres font précéder leurs cahiers particuliers de trois vœux communs. A Bruyères, le clergé se réunit au Tiers, et malgré le refus de la noblesse de se joindre à eux, ils rédigent leurs cahiers en commun. A Lixheim, ce sont les deux premiers ordres, clergé et noblesse, qui nous offrent le spectacle d'une union semblable. A Thiaucourt, le clergé était disposé à travailler en commun avec les deux autres ordres, mais la noblesse ayant refusé, chacun procéda séparément. Remarquons bien d'ailleurs que même là où les trois ordres travaillent isolément, il n'en règne pas moins souvent entre eux une harmonie assez curieuse d'idées, de sentiments et d'aspirations. A Boulay, par exemple, ils se communiquent leurs cahiers respectifs pour les rendre uniformes. A Nomeny, dans son dernier article, le clergé déclare « se joindre aux deux autres ordres dans les demandes énoncées dans leurs divers cahiers auxquelles ils déclarent adhérer ». (Voir plus bas, chap. II, § VI.) A Nancy encore, les trois ordres ne pouvant travailler ensemble décident que leurs commissaires respectifs se concerteront pour les objets d'intérêt commun. (Voir plus haut, chap. II, § I, p. 52.)

2. Deux religieux cependant, le dominicain Poinsot et le bénédictin Chomier, accompagnent leur signature au procès-verbal d'une réserve ainsi formulée : « Sans préjudice à nos droits touchant la juridiction de MM. les évêques. » Cf. *Procès-verbal de la réunion des trois ordres du bailliage de Rosières*, Arch. de Meurthe-et-Moselle, fonds de la cour d'appel.

3. Cette nomination des députés fut faite également en commun. L'article 43 du règlement du 24 janvier, en effet, semblait insinuer que quand le cahier serait rédigé en commun les élections devraient se faire aussi de même. Il n'en fut pas cependant toujours ainsi. A Villers-la-Montagne, par exemple, la rédaction du cahier terminée, le bailli crut préférable de laisser chaque ordre procéder séparément à la nomination de ses députés. Cf. Arch. nat., B III, 93, p. 859.

porteraient à Nancy et prendraient part à l'élection définitive. Le choix de l'assemblée se porta sur M. Alexis Lamoyse[1], curé de Dombasle, pour le clergé, sur le baron de Châtillon, pour la noblesse, enfin sur MM. Pitoux et Thiéry, pour le Tiers[2].

Nous ne donnons pas ici ce cahier des trois ordres du bailliage de Rosières, pour une double raison : d'abord parce qu'il a été imprimé dès 1789[3], ensuite parce que MM. Mavidal et Laurent l'ont reproduit dans les *Archives parlementaires*[4]. Nous tenons à signaler, toutefois, puisque l'occasion s'en présente, une erreur grave qui s'est glissée dans cette dernière

---

1. Alexis-Romaric Lamoyse, né à Nancy vers 1740, avait été successivement vicaire à Uxegney, puis chapelain, sous-chantre et vicaire perpétuel à la cathédrale primatiale, administrateur de la Renfermerie à Nancy, enfin curé de Dombasle en décembre 1782.

2. Fait assez curieux à noter et que nous avons déjà eu l'occasion de signaler pour Lunéville : dans le procès-verbal de l'assemblée de Rosières, il n'est nullement question de l'assemblée de réduction qui doit se tenir à Nancy et à laquelle doivent se rendre les députés choisis par les différents ordres. Bien plus, l'acte est rédigé de façon à laisser croire que ces députés sont les députés mêmes qui devront aller en personne aux États généraux à Versailles ; leurs pouvoirs leur sont également donnés dans ce sens : « En conséquence, lisons-nous, en effet, à la fin de ce procès-verbal, nous, membres de l'assemblée des trois ordres réunis, reconnaissons et déclarons qu'on doit reconnaître lesdits sieurs cy-dessus dénommés pour nos députés, leur mandons et enjoignons de proposer toutes nos demandes, article par article, à nos seigneurs les États généraux du royaume, de les soutenir avec tout le zèle et la fermeté que l'on doit à la deffense de la bonne cause, leur défendons d'accéder ou consentir à aucun impôt, emprunt ou autre édit bursal, qu'il n'ait été fait droit sur les dits articles, leur permettons néanmoins d'accorder un secours provisoire tel qu'il sera jugé nécessaire par l'assemblée pour ne point interrompre le cours de l'administration du royaume, pendant trois mois à dater du jour de l'ouverture de l'assemblée des États généraux et non au delà, auxquelles conditions très expresses nous leur avons conféré et conférons les pouvoirs de proposer, remontrer, aviser et consentir tout ce qui peut concerner les besoins de l'État, la réforme des abus, l'établissement d'un ordre fixe et durable dans toutes les parties de l'administration, la prospérité générale du royaume, le bien de tous et chacun des sujets du roy, ce que les dits députés ont accepté et ont signé, les trois ordres présents, après avoir prêté le serment de s'aquiter fidèlement de leurs fonctions ; et arrêté que le présent procès-verbal sera déposé au greffe de notre siège, et trois copies collationnées d'icelui ensemble du cahier général du bailliage remises aux dits sieurs députés pour être par eux déposées au secrétariat de leur ordre aux États généraux. »

3. *Cahier de doléances et remontrances des trois ordres réunis du bailliage royal de Rozières*, 20 p., in-4, s. l. n. d. Voir l'original manuscrit aux Arch. de Meurthe-et-Moselle, fonds de la cour d'appel. Tous les articles de l'imprimé s'y retrouvent. Il n'y a de changé que l'ordre de succession, qui est entièrement différent.

4. *Archives parlementaires*, t. IV, p. 91.

publication. Une confusion regrettable a été faite entre le cahier des trois ordres de Rosières et le cahier de la noblesse de Nomeny [1]. Ainsi, pour ce qui est du cahier de Rosières, le titre donné par MM. Mavidal et Laurent est exact, de même que le préambule et les dix premiers articles. Mais du onzième article jusqu'à la fin du cahier, c'est-à-dire jusqu'au dix-septième article, y compris les signatures qui suivent, ce que les *Archives parlementaires* donnent comme doléances de Ro-sières, c'est-à-dire les sept derniers articles et les signatures, appartient en réalité au cahier de Nomeny [2]. Par contre, pour le cahier de Nomeny, après avoir reproduit exactement la pre-mière partie (titre, préambule et dix premiers articles), les *Archives parlementaires* ajoutent quarante-trois autres arti-cles qui sont en réalité les quarante-trois derniers articles du cahier de Rosières. Les signatures qui suivent appartiennent également aux trois ordres du bailliage de Rosières; il n'y a aucun doute possible à cet égard. Ainsi, en résumé, à partir de l'article onzième de chaque cahier, il y a eu transposition : il faut reporter au cahier de la noblesse de Nomeny toute la deuxième partie du cahier des trois ordres de Rosières et réci-proquement. Peut-être l'erreur et la confusion sont-elles im-putables aux manuscrits des Archives nationales consultés par les auteurs de la publication, qui auraient eu à leur dis-position, non pas les originaux de ces cahiers, ni même les exemplaires imprimés en 1789, mais des copies défectueuses [3]. Quoi qu'il en soit, l'erreur et la confusion sont certaines, et il pouvait n'être pas inutile de les signaler [4].

1. *Archives parlementaires*, t. IV, p. 87.

2. Nous trouvons, par exemple, parmi ces signatures, celles du comte de Coyvillers, du baron de Mahuet, du comte François de Toustain de Viray, de M. Fourier de Bacourt, etc., qui appartenaient certainement au bailliage de Nomeny.

3. Nous avons constaté cependant qu'une des copies tout au moins des *Archives nationales* (B III, 93, p. 579 et suiv.) est exacte.

4. J'ajoute, pour rectifier encore certaines erreurs de détail, que l'auteur de la co-pie du cahier de Rosières consultée par MM. Mavidal et Laurent aux Archives natio-nales a dû prendre cette copie, non sur l'original manuscrit, mais sur un exemplaire imprimé et non corrigé. Dans le texte imprimé, en effet, il s'était glissé plusieurs

§ V

Bailliage de Vézelise[1].

Les opérations électorales du bailliage de Vézelise ne présentèrent aucune particularité digne d'intérêt. Une première réunion plénière des trois ordres, convoquée par le comte d'Ourches, bailli d'épée du siège de Vézelise, s'était tenue sous sa présidence, le 16 mars, en l'église des Capucins[2]. Puis, après la vérification des pouvoirs et la prestation du serment, les trois ordres s'étant séparés, le clergé, tant régulier que séculier, présidé par M. Houillon, curé de Crépey et échevin du doyenné de Saintois, avait pris à l'unanimité la résolution de travailler séparément[3]. Une députation avait été envoyée au bailli pour lui en donner avis, et, à son retour, on avait procédé immédiatement à la nomination de la commission de

fautes d'impression qui sont reproduites dans l'édition des *Archives parlementaires.* Ces fautes d'impression sont d'ailleurs sans grande importance. Article 13, au lieu de « brûler lesdites forêts », il faut corriger et lire « briber ». Article 32, au lieu de « casuel », il faut lire « casuel-casuel ». Enfin, article 33, ligne 3, au lieu de « pour », il faut mettre « par ». Je tire moi-même ces corrections d'un exemplaire imprimé qui appartient à la bibliothèque du grand séminaire de Nancy, et qui a été collationné sur le manuscrit original et corrigé par le lieutenant général du bailliage de Rosières et son greffier, le 1er avril 1789, avec approbation des surcharges et additions que je viens d'indiquer. Même dans cet exemplaire, du reste, toutes les fautes n'ont pas été corrigées ; parmi les signatures, notamment, au lieu de « Le chev. de Boufflers, bailli ; Cha, curé d'Haussonville », il est de toute évidence qu'il faut lire « Le chev. de Boufflers ; Bailly, chanoine, curé d'Haussonville ». Les *Archives parlementaires* (tome IV, p. 91) n'ont pas fait non plus cette correction.

1. Vézelise, aujourd'hui gros bourg de 1,370 habitants, chef-lieu de canton de l'arrondissement de Nancy, département de Meurthe-et-Moselle, était en 1789 le siège d'un bailliage assez important composé du bailli, d'un lieutenant général, d'un lieutenant particulier, d'un assesseur, de trois conseillers, d'un avocat du roi, d'un procureur du roi, d'un greffier en chef et d'un greffier-commis. Au spirituel, les communautés de ce bailliage appartenaient pour la plupart au diocèse de Toul ; quelques-unes cependant faisaient partie du diocèse de Nancy. Cf. Durival, *Description de la Lorraine,* t. II, p. 111.

2. Il y avait à Vézelise un couvent de Capucins depuis 1633.

3. Nous renvoyons à la fin de ce travail, *Note XIV,* la liste des ecclésiastiques présents ou représentés à l'assemblée, trop longue pour être insérée ici.

rédaction, qui se trouva composée de MM. Thiébaut, curé de Dommarie ; Voiart, curé de Sion et de Praye ; Lenfant, curé de Favières ; Chaupoulot, curé de Thelod ; Baraban, curé de Saint-Firmin et Affracourt, et Gantrelle, vicaire de Lemainville, auxquels MM. Lenoir, curé de Ceintrey, et Bailly, curé de Saint-Remimont, furent priés de s'adjoindre [1].

Les commissaires se mirent immédiatement à l'œuvre. Leur travail avait été sans doute préparé à l'avance, car dès le lendemain, 17 mars, le cahier était arrêté dans sa forme définitive, rédigé par l'abbé Nicolas, curé de Tantonville, secrétaire de l'assemblée, et signé par le président, le secrétaire et les commissaires [2].

Voici les trente-cinq articles qui le composent. Ils ne sont pas groupés sous des titres distincts comme dans les cahiers que nous avons étudiés précédemment, et ils se suivent presque sans ordre. La dernière partie du cahier, d'autre part, trahit une rédaction précipitée et hâtive. Ce n'est guère qu'un sommaire sans explication ni développement. Il faut chercher vraisemblablement la cause de cette précipitation dans le peu de temps dont avaient disposé les rédacteurs.

1. Arch. nat., B III, 93, p. 621. Il semble que primitivement la commission de rédaction n'ait été composée que des six premiers membres énumérés ici. Pourquoi leur adjoignit-on ensuite MM. Bailly et Lenoir ? Nous ne saurions le dire d'une façon certaine. Les communautés qui constituaient le ressort du bailliage de Vézelise appartenaient en partie au diocèse de Toul, en partie au diocèse de Nancy. Or, des six premiers commissaires nommés, cinq étaient du diocèse de Toul ; un seul, le vicaire de Lemainville, annexe de Voinémont, appartenait au diocèse de Nancy. D'autre part, les deux membres qui leur sont adjoints étaient également du diocèse de Nancy : d'où l'on peut supposer peut-être que ce fut à la suite d'une réclamation des ecclésiastiques de Nancy, qui ne se trouvaient pas représentés en proportion suffisante au sein de la commission de rédaction, que l'adjonction des curés de Saint-Remimont et de Ceintrey fut décidée.

2. M. Barroy, curé de Xirocourt, signe également, comme nous le verrons ; j'ignore à quel titre.

*Cahier des Doléances, Plaintes et Remontrances que porte aux pieds du Trône,
dans l'assemblée des États généraux fixés par Sa Majesté au vingt-sept
d'avril[1] prochain, le clergé séculier et régulier vivant sous le ressort du
bailliage de Vézelise, où il s'est assemblé cejourd'hui seize mars mil sept
cent quatre-vingt neuf, en vertu des lettres du Roi données à Versailles,
le 7 février dernier, pour la convocation et assemblée des dits États généraux, des règlements y joints, et de l'ordonnance de M. le comte d'Ourches, bailli d'épée de ce siège, le dit cahier rédigé par MM. les curés de
Dommarie, de Praye, de Thelod, de Favières, de Saint-Firmin et M. le
vicaire de Lemainville, commissaires nommés à cet effet par la dite assemblée, présidée par M. François-Antoine Houillon, curé de Crépey et échevin de Saintois, auxquels commissaires MM. les curés de Ceintrey et de
Saint-Remimont ont été priés de se joindre.*

Art. 1er. — Les ecclésiastiques séculiers et réguliers du dit bailliage
de Vézelise, voulant seconder de tout leur pouvoir les vues bienfaisantes
de Sa Majesté et le zèle dont elle paroît animée pour la régénération de
l'État et sa prospérité, déclarent qu'ils verront avec plaisir disparoître les
privilèges et exemptions pécuniaires dont leurs biens ont joui jusqu'à présent ; qu'ils consentent de supporter dans une parfaite égalité, en proportion
du revenu de leurs bénéfices, charges déduites, les contributions générales
de la Province, et que son état ne lui permettant pas de se soumettre à la
taille personnelle, il réunira ses efforts à ceux de la noblesse pour demander
un impôt qui affecte également les possessions mobiliaires et immobiliaires
des Trois Ordres ; trop heureux ! si ces sacrifices peuvent ramener et
cimenter entre eux la paix et l'union qui sont les seules bases de la félicité publique.

Art. 2. — L'établissement d'un ordre fixe et durable dans toutes les parties de l'administration pouvant seul procurer la prospérité générale du
Royaume, S. M. sera très instamment suppliée de fixer le retour périodique et régulier des États généraux, pour prendre en considération et
examiner la situation des finances, l'emploi des subsides accordés pendant
la tenue précédente, en décider la continuation ou la suppression, pour
empêcher que les abus ne s'introduisent de nouveau dans le gouvernement,
et que les ressorts de la machine politique ne se relâchent de nouveau.

Art. 3. — Les députés aux États généraux ne pourront voter l'impôt
qu'après avoir fixé la constitution de l'État et vérifié ce qui peut être relatif aux réformes et améliorations.

Art. 4. — Ils demanderont le rétablissement des États provinciaux orga-

1. En réalité, l'ouverture ne devait avoir lieu que le 4 mai.

nisés sur le modèle des États généraux et auxquels le clergé soit représenté en nombre égal avec la noblesse, qui ayent tout pouvoir pour asseoir l'impôt et le percevoir, et, pour éviter toute espèce de frottement, ils demanderont que les assemblées municipales versent directement dans le coffre des États les sommes auxquelles leurs communautés seront imposées, et que du coffre des États elles soient versées au Trésor royal sans passer par les mains des agents du fisc.

Art. 5. — La suppression des receveurs généraux et particuliers des finances, de même que ceux des tailles, et la réunion de leurs caisses à celle des États de la province qui seroient tenus de payer à 4 p. 100 l'intérêt de leurs finances, jusqu'aux remboursements qui s'en feroient successivement.

Art. 6. — La liberté de chaque citoyen garantie par la loi, de manière qu'il ne puisse y être porté atteinte par des lettres de cachet. Si des causes majeures relatives à la personne sacrée du Roi et au bien de l'État exigeoient qu'un citoyen fût arrêté avant un décret, il sera rendu dans deux jours à ses juges naturels, et le dit tems passé, sans qu'il soit besoin d'autre ordre, celui en vertu duquel il aura été arrêté demeurera révoqué de plein droit et le détenu mis en liberté.

Art. 7. — La réduction de l'intérêt de l'argent à 4 p. 100 : ce moyen paroît le plus sûr pour la régénération de l'État. L'agriculture, les manufactures et le commerce qui languissent dans la plupart des provinces, et surtout en Lorraine, reprendroient une nouvelle vie et bientôt on auroit lieu de s'applaudir des heureux effets qu'on en ressentiroit.

Art. 8. — Ils offriront l'impôt qui sera jugé nécessaire par les États généraux et pour la durée qui sera fixée par eux, et ils demanderont qu'il soit également réparti sur toutes les propriétés territoriales du royaume, sans même en excepter les apanages des princes du sang ni les domaines de la couronne.

Art. 9. — Assujettir à l'impôt tout intérêt payé par l'État, soit pour rentes perpétuelles, soit pour rentes viagères, soit pour pensions et gages, le même que les capitaux des particuliers.

Art. 10. — Supprimer les salines de la Lorraine et demander l'introduction du sel de mer, le déclarer commerçable, de même que le tabac.

Art. 11. — Reculer les barrières jusqu'aux extrêmes frontières du royaume[1], supprimer, dans l'intérieur, les traites foraines, gabelles, droits

1. Voir ce que nous avons dit plus haut de cette question et des solutions fort diverses qui y étaient apportées (chap. II, § I, cahier de Nancy, II, art. 8 et la note). On le voit, le clergé de Vézelise, ici, se sépare nettement des clergés de Lunéville et de Blâmont, qui se prononcent contre le reculement des barrières, comme aussi du clergé de Nancy, qui hésite et demande une enquête plus complète.

d'aides..., et convertir leur produit en quelque contribution nouvelle, mais d'un recouvrement plus facile et moins dispendieux. Cette opération, en diminuant l'armée du fisc, rendroit un grand nombre de citoyens aux arts utiles et des bras aux campagnes.

Art. 12. — Diminuer le bénéfice énorme des administrateurs des postes, les appointements des intendants et ceux des grands gouvernements ; l'honneur a toujours été le principal mobile de la noblesse françoise, il n'est point de grand seigneur qui ne rougiroit de ne soutenir l'éclat de sa place qu'avec l'argent mouillé des larmes des malheureux, et qui ne fasse volontiers le sacrifice d'une partie de son luxe en faveur de l'intérêt général.

Art. 13. — Réformer la justice et demander qu'elle soit rendue d'une manière plus promte et moins coûteuse, et qu'il n'y ait que deux degrés de jurisdiction.

Art. 14. — Supprimer les huissiers-priseurs et vendeurs de meubles[1].

Art. 15. — Supprimer les maîtrises des eaux et forêts et des tribunaux d'exception, et réunir leur jurisdiction aux bailliages, sous la vigilance et l'inspection des États provinciaux.

Art. 16. — Réunir à la caisse des États provinciaux les revenus des abbayes et prieurés ci-devant donnés en commande, pour en faire des établissements pieux à la décharge de la Province.

Art. 17. — Demander que tout billet de prêt soit enregistré au greffe du domicile du prêteur dans la quinzaine après sa passation, sous peine de nullité.

Art. 18. — L'encouragement de l'agriculture.

Art. 19. — Suppression des gages du Parlement qui seront remplacés par des épices tariffées par une loi.

Art. 20. — L'examen et vérification des donations, échanges et concessions des domaines.

Art. 21. — La vérification des titres et des causes des pensions accordées.

Art. 22. — La suppression des haras de la Lorraine[2].

Art. 23. — Remontrer l'insuffisance de la portion congrue, surtout pour les vicaires résidents, qui ont les mêmes besoins que les autres pasteurs et souvent plus de charges[3].

Art. 24. — Contribution des décimateurs en commun aux pensions des vicaires, résidents et commensaux, jugés nécessaires par l'Ordinaire.

Art. 25. — Suppression de l'édit de 1768 concernant les dixmes novales[4] ;

1. Voir plus haut, chap. II, § I, cahier du clergé de Nancy, II, art. 9 et la note.
2. Voir plus haut, chap. II, § II, cahier du clergé de Lunéville, II, art. 19 et la note.
3. Voir plus haut, chap. II, § I, cahier du clergé de Nancy, III, art. 22 et la note.
4. Voir plus haut, chap. II, § I, cahier du clergé de Nancy, III, art. 28 et la note.

sinon, obliger les décimateurs de contribuer au soulagement des pauvres, qui tombent aux charges seules du curé, et à la décoration des églises.

Art. 26. — Rappeller à leur première institution les chapitres ennoblis, de manière que tous les ecclésiastiques puissent y être admis comme auparavant.

Art. 27. — Obtenir que les bulles pour bénéfices soient sous simples signatures, les expéditions sur plomb enlevant un argent considérable à la Province [1].

Art. 28. — Demander que le clergé lorrain demeure séparé du clergé françois, et qu'en cas de réunion, le clergé lorrain ne soit pas chargé de payer les dettes contractées par le clergé françois [2].

Art. 29. — La réforme des études publiques, de manière que l'enseignement des collèges soit plus soigné et les mœurs surveillées.

Art. 30. — Accorder aux gens de mainmorte la liberté de reconstituer leurs capitaux [3].

Art. 31. — Supprimer le tiers denier [4] dans les terreins engagés par les communautés pour servir à l'entretien des églises.

Art. 32. — Demander que les aliénations soient non seulement affichées au tableau des hypothèques, mais encore à la porte des églises où les biens sont situés, et consignées dans les greffes.

Art. 33. — Que la religion catholique continue à être la seule dominante dans le royaume et que S. M. sera très humblement suppliée d'arrêter les progrès de l'irréligion, qui a entraîné la ruine des mœurs, par les règlements que sa sagesse lui dictera ; qu'il ne sera rien accordé aux non-catholiques que ce qui suffit précisément pour constater leur état civil, et qu'en conséquence Sa Majesté voudra bien mettre les modifications demandées par le clergé de France, dans sa dernière assemblée, aux articles de son Édit concernant leurs baptêmes et leurs mariages [5].

---

1. *Ibid.*, III, art. 12.

2. *Ibid.*, III, art. 19.

3. *Ibid.*, III, art. 16.

4. Le tiers denier était un droit féodal qui consistait dans le prélèvement, par le seigneur, du tiers de tous les biens ou profits communaux qui se vendaient.

5. Voir plus haut, chap. II, § I, cahier du clergé de Nancy, III, art. 8. L'édit de 1787, qui assurait aux non-catholiques un état civil, avait été, nous l'avons vu, de la part du clergé de France, en 1788, l'objet de remontrances très vives. Pour ce qui concerne les mariages des protestants, tout d'abord, le clergé se plaignait en termes respectueux, mais pleins d'amertume, du concours actif qu'on lui demandait de prêter à leur célébration : « Que Votre Majesté... ait ordonné que leur union contractée devant le juge séculier jouirait de tous les effets civils du mariage des catholiques, tant par rapport aux enfants qu'à leurs pères, mères et autres parties intéressées, le clergé respecterait en silence les raisons d'État qui auraient amené un si grand changement dans la législation française. Mais le plan adopté par la nouvelle

Art. 34. — Suppression des sauve-gardes.

Art. 35. — L'ordre du clergé a cru devoir terminer son cahier en présentant à Sa Majesté l'état déplorable des peuples, des enfans, des pères de famille, couverts de haillons, épuisés par la famine, se soutenant à peine, et conséquemment hors d'état de servir la patrie, voilà l'affreux tableau qui se présente partout dans nos campagnes, et que notre zèle nous sollicite d'offrir aux yeux du Monarque et de la Nation.

Fait et arrêté par les commissaires ci-dessus nommés, au dit lieu de Vézelise, le dix-sept mars mil sept cent quatre-vingt-neuf, par suite d'opérations.

Suivent les signatures :

Houillon, curé de Crépey, président;
Lenoir, curé de Ceintrey;
Gantrelle, vicaire de Lemainville;
Lenfant, curé de Favières;
Chaupoulot, curé de Thelod;
J.-N. Barroy, curé de Xirocourt;
Thiébaut, curé de Dommarie;
J. Bailly, curé de Saint-Remimont;
C. Baraban, curé de Saint-Firmin et Affracourt;
Voiart, curé de Sion et de Praye;
Nicolas, curé de Tantonville, secrétaire.

Puis, de la main de M. Houillon :

Le présent cahier contient cinq pages roiées, par nous cottées et parafées, et trois autres pages restées en blanc.

HOUILLON,
Curé de Crépey, *président.*

loi commande à notre ministère de se faire entendre. C'est sans avoir consulté le Souverain Pontife ni les évêques de France... que tous les curés du royaume ont été désignés pour, concurremment avec les magistrats, publier les bans des non-catholiques, les marier dans une forme purement civile, avec obligation de déclarer expressément et par acte public, aux parties contractantes, qu'elles sont unies en légitime mariage... » Et plus loin, donnant une forme précise à son vœu, le clergé ajoutait: « Nous supplions Votre Majesté d'approuver que les curés, vicaires et autres ecclésiastiques ne paraissent ni activement, ni passivement dans ces sortes d'actes... » Quant aux naissances provenant de ces mariages, elles devaient être constatées, aux termes de l'édit, soit par un acte de baptême, soit par une déclaration faite devant le juge. Le clergé de France s'était plaint, à ce propos, de ce que l'édit avait séparé sans nécessité la preuve de la naissance de celle du baptême. Cette disposition de la loi, disait-il, devait exposer beaucoup d'enfants à ne pas être baptisés et tendait à affaiblir dans les esprits la croyance à la nécessité absolue de cet acte fondamental du christianisme. Voir les *Remontrances du clergé de France, assemblé en 1788, au Roi, sur l'édit du mois de novembre 1787*, in-8°, 47 pages, et de Crousaz-Crétet, *l'Église et l'État au xviii* siècle*, pages 320 et 321.

Aussitôt après l'adoption des trente-cinq articles dont se composait ce cahier, on arrêta, dans les termes suivants, la formule des pouvoirs qui seraient donnés aux députés :

Instructions et pouvoirs à donner aux députés que le clergé du bailliage royal de Vézelise doit envoyer au bailliage d'arrondissement de Nancy et de là aux États généraux.

Le clergé du bailliage royal de Vézelise, ayant délibéré sur les pouvoirs à donner aux députés du dit ordre, a résolu unanimement qu'il s'en rapportoit à la probité, religion et délicatesse de ceux qu'il jugera dignes de sa confiance, et, en conséquence, il déclare accorder aux deux députés qui seront nommés pour les États généraux les pouvoirs les plus étendus, pour proposer, remontrer, aviser et consentir tout ce qui peut concerner les besoins de l'État, la réforme des abus, l'établissement d'un ordre fixe et durable dans toutes les parties de l'administration, et la prospérité générale du royaume.

Donné au dit Vézelise le dix-sept mars mil sept cent quatre-vingt-neuf[1].

On procéda ensuite aux élections. Aux termes du règlement du 7 février, le bailliage de Vézelise devait envoyer deux députations à l'assemblée de Nancy, soit deux députés pour chacun des ordres privilégiés et quatre pour le Tiers. Le choix du clergé se porta, sans grande contestation, à ce qu'il semble, sur François-Antoine Houillon[2], curé de Crépey, celui-là même qui avait présidé la chambre ecclésiastique, et François Nicolas[3], curé de Tantonville, le futur évêque constitutionnel

---

1. D'après une copie collationnée sur la minute même et certifiée conforme par le greffier-commis du bailliage, J.-B. Contal (manuscrit du séminaire de Nancy).

2. François-Antoine Houillon, né à Croismare en 1730, successivement vicaire à Brouville, curé à Sainte-Pôle, puis à Crépey (1761) et échevin du doyenné de Saintois (1780), devait être élu député suppléant par l'assemblée de réduction de Nancy, le 6 avril (voir plus bas, chap. III, p. 148). Il mourut en août 1804.

3. François Nicolas, né à Épinal le 16 septembre 1742, d'une famille de bourgeois aisés, avait été successivement vicaire à Gigney, régent de seconde au séminaire Saint-Claude à Toul, puis précepteur des enfants du comte d'Ourches. Ayant accompagné en cette dernière qualité l'aîné de ses élèves à Paris, il s'y était lié avec les philosophes et n'avait pas tardé à subir leur influence. De retour en Lorraine, il avait été nommé en 1774, grâce à la recommandation de M. d'Ourches, à la cure de Tantonville. S'il faut en croire Chatrian et l'abbé Charlot, il eût bien aimé être envoyé comme

de la Meurthe. Trois jours après, le 20 mars, dans une dernière assemblée plénière des trois ordres, nos deux députés ecclésiastiques prêtaient, en même temps que les deux députés de la noblesse et les quatre représentants du Tiers [1], entre les mains du lieutenant général Collin de Barisien qui présidait la réunion en l'absence du bailli, le serment de se conformer « aux pouvoirs et instructions à eux donnés ».

Nous les retrouverons à Nancy, le 6 avril, à l'assemblée de réduction [2].

§ VI

Bailliage de Nomeny [3].

Le bailliage de Nomeny était le sixième et dernier des bailliages lorrains dont les députés devaient se réduire à Nancy. Les opérations électorales n'y présentèrent non plus rien de

député aux États généraux, et après avoir été nommé électeur par le clergé du bailliage de Vézelise, il travailla à se faire élire à l'assemblée de réduction, mais sans succès : « Il eut le désagrément de n'être pas même désigné pour suppléant, tandis que cette distinction fut accordée à M. Houillon, curé de Crépey, son voisin, qu'il croyait fort au-dessous de lui, soit du côté des talents oratoires, soit du côté des lumières philosophico-politiques » Après 1789, nous le voyons successivement vicaire épiscopal de l'évêque Lalande, professeur d'éloquence à l'école centrale du département, puis, en 1799, évêque constitutionnel de la Meurthe. Il donna sa démission au Concordat, en 1802, et mourut quelques années après à Nancy, le 25 juillet 1807.

1. Les députés de la noblesse furent MM. Charles-Philippe de Mussey, chevalier, seigneur de Forcelles-Saint-Gorgon, capitaine au régiment des chasseurs à cheval des Évêchés, et Emmanuel-Henry-Oswald-Nicolas-Léopold, prince de Salm-Salm, maréchal des camps et armées du roi, colonel-propriétaire d'un régiment de son nom (Arch. nat., B III, 93, p. 670, et C 21, l. 110). Quant au Tiers, il porta ses suffrages sur MM. Jean-Baptiste Salle, docteur-médecin stipendié de la ville de Vézelise et y demeurant; Antoine Lachasse, l'aîné, avocat au Parlement, exerçant au siège de Vézelise ; Jean-Nicolas Gabriel, maître en chirurgie, résidant à Vaudémont, et Louis-Joseph Balthazard, avocat au Parlement, résidant à Pulligny. (Arch. nat., B III, 93, p. 678, et C 21, l. 110.)

2. Nous ne savons ce qu'est devenu le cahier de la noblesse de Vézelise. Quant à celui du Tiers, nous l'avons retrouvé aux archives de Meurthe-et-Moselle (fonds de la cour d'appel). Il porte comme titre : *Doléances, plaintes et remontrances que présente très humblement au Roy l'ordre du Tiers état du bailliage de Vézelise, capitale du comté de Vaudémont, province de Lorraine,* et comprend 29 pages in-folio. Au cahier proprement dit sont jointes des *Instructions et explications sur certains articles du cahier des doléances de l'ordre du Tiers état du bailliage de Vézelise que sont priés de consulter aux États généraux les représentants chargés dudit cahier,* 16 pages petit in-4°. Ce cahier et ces instructions sont encore inédits.

3. Nomeny, gros bourg de 1,351 habitants, chef-lieu de canton de l'arrondissement

particulier à noter. En l'absence du comte de Marsanne, bailli d'épée, ce fut le lieutenant général, M. Fourier de Bacourt, qui, par une ordonnance du 27 février, convoqua, pour le 16 mars, l'assemblée des trois ordres.

Le clergé y fut représenté par M. Liébault, curé et archiprêtre de la ville ; six curés des paroisses voisines : MM. Molet, curé d'Abaucourt ; Geoffroy, curé de Thézey ; Christophe, curé de Létricourt ; Dary, curé de Craincourt et Aulnois ; Jacquemin, curé de Fossieux et Poiret, curé de Mailly ; deux vicaires résidents : MM. Blauser, vicaire de Manoncourt, et Joly, vicaire de Lixières ; un vicaire commensal, M. François, vicaire de Nomeny. Le titulaire d'une chapelle érigée en la paroisse de Nomeny, la chapelle Sainte-Anne, M. Duchesne, s'y trouvait également. De leur côté, les RR. PP. Minimes de la ville y avaient envoyé, pour les représenter, le P. Dugravot, correcteur, et les Dames de la Congrégation[1], qui avaient une maison dans la ville de Nomeny, avaient désigné, par procuration passée devant notaire, comme leur fondé de pouvoirs, l'archiprêtre, M. Liébault. Celui-ci disposait ainsi de deux voix.

Après les préliminaires habituels, les trois ordres décidèrent, là aussi, de travailler séparément. Le clergé s'étant rendu à la maison curiale, on procéda aux nominations d'usage. La présidence revenait de droit à l'archiprêtre. On désigna comme commissaires-rédacteurs les curés de Létricourt et de Thézey et les fonctions de secrétaire furent confiées au curé de Fossieux[2]. Il semble, d'ailleurs, que tous les ecclésiastiques pré-

de Nancy, était, en 1789, le siège d'un bailliage royal, composé du bailli, d'un lieutenant général, d'un lieutenant particulier assesseur, d'un conseiller, d'un avocat procureur du roi et d'un greffier. Ce bailliage était le plus petit de toute la province. Tandis que celui de Nancy comptait une population de 80,000 habitants, celui de Nomeny dépassait à peine le chiffre de 5,000. Au spirituel, il relevait du diocèse de Metz. Cf. Durival, *op. cit.*, t. II, p. 121.

1. Il y avait à Nomeny un hospice de Minimes et les religieuses de la Congrégation y étaient établies depuis 1628. Cf. Durival, *op. cit.*, t. II, p, 122.

2. Arch. nat., B III, 93, p. 493, procès-verbal de l'assemblée générale des trois ordres du bailliage de Nomeny.

sents assistèrent, et probablement prirent part à l'élaboration des doléances : tous ont, en effet, apposé leur signature à la fin du cahier. Ajoutons que les discussions ne durent pas être bien vives. L'assemblée était parfaitement homogène, car l'élément régulier n'y avait qu'une place assez effacée, — un seul de ses membres y assistait — et le haut clergé n'y avait aucun représentant. Aussi l'accord put il se faire facilement, et le jour même le cahier était rédigé. Il est assez court et n'offre rien d'original. On remarquera seulement qu'il se distingue des précédents par les termes humbles et suppliants dans lesquels il s'exprime, par la forme conditionnelle et optative qu'il emploie, et par le ton constamment respectueux qui y règne, bien différent du ton impératif et catégorique que l'on constate en certains autres, notamment dans celui de Lunéville. Ce sont véritablement des *doléances* qui y sont exposées, bien plus que des griefs ou des récriminations.

Cahier des Plaintes, Doléances, Avis et Remontrances du Clergé tant séculier que régulier du bailliage royal de Nomeny, province de Lorraine, concernant la tenue des États généraux.

Ce jour d'hui seize mars mil sept cent quatre-vingt neuf, le clergé tant séculier que régulier du bailliage royal de Nomeny, en vertu de la lettre du Roy, dattée de Versailles le vingt-quatre janvier dernier, pour la convocation des États généraux, indiquée au dit Versailles pour le vingt-sept avril prochain[1], ensemble de l'ordonnance de Monsieur le bailli d'épée du dit bailliage royal de Nomeny, la ditte ordonnance dattée du vingt-sept février dernier et à luy signifiée le quatre du courant; le dit clergé, conformément au désir de Sa Majesté, après le serment préalablement prêté de sa part à l'assemblée générale des trois ordres, tenue le même jour seize mars, entre les mains de Monsieur le lieutenant-général de mondit sieur le bailli, s'est transporté de suite, sur l'indication qui lui en a été donnée, dans la maison curiale du dit Nomeny, où après avoir préliminairement fait choix de la personne de M^tre Charles-Nicolas Liébault, curé de la même ville et archiprêtre du dit Nomeny, pour présider son assemblée, de celles

---

1. On sait que l'ouverture n'eut lieu que le 4 mai.

de M^{tres} Joseph Christophe, curé de Létricourt, et Léonard Geoffroi, curé
de Thaysay (*sic*), pour procéder, en leur qualité de commissaires, à la confection du cahier des plaintes, doléances, avis et remontrances à présenter
à Sa Majesté, concernant les besoins de l'État, ainsi que tout ce qui peut
interresser la gloire du Roy et la prospérité du Royaume, ensemble de la
personne de M^{tre} Jean Jacquemin, curé de Fossieux, pour, en la qualité
de secrétaire, rédiger le dit cahier, a dit et déclaré, sçavoir :

Art. 1er. — Que plein d'amour pour les peuples qui lui sont confiés, et
pénétré de reconnoissance envers Sa Majesté, de la confiance dont elle veut
bien l'honorer, il s'unira bien volontiers au Tiers-État pour concourir tous
et chacun, selon leur force et faculté, aux impositions pécuniaires quelconques faites, ou à faire, le cas échéant.

Art. 2. — Que ce sacrifice est d'autant plus flatteur à son cœur qu'il est
déjà prévenu que la noblesse de la province est dans la résolution de s'unir
à lui pour le même objet.

Art. 3. — Que Sa Majesté sera très humblement suppliée de sa part de
ne lui pas laisser ignorer quelle sera à l'avenir l'influence de la nation
dans le pouvoir législatif.

Art. 4. — Qu'il est persuadé que sur les remontrances faites à Sa dite
Majesté par la Province, elle voudra bien lui rendre irrévocablement ses
États provinciaux dont elle a constamment joui sous ses anciens maîtres.

Art. 5. — Qu'il seroit à désirer que Sa Majesté déterminât le retour périodique des États généraux, à des tems fixes et non éloignés.

Art. 6. — Qu'il seroit bien intéressant pour la nation que Sa Majesté
assurât par une loi invariable et perpétuelle la liberté de ses sujets, tant
dans leur personne que leurs propriétés.

Art. 7. — Qu'il ne sçauroit trop exprimer le vœu de la même province
pour que ses dits États provinciaux connoissent à l'avenir, sous le bon
plaisir de Sa Majesté, de toutes impositions nouvelles, le cas échéant,
pour, par eux, lui être fait de très humbles remontrances sur son plus ou
moins de facilité de pouvoir y satisfaire.

Art. 8. — Qu'il seroit important, pour la bonne administration de la
même province, que ses États fussent dorénavant chargés, conformément
au premier désir de Sa Majesté, de la police des villes, bourgs et villages,
ainsi que de la confection, entretien et rétablissement des ponts et chaussées.

Art. 9. — Qu'attendu le nombre exagéré des usuines à feu qui occasionnent le dépérissement total des forêts, au point d'ôter aux laboureurs
la facilité d'exploiter leurs terres, à défaut des bois nécessaires à la construction de leurs chars et charrues, etc..., il est de son devoir de supplier
Sa Majesté qu'il lui plaise faire une réforme dans les dites usuines sur la
déclaration qui lui sera donnée de leur surabondance par les états de la

province ; et par là le prix du dit bois, qui s'est accru comme de trois à un depuis quinze ans, pourroit revenir à son prix ordinaire ; ce seroit encor un moyen de parer aux ravages qu'occasionnent dans les forêts les pauvres dénués de toute faculté, pour se procurer, par des voies légitimes, ce secours de première nécessité[1].

Art. 10. — Que Sa Majesté seroit pareillement suppliée d'avoir égard à la multiplicité des tribunaux de justice, tant en en diminuant le nombre qu'en retranchant les abus et les frais énormes qui en résultent.

Art. 11. — Que les inventaires dont les frais, sous la forme actuelle, absorbent la majeure partie des successions et réduisent ainsi la veuve et l'orphelin à la plus affreuse misère, se fassent désormais par les maires des lieux, assistés de leur greffier et de deux priseurs nommés par eux dans chaque communauté, le tout à l'exclusion des huissiers-priseurs créés tout récemment et dont la suppression totale est absolument nécessaire au bien public.

Art. 12. — Que la réforme du droit de traitte foraine, acquits et haut-conduit, qui n'est que d'un très foible avantage à Sa Majesté, assureroit le bonheur et la tranquillité de sa Province de Lorraine et des provinces qui l'avoisinent ; qu'outre que le dit droit gêne entièrement le commerce et expose journellement les citoyens aux vexations des gens de la ferme qui, profitant bientôt (sic) de l'ignorance où ils sont de l'existence de ce droit, bientôt (sic) de l'obscurité avec laquelle il est énoncé et plus encore de l'impossibilité de passer d'un village à l'autre sans courir les risques de transgresser la loi, les reprennent continuellement en contravention, d'où résulte leur ruine[2].

Art. 13. — Que le haut prix actuel du sel paroît à la Province d'autant plus dur à supporter que cette denrée de première nécessité étant une de ses productions et ne se cuisant qu'aux dépens de ses forêts, se vend journellement à l'étranger au-dessous de moitié de ce qu'en payent les propres sujets de Sa Majesté ; il conviendroit d'en rendre le commerce libre ou d'en défendre l'exportation.

Art. 14. — Que l'usage du tabac étant devenu presqu'universel, il seroit très intéressant, pour le bien du Royaume, que le commerce libre en fût permis, d'autant que la contravention dans cette partie est une occasion de violence, de meurtre fréquent, commis contre les propres sujets de Sa Majesté, dont l'intention n'est sûrement pas d'armer une partie des citoyens contre l'autre désarmée.

Art. 15. — Que les divers impôts mis sur les cuirs, fers et papiers, etc.,

1. Voir ci-dessus, chap. II, § I, cahier du clergé de Nancy, II, art. 12 et la note.

2. Voir plus haut, chap. II, § III, cahier du clergé de Blâmont, V, art. 5 et la note.

gênent tellement le commerce sur ces divers objets, qu'il n'est sorte de maux que chaque individu n'en souffre.

Art. 16. — Qu'il seroit fort à désirer qu'il plût à Sa Majesté de réintégrer les curés dans la possession de toutes les novales dont ils ont été privés par la déclaration du mois de mai 1768 concernant les portions congrues[1].

Art. 17. — Qu'il sembleroit juste que les pensions vicariales[2] ne fussent plus à la charge des curés, attendu que leurs obligations envers leurs pauvres paroissiens sont assez étendues pour devoir les en libérer, les dits curés ne jouissant d'ailleurs, pour la plupart, que d'un revenu qui suffit à peine à leur honnête subsistance.

Art. 18. — Que les gens de mainmorte, lorsqu'ils sont dans le cas de recevoir quelques remboursements de capitaux dépendant de leur bénéfice ou de leur communauté, ne soient plus attenus de recourir à des lettres patentes de Sa Majesté, qui les authorisent à les remplacer, mais qu'ils aient la liberté de le faire, en déclarant par eux d'où provient le dit remplacement[3].

Art. 19. — Enfin, le dit clérgé séculier et régulier du bailliage royal de Nomeny, se confiant entièrement en la bonté et bienfaisance de Sa Majesté, se joint aux deux autres ordres dans les demandes énoncées dans leurs divers cahiers, auxquelles ils déclarent adhérer.

Fait en la ditte assemblée, les jour, mois et an d'autre part.

Suivent les signatures :

Liébault, curé de Nomeny et comme procureur fondé de la part des dames religieuses de la même ville ;
Blauser, vicaire de Manoncourt ;
J. Christophe, curé de Létricourt ;
Molet, curé d'Abbaucourt ;
L. Geoffroy, curé de Taisey ;
Dary, curé de Craincourt et Aulnoy ;
Du Chesne, chapelain ;
Fr. Ch.-Ant. Dugravot, correcteur des Minimes ;
Joly, vicaire de Lixières ;
François, vicaire de Nommeny ;
Poiret, curé de Mailly ;
Jacquemin, curé de Fossieux.

1. Cf. ci-dessus, chap. II, § I, cahier du clergé de Nancy, III, art. 28.
2. On désignait sous ce nom de pensions vicariales les émoluments donnés pour leur entretien aux vicaires soit résidents, soit commensaux.
3. Cf. ci-dessus, chap. II, § I, cahier du clergé de Nancy, III, art. 16.

Le cahier de doléances étant ainsi rédigé, dès le lendemain 17 mars, on procéda à l'élection de l'ecclésiastique qui ferait partie de la députation que le bailliage devait envoyer à l'assemblée de réduction. D'une commune voix, la chambre du clergé arrêta son choix sur l'archiprêtre, M. Liébault[1], qui accepta. Ce fut lui que l'on chargea de porter à Nancy, à une date qui serait ultérieurement fixée[2], « le cahier des plaintes, doléances, avis et remontrances de son ordre » et de « délibérer, consentir et aviser en son nom à tout ce qui pouvait intéresser la gloire du Roy, la prospérité de son royaume, le bien de tous et chacun des sujets de Sa Majesté... pour par lui remplir avec fidélité, honneur et religion l'objet de sa députation ».

Les deux autres ordres ayant, de leur côté, procédé de même à la rédaction de leurs doléances et à l'élection de leurs députés[3], le lendemain 18 mars, dans une dernière assemblée générale, on remit aux représentants des trois ordres, après qu'ils eurent prêté le serment requis, leurs cahiers, instructions et pouvoirs respectifs, et on leur rappela qu'ils devraient se trouver à Nancy, à l'assemblée d'arrondissement, au jour qui leur serait fixé. Puis l'on se sépara.

Les opérations électorales du petit bailliage de Nomeny n'avaient pas été bien complexes, et le lieutenant général, dans son rapport adressé le 24 au garde des sceaux, pouvait,

---

1. Charles-Nicolas Liébault, né à Nancy le 26 novembre 1732, prêtre de septembre 1760, nommé en 1762 à la cure de Nomeny par le roi de Pologne, sur la recommandation de la marquise de Boufflers, mort à Pont-à-Mousson le 13 germinal an II.

2. Au procès-verbal, dont j'ai le texte original sous les yeux, la date n'est pas marquée et le passage est laissé en blanc. Le clergé ignorait encore à quelle époque la réunion plénière devait avoir lieu à Nancy. Il y eut, en effet, quelque hésitation à cet égard. La réunion d'arrondissement, fixée d'abord au 30 mars, dut être reculée ensuite jusqu'au 6 avril, date à laquelle elle eut lieu effectivement.

3. La noblesse élut député le marquis de Toustain de Viray, lieutenant général des armées du roi, et à son défaut, comme suppléant, le comte François de Toustain de Viray, capitaine de cavalerie. En fait, ce fut ce dernier qui porta le cahier de la noblesse à Nancy. Le Tiers, de son côté, donna ses suffrages à MM. Grégoire Périn, avocat à Nomeny, et François Antoine, conseiller-échevin de l'hôtel de ville de Nomeny.

écrire, en toute vérité, que tout s'était passé dans le plus grand calme et avec l'ordre le plus parfait[1].

CHAPITRE III

L'ASSEMBLÉE DE RÉDUCTION DU 6 AVRIL 1789.

Les opérations électorales étaient enfin terminées, pour les trois ordres, dans chacun des bailliages de la circonscription de Nancy; les élections au premier degré étaient faites, les cahiers rédigés. On sait ce qu'il advint après. Les bailliages réunis de Nancy, Lunéville, Blâmont, Rosières, Vézelise et Nomeny avaient élu dix députations, soit dix membres du Clergé, dix de la Noblesse et vingt du Tiers, au total quarante personnes qui devaient se rendre à Nancy pour procéder à la dernière opération prescrite par l'article 4 du règlement du 7 février, et se réduire à deux députations — soit deux ecclésiastiques, deux membres de la noblesse et quatre du Tiers, qui seraient les députés définitifs chargés de représenter cette partie de la province de Lorraine à Versailles et de porter aux États généraux les différents cahiers[2] rédigés dans chaque

---

1. Par une lettre du 2 avril, le garde des sceaux avait demandé au bailli de lui envoyer un exemplaire des cahiers qui seraient imprimés. Le 28 du même mois, M Fourier de Bacourt lui annonce qu'il lui envoie seulement le cahier de la noblesse, les deux autres ordres n'ayant pas jugé à propos de publier les leurs. (Arch. nat., B III, 93, p. 543.) Ce cahier de la noblesse a été reproduit par MM. Mavidal et Laurent, t. IV des *Archives parlementaires*, p. 87 et suivantes, mais d'une façon défectueuse, comme nous l'avons dit plus haut à propos du cahier des trois ordres de Rosières. En réalité, les quarante-trois derniers articles du cahier de la noblesse de Nomeny tel qu'il est donné par les *Archives parlementaires*, ainsi que les signatures qui suivent, appartiennent au cahier de Rosières et c'est dans le cahier de Rosières (t. IV des *Arch. parlem.*, p. 91, de l'article 11 inclusivement à la fin) qu'il faut chercher la suite du cahier de la noblesse de Nomeny. Quant au cahier du Tiers, nous ignorons ce qu'il en est advenu.

2. S'il y eut réduction des députés, il ne devait pas y avoir, en effet, réduction des cahiers. Voir l'article 4 du règlement du 7 février, et ce que nous avons dit plus haut, dans l'Introduction de cette étude, p. 8.

bailliage. Le marquis de Boufflers à qui revenait, en sa qualité
de bailli d'épée du bailliage de Nancy, le soin de fixer la date
de cette assemblée d'arrondissement et le droit de la présider,
l'avait d'abord convoquée pour le 30 mars. Mais, à la suite de
retards imprévus, l'assemblée particulière du bailliage de
Nancy ayant été renvoyée du 16 mars au 30, l'assemblée générale de réduction avait dû être également remise à une
date ultérieure. Elle n'eut lieu que le 6 avril [1].

Il semble bien qu'une assez vive agitation continua à régner
parmi les différents ordres dans le court intervalle [2] qui sépara les assemblées bailliagères de cette grande et décisive
réunion du 6 avril. Pour ce qui regarde le clergé en particulier, Guilbert, mécontent de n'avoir pas été élu par ses confrères du bailliage de Nancy, ou tout au moins de n'avoir pu
s'accorder la satisfaction de refuser [3], voulut se donner le plaisir
« de cabaler à son tour ». Il résolut de travailler activement,
auprès des sept députés ecclésiastiques qui arrivaient alors à
Nancy, pour exclure de la députation définitive ses concurrents
heureux, Mollevaut et Poirot. Du moins, c'est lui-même qui
nous le dit: « L'élection finie — il s'agit des élections du premier degré qui avaient eu lieu pour le clergé de Nancy le
3 avril, — Monsieur l'évêque m'invita à dîner avec les élus

---

1. Cette date ne fut fixée et connue qu'à la dernière heure. Le 22 mars, M. de Boufflers avait écrit à Necker pour lui exposer son embarras. Se trouvant obligé, lui disait-il, en raison de la fête de Pàques qui, cette année, tombait le 12 avril et de la
semaine sainte qui allait s'ouvrir, de rapprocher ou d'éloigner considérablement la
date de l'assemblée, il avait préféré s'arrêter au premier parti et l'avait fixée au
6 avril afin de laisser aux députés qui seraient choisis, lors de la réduction, le temps
de faire leurs préparatifs de voyage. Le ministre avait approuvé ce projet. Pendant
ce temps, des bruits contradictoires circulaient : « On vient de nous dire, écrivait
Grégoire à Guilbert, le 28 mars, que l'assemblée des bailliages accolés à celui de
Nancy étoit le 6 avril, ce qui concourt, je crois, avec le lundi saint; cela seroit fort
gênant pour des prêtres; postérieurement, on a dit que ce seroit le 15 et que les
États étoient différés. Daignez nous en donner des nouvelles par la première ou seconde poste. » (Recueil manuscrit de la bibliothèque du grand séminaire de Nancy.)

2. A Nancy, en particulier, l'intervalle fut très court. La dernière séance plénière
des trois ordres du bailliage avait lieu le 6 avril dans la matinée, et l'assemblée de
réduction s'ouvrait le soir même, à quatre heures et demie. Toutefois, les opérations
électorales de la chambre du clergé étaient terminées depuis le 3 avril.

3. Il dit lui-même, en effet, à diverses reprises, que s'il eût été élu, il n'aurait pas
accepté.

malgré ma répudiation, et Monsieur le bailly me fit le même
honneur le lendemain, mais que peuvent deux bons dîners pour
me consoler de ma bonne et triste aventure ! Cependant il fallut
tarir mes larmes ; le moment de la réduction arrivait, et je
voulais cabaler à mon tour. Les élus, au nombre de 7, des
autres bailliages se rendent ici, s'adressent à moi, je les réunis
et malgré la résolution par eux prise avec leurs confrères de
ne point nommer l'évêque, je les décide à le faire tout d'une
voix, je leur raconte tout ce qui s'est passé, ils en sont indi-
gnés et m'assurent que les deux élus n'auront pas une seule
voix ; je prévins Monsieur l'évêque de l'un et l'autre projet[1]... »

C'est dans ces circonstances et sur ces entrefaites qu'eut lieu
le lundi 6 avril, à quatre heures et demie de l'après-midi[2], dans

---

1. « J'ai pu avoir tort, continue le curé de Saint-Sébastien, parce que c'était une
petite vengeance, mais dans l'intérêt commun je n'ai pu m'en sçavoir mauvais gré ;
le premier (M. Mollevaut) n'est, dans la vérité la plus exacte, qu'un homme faux et
conséquemment très dangereux ; l'autre (M. Poirot), un homme très médiocre, qui
n'avait pu séduire ses confrères qu'en criant fort contre le haut clergé et lui disant
des injures dans leurs bruyants comités. » (Conduite des curés, p. 47.) Nous donnons cette double appréciation sans commentaire. Sans doute, il ne faut pas oublier
que Guilbert écrit ces lignes l'âme pleine encore d'amertume, je dirais presque de
fiel. Il ne dissimule pas, du reste, les sentiments qui l'animent, quand un peu plus
loin il ajoute en manière de conclusion : « Telle a été la reconnaissance que m'ont
témoignée Messieurs les curés du bailliage de Nancy, et déjà j'avais eu à me plaindre
d'eux il y a nombre d'années, à mon retour de Paris, où j'avais été m'ennuyer, pendant quatre mois, pour l'affaire des synodes, et ces traits n'ont pu arracher de mon
cœur l'interest que j'ai toujours pris à cet ordre respectable... » Certes, des paroles
sorties d'une plume ainsi aigrie, sont justement suspectes d'exagération. Toutefois,
il serait excessif, croyons-nous, de donner ici tous les torts à Guilbert. Ses adversaires, et Mollevaut tout spécialement, ont apporté, eux aussi, dans cette lutte, de la
passion et de l'esprit de parti, et leur conduite a pu ne pas être non plus de tout
point irréprochable. Peut-être M. Thiriet, en particulier, dans son étude sur l'Abbé
Gabriel Mollevaut, a-t-il glissé un peu légèrement sur cette partie de la vie de son
héros, qu'il devait du reste peu connaître. Quant à Guilbert, nous croyons qu'il a
été trop chargé par Chatrian ; il vaut mieux que la réputation que lui a faite le curé
de Saint-Clément qui, il faut bien le dire, dans sa chronique anecdotique et un peu
cancanière, ne voit trop souvent de ses contemporains, de leur vie et de leur histoire que les petits côtés. Les confrères de Guilbert ont pu lui reprocher peut-être
d'avoir été ambitieux, intrigant, remuant, trop entreprenant ; assurément, ils ont dû
reconnaître qu'il avait déployé beaucoup de zèle et rendu à son ordre de grands
services.

2. L'assemblée avait été convoquée d'abord pour huit heures du matin ; mais les
dernières opérations électorales ayant traîné en longueur dans la chambre du Tiers
du bailliage de Nancy et la réunion plénière des trois ordres de ce même bailliage
n'ayant pu avoir lieu que le lundi 6 avril à huit heures, l'assemblée de réduction avait
dû être renvoyée à l'après-midi. (Arch. nat., B III, 93.)

la grande salle de l'hôtel de ville, la réunion générale des quarante députés-électeurs envoyés par les six bailliages de la circonscription. Après que le greffier en chef du bailliage de Nancy [1] eut donné lecture à haute voix des articles du règlement du 7 février relatifs à la réduction, on arrêta, conformément au désir de tous, que chaque ordre y procéderait encore séparément. Les membres du clergé, MM. de la Fare, Mollevaut, Poirot, Grégoire, Drouin, Ména, Lamoyse, Houillon, Nicolas et Liébault s'étant rendus dans la salle qui avait servi quelques jours auparavant aux séances de la chambre ecclésiastique, M. Bourgeois, le secrétaire des précédentes réunions, fut réélu par acclamation à ces fonctions et l'on pria les trois membres les plus âgés de l'assemblée, MM. Drouin, Houillon et Liébault, d'accepter celles de scrutateurs. Après quoi, M. de la Fare, président, ayant proposé de procéder immédiatement à la nomination du premier député, M. Drouin, doyen d'âge des membres présents, se leva et prit la parole pour dire au prélat que le désir unanime de l'assemblée était de le nommer par acclamation « pour lui donner une marque éclatante de leur estime et de leur vénération [2]. » « Monsieur le Président, continue le procès-verbal, a exprimé ses remerciements d'une manière aussi affectueuse qu'énergique et a témoigné que pour se conformer au règlement dont il devait maintenir l'exécution, il fallait procéder par la voie du scrutin, et y ayant aussitôt procédé et tous les suffrages étant réunis en faveur de M. le Président, il a été déclaré premier député. »

L'élection du second député ne se fit pas dans les mêmes conditions d'unanimité. Un premier tour de scrutin n'eut aucun résultat, personne n'ayant obtenu la majorité des suffrages exigée par l'article 47 du règlement du 24 janvier. Après un

1. C'était Noël, le père du célèbre bibliophile et collectionneur lorrain.

2. Ce sont les termes mêmes dont se sert le procès-verbal. Il est piquant de rapprocher de cette politesse des actes officiels la sincérité beaucoup moins respectueuse et moins solennelle du récit de Guilbert. Voir plus haut, chap. II, § 1er, p. 46 et 47.

second tour resté également inutile, on déclara, par application du même article 47, qu'au troisième et dernier tour les suffrages ne pourraient être portés que sur les deux noms qui avaient réuni au deuxième le plus grand nombre de voix, à savoir MM. Grégoire et Houillon. Ce fut le curé d'Emberménil qui l'emporta par cinq suffrages contre trois donnés au curé de Crépey. Comme compensation, M. Houillon fut élu immédiatement suppléant, à la pluralité des voix[1].

Les élections ainsi terminées[2], les cahiers, pouvoirs et procès-verbaux d'élection des huit autres députés ecclésiastiques des bailliages furent remis aux mains de MM. de la Fare et Grégoire, et, après que le procès-verbal de la séance eut été signé par tous les membres présents, l'on se sépara[3].

Telles furent les circonstances et les péripéties diverses de l'élection définitive des deux députés ecclésiastiques de la circonscription électorale de Nancy aux États généraux. Ainsi, pour ce qui concerne Grégoire en particulier, comme on l'a déjà fait remarquer justement[4], c'est exagérer d'une façon par trop hyperbolique que de dire avec M. Ch. Dugast[5] et avec

1. Sur les nominations de députés suppléants, voir plus loin la *Note XV*.

2. La réduction, pour les deux autres ordres, avait donné les résultats suivants : Dans l'ordre de la noblesse, avaient été élus députés le comte de Ludres et le chevalier de Boufflers, et suppléants le marquis de Raigecourt et le prince de Salm-Salm. D'autre part, les élus du Tiers étaient : MM. Régnier et Prugnon, avocats au Parlement, Regneault, avocat du roi à Lunéville, et Salle, médecin à Vézelise. Le comte de Ludres et Régnier, en qualité de premiers députés, l'un de la noblesse, l'autre du Tiers, furent chargés de porter à Versailles les différents cahiers de leurs ordres respectifs. Une singulière aventure arriva, à ce propos, à Régnier. S'étant laissé voler, à son arrivée à Paris le 24 avril à 9 heures du soir, sa malle avec tous les papiers qu'elle renfermait, en particulier les cahiers, pouvoirs et instructions qui lui avaient été remis le 6 avril, il dut s'adresser au lieutenant général et au greffier de chacun des bailliages qu'il représentait pour les prier de lui délivrer de nouvelles expéditions de toutes ces pièces, sur les minutes conservées au greffe des bailliages. (Arch. nat., C 21, l. 110, et B III, 93.)

3. Procès-verbal de l'élection des députés de l'ordre du clergé, 6 avril, copie manuscrite de la bibliothèque du séminaire de Nancy. Cette pièce se trouve en original aux Arch. nat., C 21, l. 110.

4. Thiriet, *l'Abbé Gabriel Mollevaut*, p. 47, note.

5. Ch. Dugast, *Essai sur la vie et les ouvrages de Grégoire*, en tête de l'édition de l'*Histoire patriotique des arbres de la liberté*, par Grégoire, 1883, p. 12. L'auteur n'est pas non plus tout à fait exact quand il ajoute immédiatement après : « Député du bailliage de Nancy, il rédige le cahier de son ordre... »

M. Maggiolo [1] que « son nom sortit le premier », ou même simplement avec H. Carnot [2] que « son nom sortit avec éclat de l'urne électorale [3] ». En réalité, il ne passa qu'au troisième tour de scrutin et à une majorité très faible [4]. Quant à M. de la Fare, s'il est exact qu'il fut élu par acclamation, le récit de Guilbert montre bien qu'il ne faudrait pas donner à ce fait une portée qu'il n'eut certainement pas.

Quelques jours plus tard, l'évêque de Nancy et le curé d'Emberménil partaient pour Versailles. Nous ne les y suivrons

1. L. Maggiolo, *la Vie et les œuvres de l'abbé Grégoire* (Ire partie : 1750-1789), p. 21.

2. *Notice historique sur Grégoire*, en tête de l'édition de ses *Mémoires* par H. Carnot, 1837, t. Ier, p. 17. Quant aux *Mémoires* mêmes de l'abbé Grégoire, ils ne nous fournissent aucun renseignement sur son élection de 1789. Le curé d'Emberménil se contente de dire : « Nommé aux États généraux, j'arrive à Versailles... » (*Mémoires*, t. Ier, p. 378.)

3. Apparemment, les auteurs que nous citons dans le texte ont confondu l'élection primaire de Lunéville où, de fait, Grégoire fut élu premier député, avec l'élection secondaire et définitive de Nancy.

4. D'après Chatrian, l'élection de Grégoire aurait été due aussi, en partie du moins, à l'influence de M. de la Fare. Lors de l'élection des députés au premier degré de l'ordre du clergé du bailliage de Nancy, il avait manqué à M. de la Fare, nous l'avons vu, deux voix pour avoir l'unanimité. « Il en conçut une telle indisposition contre ses curés en général, nous dit le curé de Saint-Clément, que, lors des assemblées des électeurs pour se réduire, s'étant vu nommer le premier député du bailliage de Nancy, et ne devant y en avoir que deux, loin de montrer la moindre velléité d'avoir un de ses curés pour compagnon de la députation, il favorisa le dessein des électeurs étrangers à son diocèse d'avoir le deuxième député pris parmi eux, et, par une gaucherie impardonnable, il se laissa tellement prendre aux belles phrases et aux compliments flatteurs du sieur Grégoire, curé d'Emberménil, diocèse de Metz, l'un des électeurs du bailliage de Lunéville, qu'il travailla efficacement à le faire choisir pour second député, démarche dont il ne tarda pas à se repentir immédiatement après l'ouverture des États généraux, et dont il a eu tout le temps de se faire, depuis, les plus cuisants reproches. » (Chatrian, *Plan ou croquis d'une histoire du clergé du diocèse de Nancy pendant la Révolution*, p. 17.) Jusqu'à quel point faut-il ajouter foi au récit de Chatrian ? Nous l'ignorons ; mais il n'est pas impossible que l'appui épiscopal ait, en effet, contribué et aidé à l'élection de Grégoire. Quant à cette indisposition qui animait le prélat contre ses curés, elle n'a rien qui doive nous surprendre après tout ce que nous avons dit. Seulement, il ne faudrait pas en chercher la raison, comme le veut Chatrian, dans la voix qui lui avait manqué au jour de l'élection, — motif par trop futile, — mais bien plutôt dans les cabales et les intrigues qui avaient été formées pour l'exclure des États généraux aussi bien que les évêques des diocèses voisins, intrigues dont Guilbert nous parle tout au long et dont certainement M. de la Fare n'avait pas été sans avoir connaissance.

Ajoutons que Guilbert ne tarda pas à se repentir de l'appui qu'il avait donné à Grégoire lorsqu'il le vit à l'œuvre aux États généraux et à l'Assemblée constituante : « J'ai toujours un vrai chagrin des écarts de M. Grégoire, écrira-t-il à Verdet en février 1791, j'emporterai à l'autre monde une profonde douleur pour avoir contribué à une mission dont il s'est rendu si peu digne. » (Ms. du séminaire de Nancy.)

pas. Désormais ils vont s'engager dans des voies différentes :
l'un, fidèle au passé, se verra bientôt contraint de chercher un
refuge dans l'exil ; l'autre, trop confiant peut-être dans l'avenir, deviendra évêque constitutionnel de Loir-et-Cher, puis,
successivement, membre de la Convention nationale, sénateur,
membre de l'Institut et comte de l'Empire.

CONCLUSION.

C'est la mise au jour de quelques cahiers lorrains de 1789
qui a été l'occasion et le point de départ de ce travail. Qu'il
nous soit permis de le finir par un vœu relatif à une publication de même genre, mais aux proportions plus vastes, celle
d'une collection des cahiers des différents ordres, rédigés dans
les provinces de Lorraine et Barrois et des Trois-Évêchés[1], à
l'approche des États généraux de 1789.

Comme nous le faisions remarquer en commençant cette
étude, la collection des cahiers lorrains donnés par les *Archives parlementaires* est très incomplète, et en dehors de ceux
que contient ce recueil, bien peu jusqu'à présent ont vu le
jour. Quelques-uns ont été reproduits, en 1868 et en 1869,
aux premier et deuxième volumes des *Documents rares ou inédits de l'histoire des Vosges* par M. Duhamel[2]. Mgr Mathieu

1. On pourrait, en effet, ne pas séparer dans les recherches ces deux provinces si intimement unies dans la réalité.

2. Le premier de ces volumes (1868) renferme les cahiers de la communauté de Domjulien, bailliage de Mirecourt, — de Juvaincourt, même bailliage, — de toutes les corporations formant le Tiers-État de la ville de Mirecourt, — du Tiers-État du bailliage de Mirecourt, — du Clergé, — de la Noblesse du même bailliage. A ces cahiers on a joint un certain nombre d'autres documents relatifs aux élections.
Le deuxième volume (1869) donne, d'autre part, les cahiers du Tiers-État du bailliage d'Épinal, — du bourg de Vittel, — du Tiers de la ville de Saint-Dié, — du Tiers de la ville de Neufchâteau, — du Tiers du bailliage de Neufchâteau, — de la Noblesse du bailliage de Darney, — du Tiers du bailliage de Lamarche.

en a fait connaître un certain nombre par de brèves analyses ou par de courts extraits dans sa thèse sur l'*Ancien régime en Lorraine,* de même que M. Edgard Gegout dans un discours de rentrée à la cour d'appel de Nancy qui a pour titre : *Les Cahiers de la Lorraine aux États généraux de 1789*[1]. En 1885, M. Bécourt a retrouvé et publié *in extenso* dans les *Mémoires de la Société des lettres, sciences et arts de Bar-le-Duc,* deux cahiers fort curieux de l'ancien bailliage de Bar-le-Duc, les cahiers primaires des communautés de Trémont et de Neuville-sur-Orne[2]. En 1893, M. Duvernoy, archiviste de Meurthe-et-Moselle, donnait ici-même[3] un autre de ces cahiers primaires également intéressant, celui de la communauté de Ham et Saint-Jean-devant-Marville (bailliage de Verdun, province des Trois-Evêchés) qu'il avait découvert, avec deux autres de moindre importance[4], au cours de l'œuvre si utile, entreprise par lui, du classement de nos archives communales. Tout récemment encore, M. Despiques, professeur au lycée de Bar-le-Duc, retrouvait et publiait, dans la revue *la Révolution française,* le cahier de la noblesse du bailliage de Bar-le-Duc et celui du Tiers du bailliage de Verdun[5].

Mais qu'est ce chiffre minime comparé au nombre total des cahiers de tout ordre où la Lorraine de 1789 a exhalé et consigné ses plaintes et ses aspirations, cahiers primaires des nombreuses communautés paroissiales, cahiers des corporations, cahiers primaires du clergé, cahiers primaires des villes, cahiers secondaires du clergé, de la noblesse et du Tiers ? Sans doute, il n'est pas probable que l'on puisse retrouver au-

1. *Discours prononcé à l'audience solennelle de rentrée de la cour d'appel de Nancy, le 16 octobre 1889.* Vaguer, in-8°, 1889.

2. Trémont, actuellement arrondissement et canton de Bar-le-Duc, Meuse ; Neuville-sur-Orne, arrondissement de Bar-le-Duc, canton de Revigny.

3. *Annales de l'Est,* juillet 1893, p. 462.

4. Ceux de Moineville (canton de Briey) et de Villecey-sur-Mad (canton de Chambley). M. Duvernoy en a donné une analyse sommaire dans l'*Inventaire des archives communales de l'arrondissement de Briey.* Nancy, 1896, p. 80 et 101. (E. suppl. 248 et 362).

5. Cf. *La Révolution française,* 14 février et 14 mai 1897.

jourd'hui tous ces documents; il ne faudrait pas se figurer toutefois que tous ont disparu. Les anciens fonds des archives départementales de Meurthe-et-Moselle, il est vrai, n'en contiennent aucun ; ceux que pourraient encore recéler les archives communales sont aussi bien rares [1] et les *Archives parlementaires* ont donné la plupart de ceux qui sont conservés aux Archives nationales [2]. Mais, en revanche, les archives départementales des Vosges et surtout les archives de la cour d'appel de Nancy, réunies depuis peu aux archives de Meurthe-et-Moselle, en contiennent encore un nombre fort considérable. Pour notre part, nous en avons compté dans ce dernier dépôt plusieurs centaines appartenant aux bailliages de Vézelise, de Vic, de Château-Salins et de Dieuze, et peut-être le classement qui en sera bientôt fait révélera-t-il l'existence d'un certain nombre d'autres encore. Et qui sait si des recherches semblables, méthodiquement faites dans les autres dépôts [3] de

1. Signalons cependant ici les cahiers des trois ordres du bailliage de Thiaucourt, conservés aux archives de cette ville. En ces derniers temps aussi, M. Duvernoy a retrouvé plusieurs cahiers primaires des communautés de l'arrondissement de Lunéville. Voir en particulier le cahier d'Embermenil publié par lui dans les *Annales de l'Est* d'octobre 1898. Il y a quelques années, M. Fournier a donné également dans les *Annales de la Société d'émulation des Vosges*, 1877, p. 371, le cahier de la ville de Rambervillers conservé aux archives de cette localité.

2. Quelques-uns pourtant de ces cahiers conservés aux Archives nationales ont échappé aux recherches de MM. Mavidal et Laurent. C'est ainsi que j'y ai retrouvé pour le seul bailliage de Nancy, sinon en originaux, du moins en copies:

a) Un *Extrait des doléances de la communauté de Flavigny, village de la province de Lorraine, présentées à l'assemblée du bailliage de Nancy.* C'est une partie considérable — et fort curieuse — du cahier de Flavigny-sur-Moselle (canton de Saint-Nicolas-de-Port, arrondissement de Nancy, département de Meurthe-et-Moselle), réquisitoire très vif contre les Bénédictins de cette localité, adressé par les habitants à Necker en juin 1789 (Arch. nat., B. III, 93, p. 348). Mgr Mathieu, *op. cit.*, p. 94, en avait déjà signalé l'existence.

b) Une sorte de cahier de doléances et remontrances des vicaires de Lorraine, sous ce titre : *Remontrances que fait très humblement au Roi une partie du corps des vicaires et administrateurs en Lorraine et en Empire...* » ainsi qu'une « *Lettre de M. Herman, vicaire de Freybouse par Saint-Avold en Lorraine* (bailliage de Boulay) *au Directeur général' des finances,* qui est, elle aussi, le résumé des griefs et doléances de ce vicaire et de huit de ses confrères. Ces deux derniers documents sont assez curieux et pour le fond et aussi pour la forme quelquefois moins que française dans laquelle ils sont rédigés (Arch. nat., B. III, 93, p. 141 et 144). Mgr Mathieu les signale aussi, *op. cit.*, p. 351.

3. Les archives départementales des Vosges, à Épinal, en renferment un nombre assez considérable.

nos départements de l'Est, ne seraient pas également couronnées de succès? Mais à supposer même que ces recherches demeurassent infructueuses, tous les cahiers que nous possédons déjà ne mériteraient-ils pas d'être réunis et de faire l'objet d'une publication spéciale[1]? Ne serait-il pas intéressant et utile de sauver de l'oubli, surtout, ces cahiers de paroisses si expressifs dans leur simplicité, si touchants dans leur naïveté? Et ne serait-ce pas faire œuvre tout à la fois de science, de patriotisme et je pourrais ajouter de piété filiale, que de les recueillir[2]?

L'histoire de l'ancien régime en Lorraine a été écrite de façon magistrale. Nous aurons un jour pour lui faire pendant, nous aimons à l'espérer, une histoire de la Révolution dans nos provinces de l'Est. Une étude consciencieuse de nos cahiers lorrains de 1789 ne serait-elle pas le préambule nécessaire et le point de départ obligé de ce dernier travail? Si nous voulons nous faire une idée exacte du mouvement des esprits, des courants de l'opinion, des aspirations multiples qui se révèlent dans les diverses classes de la société française aux derniers temps de l'ancien régime, c'est aux cahiers de 1789 qu'il nous faut la demander. Ils sont, on l'a dit avec raison, le testament de l'ancienne France. C'est sous la poussière qui recouvre ces plaintes de nos pères, en même temps que l'expression de leurs vœux, de leurs besoins et de leurs désirs que nous retrouverons, si j'ose me servir d'une expression dont on a peut-être abusé, l'*état d'âme* des générations qui ont commencé la Révo-

1. On y joindrait évidemment ceux qui ont été imprimés dès 1789, par exemple celui d'Essey-lès-Nancy (dont nous parlons plus bas, *Note IV*) ou encore, pour la province des Trois-Évêchés, le « cahier du bourg de Vicheray (canton de Châtenois, arrondissement de Neufchâteau, Vosges), adopté par les villages de Pleuvezain, Beuvezain, Soncourt, Tramont-la-Sus, Tramont-Emmi, Tramont-Saint-André, Maconcourt et Aroffe », s. l. n. d., 20 pages in-12, déjà publié par les *Archives parlementaires*, t. VI, p. 23.

2. N'y aurait-il pas lieu, par exemple, de consacrer à cette publication un des prochains volumes de cette collection si utile de *Documents inédits* entreprise par la Société d'archéologie lorraine et qui, après une trop longue interruption, vient de reprendre depuis quelques années d'une façon si brillante la série de ses publications? Plusieurs départements déjà ont tracé la voie : les départements de la Creuse, de Seine-et-Oise, du Var, de la Haute-Vienne, des Vosges, etc.

lution. Assurément ce travail est délicat ; il demande en celui qui voudrait l'entreprendre beaucoup de pénétration et de tact, mais, à coup sûr aussi, l'historien patient et consciencieux qui s'y livrerait serait largement récompensé de son effort : il pourrait de plus se rendre le témoignage d'avoir fait œuvre utile.

NOTES ET ÉCLAIRCISSEMENTS

I (p. 7).

« Bailliages principaux » et *« bailliages secondaires »*.

Ce serait une grave erreur que d'assimiler de tous points, comme on le fait quelquefois, en ce qui concerne les élections aux États généraux de 1789, les bailliages secondaires et les bailliages dont les députations devaient se réduire. Cependant, il faut bien reconnaître qu'entre les uns et les autres la confusion était facile. Aussi n'y a-t-il pas lieu de s'étonner trop qu'on l'ait souvent commise. Les auteurs des *Archives parlementaires* y sont tombés, notamment t. VI, p. 737, dans la liste qu'ils publient des cahiers manquants. Plus récemment encore, M. Albert Denis, dans son ouvrage sur *Toul pendant la Révolution*, Toul, 1892, p. 31, note, ne semble pas y avoir échappé, lorsqu'il assimile les bailliages des Trois-Évéchés aux bailliages secondaires qui n'avaient pas député directement en 1614. Dès 1789, au reste, le comité de vérification de l'Assemblée constituante y tombe lui-même quand il regarde le bailliage de Bouzonville comme secondaire de Sarreguemines. Cf. Brette, *Révolution française* du 14 janvier 1894, p. 30. La même confusion se retrouve également dans les registres de la collection Camus, aux Archives nationales, qui renferment les copies des actes relatifs aux élections, copies qui sont contemporaines de l'Assemblée constituante : c'est ainsi que les bailliages de Lunéville, Blâmont, Rosières, Vézelise et Nomeny y sont tous dits « secondaires de Nancy » (Arch. nat., B III, 93). Ailleurs, les bailliages de Pont-à-Mousson, Saint-Mihiel, Thiaucourt, Villers-la-Montagne, annexés au bailliage de Bar-le-Duc, y sont qualifiés pareillement « secondaires de Bar » (Arch. nat., B III, 23). Du reste, en Lorraine même, les baillis ou leurs lieutenants généraux s'y trompèrent plus d'une fois. Ainsi, nous voyons le lieutenant général du bailliage de Mirecourt parler, dans une lettre, de l'envoi qu'il a fait de divers documents, par les cavaliers de la maréchaussée, « aux lieutenants généraux des huit *bailliages secondaires* » et « de l'assemblée générale du *bailliage principal* » dont il a fixé la date au 16 mars. C'était un empiétement sur les droits des bailliages annexés, qui avaient le privilège formel, pour la circonstance, de recevoir directement du gouvernement, comme les bailliages principaux, toutes les lettres et communications relatives aux élections. Nous ignorons si les baillis et les lieutenants généraux des bailliages annexés au bailliage de Mirecourt réclamèrent. Mais nous savons qu'ailleurs cette façon d'agir provoqua des conflits qui auraient pu avoir les plus fâcheuses conséquences. A Nancy, par exemple, le bailli ou plutôt, en son absence, le lieutenant général du bailliage, M. Mengin de Laneuveville, dans son ordonnance de convocation du 26 février, avait traité de tous points les bailliages annexés de Lunéville, Blâmont, Rosières, Vézelise et Nomeny en bailliages secondaires au sens des premiers articles du règlement du 24 janvier et s'était servi, à leur égard, des formulaires prescrits pour ces bailliages, sans tenir compte des restrictions si formelles du règlement du 7 février. Des plaintes ne tardèrent pas à s'élever. Les bailliages annexés crurent leur indépendance menacée ; le fait fut signalé à Paris, notamment par le lieutenant général de Rosières (Arch. nat., B III, 93), et à son retour, le bailli de Nancy, M. de

Boufflers, s'étant rendu compte de la méprise de son lieutenant et prévoyant que l'ordonnance portée par lui pourrait « exciter de grands murmures et peut-être une scission absolue dans les bailliages annexés », dut envoyer aux divers baillis de l'arrondissement électoral de Nancy ou à leurs lieutenants généraux, une lettre circulaire d'excuses où il reconnaissait leur pleine indépendance, leur expliquait les intentions du roi et les engageait à ne pas retarder par de vaines formalités la marche d'une affaire aussi importante que la convocation des États généraux. Toute la faute, ajoutait-il, devait être imputée à son lieutenant général, qui s'était servi vis-à-vis d'eux de la formule applicable aux bailliages secondaires alors qu'il devait adopter la formule spéciale des bailliages principaux dont les députations avaient à se réduire. Il reconnaissait que c'était bien à eux qu'il appartenait de convoquer en assemblée générale, à la date qu'il leur plairait, les trois ordres de leurs bailliages respectifs. Toute sa mission à lui se bornait à leur annoncer qu'il fixait au 30 mars, à l'hôtel de ville de Nancy, l'assemblée d'arrondissement ou réunion des députés choisis par les différents bailliages, et, pour dissiper toute équivoque, il avait soin d'ajouter que les cahiers apportés de chaque bailliage par les députés de chaque ordre, seraient tous remis directement, sans remaniement ni réduction, aux députés définitifs. Mais là ne s'arrêta pas l'affaire. A Paris on crut qu'une sentence en forme était nécessaire pour réparer l'erreur commise par M. Mengin de Laneuveville, et le 11 mars 1789 un arrêt du Conseil d'État du roi cassait l'ordonnance du 26 février parce que, « par une fausse interprétation du règlement par elle (Sa Majesté) fait le 7 du mois de février... ledit lieutenant général aurait considéré les bailliages de Lunéville, Blàmont, Rosières, Vézelise et Nomeny comme secondaires..., tandis que les cinq dits bailliages sont bailliages principaux. » Plusieurs exemplaires de cet arrêt furent envoyés par le directeur général des finances à l'intendant de Lorraine, M. de la Porte, pour qu'il les fît parvenir immédiatement aux cinq baillis intéressés. Cf. Arch. nat., B III, 93, p. 132, pièces diverses relatives au bailliage de Nancy. L'arrêt du Conseil du 11 mars 1789 a été reproduit par M. Brette au tome I de son *Recueil de documents relatifs à la convocation des États généraux*, p. 233.

II (p. 9).

Division de la Lorraine en arrondissements électoraux.

Par la création, en Lorraine, de quatre centres électoraux de réduction, le ministère pensait avoir concilié toutes les exigences et ménagé toutes les susceptibilités. Cet expédient, toutefois, fut loin de satisfaire tout le monde. Nous voyons que cette division en quatre circonscriptions électorales provoqua bien des réclamations et parfois des récriminations bien amères, où les intérêts de clocher et les amours-propres locaux tenaient, au reste, une large place. Ainsi Saint-Mihiel, qui se voyait sacrifié à Bar-le-Duc, sans protester contre le principe de la division, demande à y figurer et à y prendre place au même titre que Nancy, Mirecourt, Sarreguemines et Bar, de façon à ne pas avoir à subir l'humiliation d'envoyer ses députés dans cette dernière ville. Dans un mémoire fort curieux, les trois ordres font valoir les raisons qui militent en faveur d'une cité qui a eu jadis ses grands jours, et défendent les droits de l'ancien bailliage de Saint-Mihiel, « l'égal des quatre, disent-ils, pour l'ancienneté, mais bien supérieur pour la considération dont il a joui depuis des siècles ». Ils protestent contre l'humiliante exception dont ils viennent d'être l'objet, et qui les fait descendre honteusement au-dessous de Mirecourt et de Sarreguemines. Ils exposent les différences profondes qui séparent les deux Barrois, le Barrois mouvant et le Barrois non mouvant, différences tirées de la géographie, du sol, des produits, de l'industrie, des besoins spéciaux, etc., et en concluent à la nécessité, pour ces deux régions si opposées l'une à l'autre, d'avoir des représentants distincts tirés de leur propre sein. Bref, Saint-Mihiel, n'osant pas aller jusqu'à demander de supplanter Bar, voudrait du moins être le centre de réunion du Barrois non mouvant avec ses sept bailliages subordonnés, comme Bar le serait pour ceux du Barrois mouvant. Mais c'est en vain que les trois ordres s'agitent. Toutes leurs démarches devaient rester inutiles. Une décision du Conseil leur répondit assez durement qu'on ne pouvait rien changer à ce qui avait été fait et que d'ailleurs il ne résultait du mode adopté aucune supériorité en faveur des bailliages choisis pour les réunions d'arrondissement. Les gens du Barrois non mouvant, du bailliage de Saint-Mihiel en particulier, durent se soumettre et envoyer leurs députés à Bar. Ils n'eurent d'autre consolation que de pouvoir consigner leurs protestations et déverser leur mauvaise humeur dans leurs cahiers. (Arch. nat., B III, 23, p. 420.)

D'autre part, une lettre de M. de la Porte, intendant général de Lorraine et Barrois, au garde des sceaux, à la date du 25 février 1789, nous apprend que le parti adopté par le gouvernement de diviser les deux duchés en quatre arrondissements qui députeraient chacun aux États généraux, avait généralement produit une mauvaise impression par toute la province. On semble regretter, dit-il, que chaque bailliage n'ait pas la députation directe ou qu'au moins le gouvernement n'ait pas déterminé un chef-lieu unique où les députés de tous les bailliages se seraient réunis pour former des cahiers de remontrances et de doléances communs à toute la province. L'intendant, au reste, n'insiste pas, car, ajoute-t-il, toutes ces plaintes avaient été portées à l'administration avant le règlement du 7 février et elles ont dû être sans doute jugées mal fondées. (Arch. nat., B III, 93, p. 72.)

Signalons encore le cas, fort piquant assurément, du petit pays du Bassigny-Barrois — ou plutôt du bailliage de Bourmont prétendant en la circonstance représenter tout le Bassigny-Barrois — dont les trois ordres se réunissent d'un commun accord pour protester contre l'oubli dont ils ont été victimes et rédiger un vœu commun où ils exposent et cherchent à démontrer par toutes sortes de considérations curieuses, d'ordre moral, politique, historique, géographique et économique tout à la fois, que le Bassigny a le droit d'être entendu par lui-même aux États généraux, et d'avoir par conséquent, pour l'y représenter, une députation spéciale, distincte de celles qui seraient envoyées par les quatre circonscriptions de la province de Lorraine et Barrois. Ils ne se contentent pas de protestations théoriques. En même temps qu'ils consentent à concourir « passivement, conditionnellement et par pure obéissance aux ordres de Sa Majesté » à l'assemblée de réduction de Bar, ils désignent séance tenante l'un d'entre eux pour aller directement à Versailles et y être près des États généraux « leur représentant, l'interprète et le patron de leurs intérêts ». Le député sur qui s'étaient portés les suffrages, Huot de Goncourt, n'exigeait « d'autre rétribution, indemnité ni récompense que l'avantage de se concilier la confiance de ses compatriotes, ce qui lui servirait de brevet d'honneur et de mérite pour cause de services rendus à son pays ». (Cf. *Archives parlementaires*, t. II, p. 198, et Brette, *Huot de Goncourt, représentant du Bassigny-Barrois à la Constituante*, dans la revue *la Révolution française* du 14 novembre 1896.)

Voir aussi, dans le même ordre d'idées, la réclamation de la noblesse de Briey qui se plaint de « la forme vicieuse de convocation aux États généraux adoptée pour la Lorraine », et qui aurait préféré, étant donné que le roi accordait neuf députations à la province, qu'au lieu de quatre chefs-lieux d'arrondissement on en eût fixé neuf dans chacun desquels on aurait réduit en un seul cahier les cahiers des bailliages compris dans l'arrondissement, « ce qui eût rendu, ajoutent les rédacteurs du vœu, la députation plus directe, composée de plus véritables représentants du canton et plus à même d'en porter le vœu particulier aux États généraux ». (Cf. *Arch. parlem.*, t. II, p. 23.)

III (p. 40).

Liste des membres de l'ordre du clergé présents ou représentés à l'assemblée électorale du bailliage de Nancy, 30 mars 1789.

Mgr Anne-Louis-Henry de la Fare, évêque de Nancy, primat de Lorraine ; — Le chapitre de l'insigne église cathédrale primatiale, représenté par MM. l'abbé de Mahuet de Lupcourt, grand doyen, abbé de la Chalade, et l'abbé Camus, chanoine de la Primatiale, tous deux vicaires généraux du diocèse; — M. l'abbé de Bonneville, chanoine dignitaire de la cathédrale de Toul et conseiller-clerc au Parlement de Nancy; — M. l'abbé du Houx de Dombasle, chanoine de la cathédrale de Nancy, abbé d'Airvaux et vicaire général de Laon; — M. Barail, chanoine de la Primatiale et chapelain; M. Cueüllet, chanoine de la Primatiale et chapelain; M. de Gellenoncourt, chanoine de la Primatiale et chapelain; M. Sallet, chanoine de la Primatiale et chapelain, représenté par M. l'abbé Person de Grandchamp, chanoine de la même église.

MM. les prébendés et prêtres composant le bas chœur de la Primatiale, représentés par M. Lallemand, vicaire perpétuel.

Le chapitre de Saint-Michel, de Nancy, représenté par M. Laurent, vicaire de Saint-Roch et chanoine de ce même chapitre.

Dom Théodore Haboury, abbé de Clairlieu; Dom Pierson, abbé de Saint-Léopold de Nancy; Dom Debras, prélat de Flavigny.

Mᵐᵉ l'abbesse de Bouxières-aux-Dames, représentée par M. l'abbé Raybois, prévôt du chapitre. Le chapitre des Dames de Bouxières-aux-Dames représenté par le même; M. Saint-Mihiel, chanoine dudit chapitre.

MM. Maigret, curé d'Agincourt; Guerre, curé d'Amance; Claude, curé d'Arraye, représenté par M. Procquez, curé de Lay-Saint-Christophe; Aubert, curé d'Art-sur-Meurthe; Claudel, curé de Bouxières-aux-Chênes; Henrion, curé de Bouxières-aux-Dames; Quentin, curé de Brin-sur-Seille, représenté par le P. de Laruelle, prémontré, curé de Moulins; Boutquoy, curé de Burthecourt-en-Vermois; Meynier, curé de Chaligny; Billet, curé de Champenoux; Felix, curé de Champigneulles; Jacquemin, curé de Clévant; Castillard, curé de Custines; Gaucheron, curé de Dommartemont; Thouvenel, curé d'Essey; Raoul, curé d'Eulmont; Daille, curé de Faulx; Perrin, curé de Fontenoy, représenté par M. Claude, curé d'Arraye; Bailly, curé de Frolois, représenté par M. Fischer, curé de Richardménil; Garaudé, curé de Frouard, représenté par M. Bastien, curé de Pompey; Guerre, curé de Gondreville; Drouville, curé d'Heillecourt; Bernard, curé de Lanfroicourt; Martin, curé de Laxou, représenté par M. Bourcier, vicaire; Procquez, curé de Lay-Saint-Christophe; Oblet, curé de Lenoncourt; Valentin, curé de Leyr-sur-Seille; Mathieu, curé de Ludres; Olivier, curé de Lupcourt, représenté par M. Dubourg, curé de Saint-Hilaire; Duvez, curé de Malzéville; Midon, curé de Marbache; Hussenot, curé de Maron; Malard, curé de Maxéville; Pierron, curé de Méréville; Henry, curé de Millery, représenté par M. Castillard, curé de Custines; de Laruelle, prémontré, curé de Moulins; Renaudin, oratorien, curé de la paroisse Notre-Dame, de Nancy; Parisot, curé de Saint-Epvre, de Nancy; Guilbert, curé de Saint-Sébastien, de Nancy; Ragot, curé de Saint-Roch, de Nancy; Rolin, curé de Saint-Nicolas, de Nancy; de Celers, lazariste, curé de Saint-Pierre et Saint-Stanislas, de Nancy; Mollevaut, curé de Saint-Vincent et Saint-Fiacre, de Nancy; Nicolas, curé de La Neuvelotte; Henry, curé de La Neuveville-devant-Nancy; Vaudel, curé d'Ourches; Bastien, curé de Pompey; Dauphin, curé de Pont-Saint-Vincent; Fischer, curé de Richardménil; Lucas, curé de Rupt-lès-Moivrons, représenté par M. Simon, vicaire de Lay-Saint-Christophe; Dubourg, curé de Saint-Hilaire; Dom Bridot, bénédictin, curé de Saint-Nicolas-de-Port; Bruant, curé de Saizerais, représenté par M. Bastien, curé de Pompey; Vaultrin, curé de Saulxures, représenté par M. l'abbé Camus; Génin, curé de Seichamps; Aubry, curé de Sexey-les-Bois, représenté par M. Claude; Quentin, curé de Sornéville, représenté par le P. Dieudonné, chanoine régulier, principal du collège de Nancy; Poirot, curé de Vandœuvre; Dom Renel, bénédictin, curé de Varangéville; Rosselange, curé de Villers-lès-Nancy; Nicolas, curé de Villey-le-Sec, représenté par M. Guerre, curé de Gondreville; Mourot, curé de Viterne; Collet, administrateur de Maréville.

Les prêtres de l'Oratoire, représentés par M. Servant, supérieur; les prêtres de la Mission, par M. Thomas, procureur du Séminaire; les prêtres de la communauté de Saint-Sébastien, par M. Lacretelle.

MM. Evrard et Dombrot, vicaires d'Amance; Voignier, vicaire de Bouxières-aux-Dames; Laviole, vicaire de Champenoux; Cherrières, vicaire de Chavigny; Thiébert, vicaire d'Essey-lès-Nancy; Bourcier, vicaire de Laxou; Barbier, vicaire de Malzéville; Suisse, vicaire de Vandœuvre.

MM. les prêtres et autres engagés dans les ordres, domiciliés sur les différentes paroisses de Nancy, représentés : ceux de Saint-Epvre, par M. Jacquemin, professeur à la Faculté de théologie; ceux de Saint-Sébastien, par M. Geoffroy, vicaire de la paroisse; ceux de Saint-Roch, par M. Dupré, ex-jésuite, directeur de la Visitation; ceux de Saint-Nicolas, par M. Antoine, vicaire; ceux de Saint-Pierre et Saint-Stanislas, par M. Arnoult, ancien curé de la paroisse; ceux de Saint-Vincent et Saint-Fiacre, par M. Élie, vicaire.

Les prêtres et autres engagés dans les ordres de Saint-Nicolas-de-Port, représentés par M. Toussaint.

En qualité de chapelains : MM. André, Antoine, Blaise, Bourgeois, Couquot, représenté par M. Bourgeois; de Seichamps, représenté par Dom Probst, bénédictin; Dufey, Ferry, Gaudel, Guinard, représenté par M. Barlet; Harman, représenté par M. Charlot; Lapierre, représenté par M. Thierry; Liégé, Marquet, Mathieu, représenté par M. Evrard; Raybois, Simon, Thiéry, représenté par M. Vaultrin; Toussaint, Vaultrin, Charles, chapelain de Saint-Goéric, à Ourches, représenté par M. Bourgeois; les chapelains de Saint-Nicolas, en l'église Saint-Epvre, de Nancy, représentés par M. Elquin.

Pour le clergé régulier : les Prémontrés de Nancy, représentés par le P. Parmentier; les Chanoines réguliers, par les Pères Remy, substitut du R. P. procureur général, et Dieudonné, principal du collège et doyen de la Faculté de philosophie et des arts; les Bénédictins de Flavigny, par Dom Georges; les Bénédictins de Lay-Saint-Christophe, par Dom Didelot, prieur; les Bénédictins de Nancy, par Dom Gallet, procureur général; les Bénédictins de Saint-Nicolas-de-Port, par Dom Gridel; les Bernardins de Clairlieu, par Dom Le Monier; les Minimes de Bon-Secours, faubourg de Nancy, par le P. Chrétien, provincial; les Minimes de Nancy, par le P. Plassiard, supérieur; les Dominicains de Nancy, par le P. Lepailleur, prieur; les Carmes de Nancy, par le P. Basile Gaspard, prieur; le Définitoire des Carmes, par le P. François-Marie, provincial; les Tiercelins de Nancy, par le P. Thomas; les Cordeliers de Nancy, par le P. Cadet, gardien; les Chartreux de Bosserville, par Dom Rouilliot, prieur; les Frères des Écoles chrétiennes, de la maison de Nancy, par frère Eunuce, directeur; ceux de la maison de Maréville, par frère Jean-Marie, directeur et visiteur.

Les Dames Prêcheresses ou Dominicaines, de Nancy, représentées par le P. Lepailleur, prieur des Dominicains; les Dames de la Visitation, par M. l'abbé de Lupcourt; les Dames de Sainte-Élisabeth, par le P. Lambert, provincial des Cordeliers; les Dames de la Congrégation, par M. l'abbé Turlot, vicaire général; les Dames Carmélites du premier couvent, par M. Guilbert, curé de Saint-Sébastien; les Dames Carmélites du second couvent, par le P. François-Marie, provincial des Carmes; les Dames du Saint-Sacrement, par Dom Pierson, abbé de Saint-Léopold; les Dames Tiercelines, par le P. Zens, tiercelin; les Dames Annonciades Célestes, par M. l'abbé de Lupcourt; les Dames Bénédictines de Saint-Nicolas-de-Port, représentées par Dom Gridel; les Dames de la Congrégation, de la même ville, par M. l'abbé Turlot, vicaire général; les Dames Annonciades de la même ville encore, par le P. Cadet, gardien des Cordeliers de Nancy. (*D'après les procès-verbaux de l'assemblée*, mss. du séminaire et de la bibliothèque municipale de Nancy.)

IV (p. 55).

Sur les cahiers imprimés en 1789.

Un certain nombre de cahiers, soit de bailliages, soit même de communautés. — ceux-ci en nombre plus rare cependant — ont été imprimés dès les mois de mars et avril 1789. Il semble même que le gouvernement avait manifesté le désir qu'on les imprimât tous, au moins ceux des bailliages. Dans une circulaire du 2 avril 1789, le garde des sceaux demande aux baillis ou à leurs lieutenants généraux, de lui adresser un exemplaire de tous les cahiers que l'on publierait. En Lorraine, toutefois, très peu de ces cahiers furent imprimés. Je ne vois guère à signaler que ceux de la noblesse de Nancy, de la noblesse de Lunéville, de la noblesse de Nomeny, de la noblesse de Briey, des trois ordres réunis de Rosières, des trois ordres réunis de Villers-la-Montagne, du clergé et du Tiers réunis de Bruyères. A Vézelise, le lieutenant général du bailliage répond au garde des sceaux, le 28 avril, que les cahiers ne seront probablement pas imprimés. (Arch. nat., B III, 93, p. 688.) Celui de Lunéville envoie le cahier imprimé de la noblesse et ajoute qu'on ne paraît pas disposé à imprimer les autres (Arch. nat., B III, 93, bailliage de Lunéville), et c'est la même réponse que font presque tous les bailliages. Signalons aussi, parmi les rares cahiers primaires de communautés qui ont été imprimés alors, celui du village d'Essey-lès-Nancy, publié dès le mois de mars 1789 (18 pages in-8°, s. l. n. d.) pour des raisons particulières : l'élection des délégués d'Essey ayant été contestée par le juge du seigneur du lieu, le curé, M. Thouvenel, prenant en main les intérêts de ses paroissiens, avait fait rédiger et imprimer un cahier de protestations ; c'est un document des plus curieux qui a échappé à MM. Mavidal et Laurent, mais qui eût certainement mérité à tous égards de trouver place dans leur recueil. Enfin, quelques semaines après les élections, parut à Nancy, composé probablement par quelqu'un de la noblesse d'après l'ensemble des cahiers particuliers des différents ordres, un *Résumé des cahiers de Doléances, Pouvoirs et Instructions des différents bailliages de la Lorraine*, s. l. n. d., in-8° de 6 pages. A quelques mois de là, le même travail de synthèse était fait pour toute la France, sous ce titre : *Résumé général ou Extrait des cahiers de pouvoirs, instructions, demandes et doléances, remis par les divers bailliages, sénéchaussées et pays d'États du royaume à leurs députés à l'assemblée des États généraux, ouverts à Versailles le 4 mai 1789*, avec une table raisonnée des matières, par une société de gens de lettres, publié par le sieur Prudhomme. Paris, chez l'éditeur, 1789, 3 volumes in-8°. — Ce serait l'œuvre, d'après Barbier, de L. Prudhomme et de Laurent de Mézières. — Tous ces extraits ou résumés des cahiers de 1789 ne méritent, d'ailleurs, qu'une confiance très médiocre.

V (p. 67).

La question du reculement des barrières.

La question du reculement des barrières préoccupait alors vivement les esprits, dans les provinces de Lorraine et Barrois, d'Alsace et des Trois-Évêchés. Elle avait fait verser des flots d'encre. Voici de quoi il s'agissait : Dans un mémoire présenté à l'assemblée des Notables en 1787, le gouvernement, par l'organe de Calonne, avait proposé la suppression de toutes les douanes intérieures et l'établissement d'un tarif uniforme et modéré aux frontières du royaume. L'assemblée des Notables avait approuvé en principe le tarif, mais sous la réserve que les assemblées provinciales de Nancy, de Metz et de Strasbourg, seraient préalablement appelées à donner leur avis. Ces trois généralités formaient en effet, à l'angle nord-est du territoire, ce qu'on appelait les provinces *d'étranger effectif*, c'est-à-dire qu'elles communiquaient librement avec l'étranger, tandis qu'une barrière de douanes les séparait du reste du royaume. (Lavergne, *Les Assemblées provinciales sous Louis XVI*, p. 273 et suiv.) Il y avait là une anomalie qu'on avait essayé à différentes reprises de faire disparaître, mais, à tort ou à raison, les populations de ces provinces d'étranger effectif voyaient dans leur situation un privilège, et le gouvernement avait dû s'incliner devant leurs résistances. La question avait été longuement discutée à l'assemblée provinciale de Lorraine, à Nancy, en 1787. (Voir le *Procès-verbal des séances* de cette assemblée, pp. 286 et suiv.) Divers mémoires ou factums avaient été échangés, mais la lumière et l'accord n'étaient pas encore faits. C'est ce qui explique pourquoi notre cahier et plusieurs autres avec lui, demandent qu'avant de statuer sur ce point, les États généraux attendent une dernière consultation des populations intéressées, réunies en États provinciaux. Guilbert avait même demandé, dans son *Projet de cahier*,

que les députés fussent sans pouvoir sur cette affaire : « S'il s'agit encore du reculement des barrières ou tarif, on demandera que les États provinciaux soient consultés
spécialement, cet objet intéressant en particulier la province et n'étant pas encore
suffisamment instruit. » Tous les cahiers, cependant, ne gardent pas cette réserve pru-
dente. Un certain nombre sont plus catégoriques dans un sens ou dans l'autre. Ainsi,
pour n'en citer que quelques-uns en Lorraine, le cahier du Tiers du bailliage de Bar-
le-Duc, article 21 (*Arch. parl.*, II, p. 195), et celui de la noblesse d'Étain (*Ibid.*, II,
p. 220) se prononcent énergiquement contre le reculement des barrières et pour le
maintien de l'ancien état de choses. De même celui du Tiers de Briey, qui demande
aux députés aux États généraux de conserver « soigneusement ce privilège comme
étant un des plus précieux à la province. Ils ne perdront jamais de vue que les
gens les plus sages, les commerçants les plus éclairés, les membres de son administration provinciale, en général, les meilleurs citoyens de la province n'ont envi-
sagé le reculement des barrières que comme une opération désastreuse, destructive
de son commerce et de toute industrie ». (*Arch. parl.*, II, p. 212.) Le Tiers de Remiremont, au contraire, demande le reculement comme « nécessaire pour faire fleurir
le commerce et donner de la confiance aux manufactures de France, toutes sortes
d'aisance et de privilège ». (*Ibid.*, IV, p. 14.) De même le clergé de Vézelise, article
11. (Voir plus haut, chap. II, § V.)

VI (p. 70).

La question juive en 1789.

La « question juive » se posait déjà en 1789 et dans la province de Lorraine plus
que partout ailleurs peut-être, l'Alsace exceptée.

Le mémoire de l'abbé Grégoire sur la *Régénération physique, morale et politique des
Juifs* était loin d'avoir converti tout le monde. Voici comment Guilbert s'exprimait à
leur égard : « Les Juifs commencent à inquiéter ; depuis longtemps ils sont une des
causes de la pauvreté des gens de campagne qu'ils ruinent par des usures exorbitantes et dont il est presque impossible de les convaincre ; les villages où ils ha-
bitent sont les plus pauvres de la province ; ils n'ont d'autres occupations que d'u-
surer ; en vain leur a-t-on permis les arts et métiers, ils n'en exercent aucun ; on ne
peut les imposer en proportion de leurs facultés ; toujours l'agiotage échappera à
l'impôt, et c'est presque leur unique talent ; l'inexécution des ordonnances de nos
souverains les laisse multiplier à l'infini ; ce mal empire et il est tems d'en arrêter
les funestes progrès. Il faudrait les assimiler à ceux d'Alsace pour toutes les affaires
d'argent et renfermer ceux des villes dans un quartier, sans quoi, bientôt, ils seront
possesseurs des plus belles maisons ; il serait juste aussi de les obliger de donner
tous les ans une somme quelconque aux curés sur les paroisses desquels ils sont
établis, comme c'est l'usage dans quelques villes du royaume. » (*Projet de cahier,*
p. 18.)

Bon nombre de cahiers appellent l'attention des États généraux sur cette question.
Le Tiers de Pont-à-Mousson, par exemple, demande « la stricte exécution des ordonnances de Lorraine concernant les Juifs, en sorte qu'ils n'aient pas la liberté de fixer
leur domicile dans toutes les villes indifféremment, mais seulement dans celles qui
leur sont indiquées par les règlements des anciens ducs de Lorraine ». (*Arch. parl.*,
II, p. 238.) Le clergé du bailliage de Bouzonville désire qu'ils soient réduits au
nombre déterminé par les ordonnances, et que là où ils seront tolérés ils se retirent
dans un quartier séparé. (*Ibidem*, V, p. 705.) Le Tiers du bailliage de Nancy exprime
le vœu « qu'il soit remédié à l'imperfection des lois concernant les Juifs, et que dès
à présent le commerce des blés leur soit défendu ». (*Ibidem*, VI, p. 647.) Le clergé et la
noblesse du bailliage de Lixheim, s'exprimant en termes plus durs encore, demandent « que les Juifs domiciliés dans la province de Lorraine soient soumis au
même règlement rendu pour ceux d'Alsace le 10 juillet 1784, même que cette nation

qui produit la ruine des habitants des campagnes de cette province, soit assujettie à des règlements encore plus solidement cimentés, s'il est possible, tant pour prévenir leur multiplication que leur usure ». (*Ibidem*, V, p. 716.) Le clergé du bailliage de Bitche dénonce leurs usures excessives qui s'élèvent parfois à 25 p. 100 et vont même « bien au delà dans les campagnes ». (*Ibidem*, V, p. 693.) Les trois ordres réunis de Rosières, enfin, demandent « que les juifs soient expulsés ou admis dans tous les droits des autres sujets et soumis aux mêmes lois, et que s'il plait à Sa Majesté de les conserver sous la forme actuelle, ordonner que leurs communautés resteront garantes de tous les individus qui les composent ». (*Ibidem*, IV, p. 88.)

De nombreuses lois avaient été portées à leur sujet à différentes époques. Ainsi, pour n'en citer que quelques-unes, un arrêt de la Cour souveraine de Lorraine, du 17 septembre 1717, défendait aux Juifs de Nancy et autres de faire aucun exercice public de leur religion. (*Ordonnances de Lorraine*, t. II, p. 133.) Une déclaration du 20 octobre 1721 permettait à un certain nombre de familles de continuer à résider en Lorraine aux lieux où ils étaient établis, d'y exercer leur religion et d'y tenir leur synagogue dans une de leurs maisons, sans bruit, ni scandale, sous la dépendance de la synagogue principale de Boulay. (*Ibidem*, II, p. 508.) Un arrêt du 26 janvier 1753, rendu au Conseil du Roi de Pologne, avait fixé à 180 le nombre des familles juives admises à résider en Lorraine, où elles ne devaient former qu'une seule communauté, et un arrêt de la Cour souveraine du 22 avril 1762 avait intimé à nouveau l'ordre à tous les autres juifs de sortir des États de Sa Majesté. (*Ibid.*, X, p. 179.) D'autre part, un édit du duc Léopold du 30 décembre 1728 avait soumis à des formalités spéciales les actes que l'on passait avec eux. (*Ibid.*, III, p. 32.) Il est vrai qu'un arrêt du 26 janvier 1753 avait suspendu à cet égard l'exécution de l'édit ; mais plusieurs cahiers demandent la révocation de cet arrêt (notamment la noblesse de Darney, *Documents de l'histoire des Vosges*, t. I, 1868, p. 322). C'est la remise en vigueur de toutes ces lois, alors non exécutées, que le clergé de Nancy demande ici.

VII (p. 72).

La législation sur les duels en Lorraine avant 1789.

La législation sur les duels, en Lorraine, était fixée par un édit du duc Léopold, du mois de mai 1699 (*Recueil des Ordonnances*, t. 1er, p. 168), qui consacrait et résumait des ordonnances antérieures de 1603, de 1609, de 1626, etc. Cette législation était assez sévère. Des peines très dures étaient portées non seulement contre ceux qui recouraient au duel pour vider leurs querelles, mais encore contre ceux qui les assistaient à quelque titre que ce soit. Ainsi quiconque provoquait en duel par envoi de billet, cartel, assignation de rendez-vous, était par le seul fait, entre autres peines, privé des charges, offices, appointements, pensions qu'il pouvait tenir du duc, et, de plus, condamné à deux années d'emprisonnement « ès prisons criminelles de Nancy », pendant lesquelles il était suspendu de l'administration et privé du revenu de ses biens. Pour ceux qui ne tenaient du souverain aucun office, charge, appointement ou pension, la peine de la prison était portée à trois années. L'édit contenait encore des dispositions contre ceux qui prêtaient leur ministère aux duellistes : ainsi les valets, domestiques et laquais, au-dessus de 15 ans, qui portaient, sciemment, des cartels de défi, devaient être punis de la peine du fouet et de la marque d'un fer chaud ; les pages coupables du même délit étaient condamnés à être fustigés. De plus, il était spécifié que celui qui aurait l'insolence de provoquer en combat singulier son supérieur ou son bienfaiteur, serait, comme aggravation de peine, condamné à faire publiquement réparation, tête nue et à genoux, au provoqué. Si, malgré ces précautions prises pour l'empêcher, le duel avait lieu effectivement, la peine de mort était prononcée contre les duellistes, s'ils ne sortaient ni blessés ni tués du combat, avec confiscation de leurs biens ou tout au moins une amende qui ne pourrait s'élever à moins de la moitié de la valeur de ces biens. Le fugitif devait être condamné par contumace et la condamnation exécutée eu effigie. Si l'un des adversaires mourait au cours du duel, un procès devait être fait à son cadavre « comme pour crime d'homicide de soi-même, et si le cadavre n'est pas existant, le procès sera fait à sa mémoire comme pour crime de lèse-majesté divine et humaine ». Suivaient d'autres peines contre les spectateurs, contre ceux qui servaient de témoins, ceux qui recueillaient les duellistes fugitifs et favorisaient leur évasion. (Édit de mai 1699, art. 11 et suiv., *Ordonnances*, t. Ier, p. 168.) Il faut ajouter que cette législation sévère était rarement appliquée.

VIII (p. 77).

De la dotation des curés.

Presque tous les cahiers s'accordent aussi sur ce point de l'augmentation des portions congrues, et, d'une façon plus générale, de l'augmentation des rétributions attachées aux charges curiales ou vicariales. Voici en quels termes Guilbert s'exprime à cet égard. Il propose tout d'abord de « supprimer les portions congrues en dotant les curés par union de bénéfices. Elles pèsent spécialement, ajoute-t-il, sur Nancy, où elles sont à la charge de la ville ; il y a sept curés, autant de vicaires, et l'entretien de toutes les paroisses ; cet objet est considérable. Il y a peu de curés à portion congrue en Lorraine, et la province offre des moyens de dotation (beaucoup de bénéfices simples , sans compter les prieurés en commende). Par cette opération, on pourrait rendre les revenus égaux entre les curés en ayant cependant égard aux localités et aux charges directes de quelques-uns d'entre eux. Tous destinés aux mêmes fonctions, il paraît juste qu'ils soient également rétribués ; aucun alors ne serait incliné à changer par l'envie d'avoir plus, et le plus ne donnerait plus cette prépondérance injuste et toujours humiliante entre des égaux. Les seules vertus morales, patriotiques et religieuses traceraient alors entre eux cette ligne de démarcation si utile pour l'émulation. Un curé réduit à la portion congrue ne peut vivre décemment, ni aider les malheureux, et comment conservera-t-il leur confiance, leur attachement, s'il ne peut les aider? Il faudrait des talents bien supérieurs, et on ne peut se dissimuler qu'ils ne sont pas assez communs pour les regarder comme une ressource commune. »

L'insuffisance de la dotation des curés est l'objet de plaintes générales, dont on retrouve l'écho dans presque tous les cahiers. Plusieurs même donnent des chiffres à l'appui. La portion congrue avait été fixée, en 1785, à 700 livres pour les curés, à 350 pour les vicaires. Or le clergé du bailliage de Verdun, par exemple, demande que la portion congrue des curés soit portée à 1,200 livres, celle des vicaires à 600. (*Arch. parl.*, VI, p. 128.) Le Tiers de la ville de Neufchâteau fixe également comme minimum pour la portion congrue des curés, la somme de 1,200 livres. (*Documents de l'histoire des Vosges*, t. II, 1869, p. 315.) Le clergé et la noblesse du bailliage de Lixheim se contentent de 1,000 livres pour les curés et de 400 pour les vicaires. (*Arch. parl.*, V, p. 717.) Il est vrai que, d'autre part, ces mêmes cahiers demandent et supposent la suppression du casuel.

IX (p. 78).

Sur une disposition de l'édit de 1768 concernant les Réguliers.

L'édit du 26 mars 1768, qui avait été préparé et élaboré par la Commission des Réguliers, portait en effet (art. 1 et 2) qu'aucun des sujets du roi ne pourrait, à partir du 1er avril 1769, s'engager à une profession monastique ou régulière, « s'il n'avait atteint, à l'égard des hommes, l'âge de 21 ans accomplis, et à l'égard des filles, celui de 18 ans accomplis ». Le roi se réservait, après un délai de dix années, d'expliquer de nouveau ses intentions à ce sujet, mais en attendant, les professions faites avant l'âge fixé devaient être regardées comme nulles. Le délai expiré, par lettres patentes du 19 février 1779, le roi avait confirmé les prescriptions de l'édit de 1768. C'est en vain que l'assemblée du clergé de 1780 avait fait entendre, sur ce point en particulier, de vives réclamations; le roi avait répondu que les dispositions de l'édit do 1768 étaient définitives. C'est l'abrogation de ces mêmes dispositions qu'un certain nombre de cahiers, en 1789, demandent à nouveau ; par exemple, celui du clergé du bailliage de Verdun, qui propose « que l'émission des vœux de la religion soit permise à 18 ans. Deux considérations militent en faveur de cette demande : 1° l'incertitude dans laquelle flotte un jeune homme en attendant l'âge de 21 ans, le désœuvrement auquel il est livré et les risques qu'il court d'altérer ses mœurs ; 2° l'utilité dont seraient les jeunes profès à 18 ans, pour l'enseignement de la jeunesse, si les États généraux adoptent.le projet désiré de confier les collèges aux ecclésiastiques, séculiers ou réguliers. » (Arch. parl., VI, p. 127.)

Les divers ordres, d'ailleurs, sont loin de s'entendre sur ce point. Ainsi le Tiers de la ville de Neufchâteau, loin de protester contre l'édit de 1768, en demande encore l'aggravation et désire « que les vœux soient fixés à trente ans », ajoutant « que si cette précaution sage et humaine occasionne la dépopulation des couvents, leurs revenus seront employés au soulagement des villes où ils sont établis ». (Documents inédits de l'histoire des Vosges, t. II, 1869, p. 315.)

X (p. 79).

La question des synodes ruraux.

On appelait ainsi des assemblées qui réunissaient, à des époques fixées, d'ordinaire une fois l'an, sous la présidence d'un doyen, tous les curés et prêtres exerçant le ministère dans un doyenné rural. Ce privilège de se réunir ainsi en assemblées où se discutaient les affaires qui le concernaient, était cher au clergé. Or, en 1773, Mgr Drouas, évêque de Toul, mécontent de ses curés, redoutant l'opposition qu'ils menaçaient de lui faire dans leurs synodes ruraux et persuadé, sur des rapports exagérés qui lui avaient été faits, que ces assemblées étaient une cause de difficultés permanentes pour son administration, en avait sollicité et obtenu du roi la suppression. Le mécontentement excité par cette mesure autoritaire et imprudente avait été général. La noblesse, les magistrats, les populations partageaient les sentiments du clergé. Quatre curés, au nombre desquels se trouvait Guilbert, avaient été envoyés à Paris pour défendre en cour de France les droits et l'honneur injustement attaqués de leurs confrères, et obtenir le rétablissement des synodes. L'affaire semblait sur le point de s'arranger, lorsque, Mgr Drouas étant mort, son successeur sur le siège de Toul, Mgr de Champorcin, avait sollicité lui-même et obtenu, par ordonnance royale du 25 avril 1775, le rétablissement de ces assemblées.

Les choses étaient restées en cet état jusqu'à la division des diocèses. Mais depuis la création de l'évêché de Nancy (1778), l'affaire était entrée dans une nouvelle phase. Le premier titulaire du nouveau siège, Mgr de la Tour du Pin-Montauban, après avoir divisé son diocèse en nouvelles circonscriptions pour lesquelles le nom de cantons avait été substitué à colui de doyennés, sans s'expliquer positivement à l'égard des synodes et des doyens, les avait en quelque sorte supprimés, en fait, les uns et les autres. Quelques curés, en effet, entre autres le célèbre Ch. Grandjean, curé d'Amance et doyen de Port, avaient interprété ce silence du prélat comme un acte de suppression effective et lui avaient adressé une protestation plus énergique que respectueuse. Mais un arrêt du Conseil d'État du roi, en date du 23 avril 1781, avait donné raison à l'évêque et fait « très expresses inhibitions aux curés du diocèse de Nancy de s'assembler, de former aucune association, de signer aucune procuration et de s'imposer aucune contribution, sous prétexte de contestations à entreprendre ou à soutenir en commun ». Quelques mois après, une déclaration royale du 9 mars 1782 renouvelait cette défense, qui était étendue, du reste, à tous les curés du royaume, « de former entre eux aucune assemblée, de prendre des délibérations communes, de nommer des syndics et des députés pour suivre l'effet des dites délibérations, sans avoir obtenu du gouvernement une autorisation expresse ». Il est vrai que la déclaration ajoutait aussitôt : « sans préjudice toutefois des assemblées synodales ou autres assemblées ordinaires dûment établies et autorisées par les règlements, statuts et usages de leurs diocèses respectifs, lesquelles continueront d'avoir lieu, comme par le passé, sous l'autorité et l'inspection des Ordinaires des lieux. » (*Ordonnances de Lorraine*, t. XV, p. 36-37.) C'est contre toutes ces entraves apportées depuis quelques années à la liberté de leurs réunions que les curés protestent ici.

Nous savons d'ailleurs que M. de la Fare s'était prononcé plus d'une fois, notamment dans l'assemblée du bailliage de Nancy, en faveur du rétablissement de ces synodes. Quelques semaines après, le 16 avril, dans une circulaire imprimée adressée à tous les curés du diocèse, il assurait son clergé de ses intentions formelles à cet égard et annonçait qu'il recevrait avec plaisir « les vœux particuliers et les observations importantes qu'ils auraient à faire sur le rétablissement des synodes ». (*Circulaire du 16 avril* et *réponse manuscrite de Guilbert*, bibl. du séminaire de Nancy.)

XI (p. 80).

Sur les droits dits de casuel.

« De la dotation des curés, écrit Guilbert dans son *Projet de cahier*, suit comme acte de justice la suppression du casuel toujours si humiliant pour le ministre et qui influe sur le ministère même. Il n'est pas un curé honnête qui ne se verra avec plaisir délivré d'une sujétion aussi pénible et à laquelle il est forcé de se prêter par le besoin. Cependant, pour le bon ordre et le bien du service, il serait important de laisser encore une très modique rétribution pour l'heure de quelques fonctions et la pompe extérieure, en le réglant dans toute sa rigueur, pour éviter aux curés les vexations du peuple et à celui-ci les refus déplacés des curés ; les uns et les autres sont hommes non exempts de défaut ; on ne peut que diminuer et non détruire les abus. ».

Ces droits de casuel étaient alors, à ce qu'il semble, fort mal vus et par les populations sur lesquelles ils pesaient parfois lourdement, et par les curés eux-mêmes qui éprouvaient une certaine répugnance à les percevoir. Le Tiers de la ville de Neufchâteau, par exemple, demande, à propos des curés, « que pour éloigner tous les abus dans un état aussi saint, les droits casuels soient supprimés, comme une charge pour le peuple et comme avilissants pour le ministère ». (*Documents de l'histoire des Vosges*, t. II, 1869, p. 315.) Le clergé du bailliage de Vic est encore plus expressif : « Le casuel est une manière odieuse de faire payer une seconde fois les fonctions pastorales pour lesquelles les fidèles payent déjà la dîme. Les curés renoncent à le percevoir à l'avenir sous la seule réserve que dans le cas où on demanderait un cérémonial dispendieux, ils soient rendus indemnes. » (*Arch. parl.*, VI, p. 17.)

XII (p. 80).

Quelques extraits du Projet de cahier de Guilbert.

Guilbert avait demandé aussi qu'il fût inséré dans un article spécial qu' « aux futurs États provinciaux les curés auraient des représentants pris dans leur ordre, en proportion de leur nombre et de leurs revenus imposables », mais sa proposition ne fut pas acceptée. « Messieurs les curés, ajoute le curé de Saint-Sébastien, pensèrent que cet article était inutile, ils virent très mal dans leur intérêt, et je restai seul de mon avis. » (*Conduite des curés*, p. 45.)

Dans son *Projet de cahier*, Guilbert avait touché également à différents points qui, pour des raisons que nous ignorons d'ailleurs, ne figurèrent pas dans le cahier officiel. Quelques-uns cependant ne manquent pas d'intérêt. A propos des dîmes, par exemple, Guilbert constate que, « les dîmes dans la province sont, depuis plusieurs siècles, une source intarissable de procès qui éloignent les curés de leurs paroissiens, les désunissent; elles se payent différemment d'un village à l'autre, dans quelques cantons au dix, dans d'autres, voisins même, à l'onze, et il serait très utile d'avoir une règle générale pour tous les fruits décimables, pour la manière de la percevoir et la quotité; on soulagerait les propriétaires en la réduisant, eu égard aux besoins des curés, et spécialement la dixme de vin qu'on lève dans quelques lieux au 30, dans d'autres au 24, ici au 15, là au 10, etc... » (*Projet de cahier*, p. 2.)

Il avait proposé aussi l'inviolabilité des députés aux États généraux : « Déclarer sacrées les personnes des députés, qui pourront donner librement et sans crainte leurs avis, et s'ils s'écartaient, ce qui n'est pas à penser, du respect dû, elles ne pourront être jugées que par les États généraux mêmes, ou une commission nommée par eux. » (*l'id.*, p. 5.)

Il aurait voulu qu'on fît « imprimer toutes les semaines le résultat des délibérations (des États généraux) avec la liberté à ceux qui n'auront pas été de l'avis, de faire insérer leurs opinions particulières et les motifs d'icelles ». (*Ibid.*, p. 5.)

Dans un autre ordre de questions, il demande que l'on avise aux moyens de « supprimer les quêtes des religieux mendians, après avoir pourvu à leur subsistance ; c'est un impôt indirect qui pèse sur la classe la moins aisée, une source d'abus qu'on rougirait de détailler et la cause de l'incapacité, de la paresse, de l'inutilité presque universelle dans ceux que les maisons immolent pour cet avilissant emploi. » (*Ibid.*, p. 4.)

Plus loin, il propose « pour le maintien de la religion et des bonnes mœurs, qu'il soit fait un précis de tous les édits, ordonnances royaux relatifs à ces deux objets les plus intéressants pour la prospérité et la splendeur du royaume ; que ce précis soit envoyé à qui de droit dans les provinces respectives, avec une injonction très positive de veiller à leur exécution..., et on pourrait charger les curés, dans les campagnes, de la surveillance, et les officiers locaux de l'exécution. » (*Ibid.*, p. 14.)

Enfin, il émet l'avis « que les officiers municipaux ne puissent accorder des lettres de bourgeoisie pour les villes, qu'à des gens connus, bien famés et qui puissent justifier au moins de 4,000 livres de bien ; il n'est pas croyable, le préjudice que depuis vingt ans on a fait à Nancy par la multitude de ces lettres données trop facilement ; il s'est établi à Nancy une multitude d'étrangers sans ressource, toujours prêts à soulever les peuples. » (*Ibid.*, p. 15.)

XIII (p. 112).

Cahier présenté à l'assemblée du clergé du bailliage de Rosières par M. Antoine, vicaire-résident à Vigneulles.

Cahier de remontrances et doléances présenté à MM. les commissaires. — On demande :

1° Que l'impôt désigné sous le nom de capitation soit réparti proportionnellement au gain qu'un homme fait par son industrie, telle est la façon de répartir la taille.

2° Qu'on affecte d'un impôt grave les denrées et objets de luxe.

3° Imposer à toutes les administrations quelconques l'obligation de publier des comptes annuels et imprimés.

4° Qu'on diminue au moins, si on ne l'ôte pas tout à fait, l'inégalité qui est entre le traitement des vicaires et celui des curés, puisque ce sont les mêmes charges, les mêmes peines, les mêmes besoins.

5° Que tous les bénéfices à charge d'âmes se donnent au concours ; qu'il n'y ait plus lieu aux nominations, ni même aux démissions particullères.

6° Qu'on fasse un tribunal présidé par l'évêque et composé d'ecclésiastiques élus par leurs confrères, lequel tribunal prononceroit contre les ecclésiastiques délinquants la peine d'une retraite dans un séminaire, d'une déposition même si le cas l'exigeoit.

7° Faire une régie ecclésiastique de toutes les dixmes appartenant aux différents bénéfices situés dans l'enceinte d'un diocèse et en faire une recette générale :

a) On prendroit sur cette masse de dixmes les pensions des curés et vicaires ;

b) Les frais d'entretien et réparations d'église qui sont à la charge des décimateurs ;

c) De quoi former dans chaque paroisse des bureaux de charité ;

d) Et tous ces objets prélevés, le reste seroit remis à chaque bénéfice au prorata du bail particulier qui affermeroit sa dixme.

8° On diviseroit les curés en différentes classes et ces classes seroient dans l'ordre des paroisses de 100, 200, 300 feux. Le traitement pour les curés rangés dans la même classe seroit le même, et ce traitement croîtroit dans la proportion de l'étendue des paroisses, mais cette proportion ne seroit pas géométrique.

9° On donneroit aux curés et vicaires un entretien honnête et qui les mit en état de se passer du casuel et de faire gratuitement toutes les fonctions quelconques du saint ministère.

10° On demande la suppression des procureurs dont l'intervention dans les procédures est aussi inutile que ruineuse.

11° Que les hypothèques soient spéciales, qu'elles soient publiées et affichées tant au chef-lieu du siège roial que dans les paroisses de la situation des biens.

12° Qu'on donne aux assemblées municipales la police et qu'on les érige en tribunaux d'arbitrage qui tiennent lieu de justices seigneuriales, ce seroit un moyen d'obvier à une infinité de procès.

13° La suppression des haras.

14° On demande de faire revivre les ordonnances des saints canons sur la pluralité des bénéfices.

J. Antoine,
Vicaire de Vigneulles.

(Une feuille petit in-4°, aux Archives de Meurthe-et-Moselle, fonds de la Cour d'appel.)

XIV (p. 129).

Liste des membres de l'ordre du clergé présents ou représentés à l'assemblée électorale du bailliage de Vézelise, le 16 mars 1789.

Mgr l'évêque de Meaux, abbé commendataire de Saint-Epvre de Toul et comme tel, seigneur de Colombey, Crépey et autres lieux, représenté par M. Briquet, vicaire-résident de la paroisse de Goviller.

Mgr l'évêque de Saint-Dié, prieur de Chaumont-sur-Moselle (aujourd'hui Neuviller-sur-Moselle), représenté par M. Seignelay, curé de Chaumont.

MM. Girot, curé de Vézelise et Ognéville ; Lachasse, curé de Vroncourt ; Garnier, curé de Forcelles-Saint-Gorgon et Quevilloncourt ; Alba, curé de Houdreville et Omelmont ; Henrion, curé d'Autrey ; Roquin, curé de Clérey ; Maire-Richard, curé de Voinémont ; Arnould, curé de Pulligny, représenté par M. Blaise, son vicaire ; Lenoir, curé de Ceintrey ; Gaillard, curé de Pierreville ; Minot, curé de Marthemont ; Chaupoulot, curé de Thelod ; Barbiche, curé d'Hammeville ; Félix, curé de Parey-Saint-Césaire, représenté par M. Barbiche ; Grandemange, chanoine régulier et curé de

Vandeléville ; Thiébaut, curé de Dommarie, Thorey, Eulmont et Étreval ; Martin, curé de Crantenoy ; Perrin, curé de Ménil-Mitry, représenté par M. Seignelay, curé de Chaumont-sur-Moselle ; Thouvenin, curé de Vaudeville et Vaudigny ; Bourlier, curé de Craon, représenté par M. Thouvenin ; Barroy, curé de Xirocourt et Jevoncourt ; Charotte, curé d'Aroffe, représenté par M. Buzenet, vicaire-résident à Ognéville ; Cossin, curé de Saulxerotte ; Lenfant, curé de Favières ; Husson, curé des villages de Puxe, Velle, Souveraincourt, Battigny et Gelaucourt ; Loué, curé de Fécocourt ; Bernard, curé de Gugney, Forcelles-sous-Gugney et They ; Gaillard, curé de Pulney ; Burthé, curé de Grimonviller, représenté par M. Loué ; Marchal, curé de Courcelles et Blémerey ; Henriot, curé de Fraisnes et Frenelle-la-Grande, représenté par M. Nicolas, curé de Tantonville ; Bontems, curé de Bouzanville, représenté par M. Collé, curé de Diarville ; Baraban, curé de Saint-Firmin et Affracourt ; Collé, curé de Diarville et Housséville ; Voiart, curé de Praye et Saxon ; Vincent, curé de Chaouilley ; Garnier, curé de Vaudémont ; George, curé d'Ochey et Thuilley-aux-Groseilles ; Piedmontois, curé de Moutrot, représenté par M. George, curé d'Ochey ; Curin, curé de Crézilles ; Boyer, curé de Bagneux, représenté par M. Curin ; Petelot, curé de Colombey et Allain-aux-Bœufs ; Houillon, curé de Crépey et Germiny ; Ulry, curé de Selaincourt et Dolcourt ; Serrières, curé de Vitrey et Goviller ; Malhorty, curé de Gerbécourt et Haplemont, représenté par M. Roquin ; Nicolas, curé de Tantonville ; Maire-Richard, curé de Benney ; Bailly, curé de Saint-Remimont et Herbémont ; Courtois, curé de Crévéchamps ; Seignelay, curé de Chaumont-sur-Moselle ; Dumaire, curé de Roville, Laneuveville et Mangonville.

MM. Pernot, vicaire-résident à Omelmont ; Buzenet, vicaire-résident à Ognéville ; Briquet, vicaire-résident à Goviller ; Gédéon, vicaire-résident à Battigny et Gelaucourt ; Ferry, vicaire-résident à Gémonville, représenté par M. Lachasse, curé de Vroncourt ; Gantrelle, vicaire-résident à Lemainville ; Voirin, vicaire-résident à Affracourt ; Blaise, vicaire de Pulligny ; Lacaille, vicaire à Dommarie.

Les Dames de Sainte-Élisabeth d'Ormes, représentées par M. Maire-Richard, curé de Benney.

Les Tiercelins de Sion, représentés par le P. Basile Préantoine, gardien de la maison.

Les Dames de la Congrégation de Vézelise, représentées par M. Garnier, leur directeur-aumônier.

Les Minimes de Vézelise, représentés par le P. Visse, leur supérieur.

MM. Aubry, sacristain de la paroisse de Vézelise ; Mulnier, vicaire et sacristain à la même paroisse ; Chobant, prêtre ; Martin, chapelain de Notre-Dame-de-Pitié, à Grimonviller, représenté par M. Loué, curé de Fécocourt ; Charotte, chapelain.

M. du Houx de Dombasle, chanoine de Nancy, titulaire de la chapelle de la Conception en l'église de Vézelise, représenté par M. Girot, curé de Vézelise.

M. Hanus, chanoine de Ligny, titulaire de la chapelle Sainte-Anne de Vézelise, représenté par M. Alba.

M. Salmon, chapelain de Notre-Dame-de-la-Ronde, représenté par M. Courtois, curé de Crévéchamps.

(*D'après un procès-verbal de l'assemblée.* Arch. nat., Bᵃ 56, l. 137.)

XV (p. 148).

Les députés suppléants.

La nomination de députés *suppléants* n'avait été prévue par les règlements de convocation qu'en termes assez vagues. L'article 48 du règlement du 24 janvier porte seulement que « s'il arrive que le choix du bailliage tombe sur une personne absente, il sera sur-le-champ procédé, dans la même forme, à l'élection d'un suppléant pour remplacer ledit député absent, si, à raison de l'option ou de quelque autre empêchement, il ne pouvait point accepter la députation ». Mais, dans un certain nombre de bailliages, on donna une extension plus grande à cet article 48, sans qu'il y ait eu, d'ailleurs, aucune règle uniforme suivie, ni dans le mode d'élection des suppléants ainsi nommés, ni dans leur nombre, ni dans les pouvoirs et les droits qui leur étaient donnés. Dans tel bailliage, un ordre seulement ou deux en désignent; dans tel autre chaque ordre a les siens. Ici, chaque ordre ne nomme qu'un suppléant, quel que soit le nombre des députés; là, il y aura autant de suppléants que de députés. Parfois, les suppléants sont nommés pour remplir leurs fonctions seulement en cas de mort du député qu'ils sont appelés à remplacer; quelquefois, au contraire, on spécifie qu'ils pourront et devront s'acquitter aussi de leur mission dans le cas de maladie, d'absence, ou même simplement d'empêchement du député.

La circonscription électorale de Nancy nous donne une preuve de cette non-uniformité. Le clergé, bien qu'ayant nommé deux députés, ne désigne qu'un suppléant, M. Houillon. La noblesse, au contraire, en nomme deux, le marquis de Raigecourt-Gournay et le prince de Salm-Salm. Le Tiers en nomme également deux : Pierre-Nicolas Blampain, avocat, député-électeur du bailliage de Lunéville, et Jean Plassiart, conseiller au bailliage de Nancy et député-électeur de ce bailliage. Nous ne savons pas, d'ailleurs, dans quelle mesure et en quels cas les suppléants ainsi élus devaient être appelés, dans l'intention de leurs commettants, à exercer leurs fonctions.

Au reste, cette question si confuse des suppléances devait être bientôt réglée d'une façon précise et uniforme. Un règlement royal, en date du 3 mai 1789, statua que les suppléants qui auraient été nommés lors des élections, en vertu d'une interprétation plus ou moins juste du règlement du 24 janvier, ne pourraient exercer leurs fonctions que dans le cas de mort des députés qu'ils devraient remplacer. Si, à la mort d'un député, il n'y avait pas de suppléant préalablement désigné pour prendre sa place, l'assemblée bailliagère convoquée devait procéder aussitôt à son remplacement. Voir ce règlement reproduit *in extenso* dans les *Archives parlementaires*, t. Iᵉʳ, p. 631, ou analysé dans Brette, *op. cit.*, p. 50.

Ce règlement du 3 mai nous explique comment, M. de la Fare ayant quitté l'Assemblée constituante avant la fin de ses travaux, dès le mois de juillet 1790, M. Houillon, bien que nommé député suppléant dans la séance du 6 avril 1789, ne fut pas appelé à le remplacer, par la raison que les suppléances ne pouvaient s'exercer qu'en cas de mort. Dans la province voisine des Trois-Évêchés, au contraire, le député élu par le clergé des bailliages réunis de Toul et de Vic, M. Bastien, curé de Xeuilley, étant mort le 25 mai 1790, le curé de Saint-Clément, Laurent Chatrian, élu suppléant dans les mêmes conditions que M. Houillon à Nancy, partit pour Paris, où nous le voyons reçu comme député à l'Assemblée nationale, le 27 juin, après vérification de ses pouvoirs.

TABLE DES MATIÈRES

	Pages.
INTRODUCTION	1
CHAPITRE I⁰ʳ. — Le clergé lorrain à la veille des élections de 1789.	10
CHAPITRE II. — Les assemblées bailliagères, les élections et la rédaction des cahiers de l'ordre du clergé dans la circonscription électorale de Nancy.	36
§ I⁰ʳ. — Bailliage de Nancy	36
§ II. — Bailliage de Lunéville	88
§ III. — Bailliage de Blâmont.	110
§ IV. — Bailliage de Rosières-aux-Salines. . . .	122
§ V. — Bailliage de Vézelise.	129
§ VI. — Bailliage de Nomeny	137
CHAPITRE III. — L'assemblée de réduction du 6 avril 1789	144
CONCLUSION.	150

NOTES ET ÉCLAIRCISSEMENTS.

	Pages.
I. — « Bailliages principaux » et « bailliages secondaires » . .	155
II. — Division de la Lorraine en arrondissements électoraux . .	156
III. — Liste des membres de l'ordre du clergé présents ou représentés à l'assemblée électorale du bailliage de Nancy, 30 mars 1789	157
IV. — Sur les cahiers imprimés en 1789	159
V. — La question du reculement des barrières	160
VI. — La question juive en 1789	161

Pages.

VII. — La législation sur les duels en Lorraine avant 1789. . . . 162

VIII. — De la dotation des curés. 163

IX. — Sur une disposition de l'édit de 1768 concernant les Réguliers 163

X. — La question des synodes ruraux. 164

XI. — Sur les droits dits de casuel 165

XII. — Quelques extraits du « Projet de cahier » de Guilbert. . . 165

XIII. — Cahier présenté à l'assemblée du clergé du bailliage de
Rosières-aux-Salines par M. Antoine, vicaire-résident à
Vigneulles. 166

XIV. — Liste des membres de l'ordre du clergé présents ou représentés à l'assemblée électorale du bailliage de Vézelise le
16 mars 1789 167

XV. — Les députés suppléants 168

Nancy, impr. Berger-Levrault et Cie.